Katarina von Bredow

Ich will endlich fliegen, so einfach ist das

Katarina von Bredow

Ich will endlich fliegen, so einfach ist das

Roman

Aus dem Schwedischen von
Maike Dörries

GULLIVER
von BELTZ & Gelberg

Editorische Notiz:
In Schweden ist es üblich, die Lehrer zu duzen. Das wurde in der deutschen Übersetzung beibehalten, auch wenn man sich erst ein bisschen daran gewöhnen muss.

Dieses Buch ist auch als E-Book erhältlich
(ISBN 978-3-407-74374-9)

FSC
www.fsc.org
MIX
Papier aus verantwortungsvollen Quellen
FSC® C008492

www.beltz.de

in der Verlagsgruppe Beltz · Weinheim Basel
Werderstraße 10, 69469 Weinheim

Die Originalausgabe erschien 2009 unter dem Titel *Flyga högt*
bei Rabén & Sjögren, Stockholm

Published by agreement with Norstedts Agency
Aus dem Schwedischen von Maike Dörries
Lektorat: Susanne Härtel
Neue Rechtschreibung
Einbandgestaltung: Cornelia Niere, München, unter Verwendung eines Fotos von plainpicture/Ableimages/Jutta Klee
Gesamtherstellung: Beltz Bad Langensalza GmbH, Bad Langensalza
Printed in Germany
ISBN 978-3-407-74645-0
1 2 3 18 17 16

Es gibt feste, unausgesprochene Regeln. Dinge, die man einfach nicht tut.

Man kommt neu in eine Klasse, zum Beispiel. Ich wüsste genau, wie ich es machen würde. Ich würde frühzeitig den Klassenraum suchen und mich im Hintergrund halten, wenn die Schüler eintrudeln. Um die Lage zu peilen und um zu sehen, wie sie sich verhalten. Eventuell würde ich die Ankunft des Lehrers abwarten, ehe ich aus der Deckung komme. Dann würde ich jemanden, den ich mir vorher ausgeguckt habe, nicht zu leise, aber auch nicht zu laut fragen, ob das die richtige Klasse ist, und mit den letzten das Klassenzimmer betreten und mir einen Überblick verschaffen, welche Plätze frei sind und wo ich mich hinsetzen kann. Vielleicht würde ich auch warten, bis der Lehrer mir einen Platz zuweist, damit mir nachher niemand vorwerfen kann, ich hätte jemandem den Stammplatz weggenommen. Hoffentlich würde der Lehrer mich nicht auffordern, nach vorne zu kommen, um meinen Namen an die Tafel zu schreiben oder sonst irgendwie die Aufmerksamkeit auf mich zu ziehen. Es geht darum, nicht zu sehr aufzufallen, aber auch nicht ganz unsichtbar zu sein. Irgendwas genau dazwischen. Man muss sich einordnen und mit den anderen verschmelzen.

Genau das tut Silja nicht. Silja macht das ganz anders. Silja verhält sich in so ziemlich allem genau gegenteilig.

Es ist der dritte Tag nach den Sommerferien in der Neunten. Die Sonne schwappt flirrend über die Stadt und das Wasser an unserer Badestelle ist lauwarm. Der Sommer ist noch lange nicht vorbei, das Wetter schert sich einen feuchten Kehricht darum, dass die Schule wieder angefangen hat. Trotzdem ist es irgendwie schön, zurück zu sein. Ich bin garantiert nicht die Einzige, die das findet, auch wenn das keiner zugeben würde. Ich natürlich auch nicht. Wir ächzen und stöhnen und jammern, dass die Sommerferien schon vorbei sind, nörgeln über das frühe Aufstehen und die drohenden Tests. Auch das gehört dazu. Aber trotzdem. Irgendwie ist es schön, die anderen endlich wieder zu sehen.

Tonja und ich waren vor dem Wochenende in der *Klippothek*, und obwohl ich das ganze Wochenende Zeit hatte, mich daran zu gewöhnen, muss ich sie immer wieder angucken. Mit der kakaobraunen Kurzhaarfrisur sieht sie viel erwachsener aus. Eine ziemlich krasse Entscheidung, muss ich sagen. Tonja hat nämlich naturblondes, sanft gewelltes Haar, für das andere alles geben würden. Und das schneidet sie einfach ab und färbt es dunkelbraun! Meine Haare sind auch eine Ecke kürzer als vorher, im Nacken raspelkurz, ich spüre jeden Windhauch. Meine Finger reagieren immer noch überrascht auf das seltsame Gefühl, wenn ich meine nicht mehr vorhandenen langen Haare nach hinten streichen will, eine Geste aus alter Gewohnheit, die jetzt völlig sinnlos ist, weil die Haare sofort in ihre Ausgangsposition zurückrutschen, zwei Spitzen, die nur noch wenig bis unter die Kinnlinie reichen. Tonja fand, ich müsste einen Pony haben, aber das wäre mir komisch vorgekommen. Ich hab noch nie Pony getragen. Wir haben uns also auf einen Kompromiss geeinigt mit ein paar ponyähnlichen Fransen in der Stirn. Damit kann ich leben.

Nachdem wir verkochte Petersilienkartoffeln und fettige Grützwurst in uns reingezwungen haben, hocken wir auf der Rückenlehne der Bank vor dem lang gestreckten Oberstufengebäude und schwitzen in der Sonne. Bestimmt wäre es im Schatten viel angenehmer, aber man muss schließlich die letzten Chancen nutzen, noch ein bisschen brauner zu werden. Ellen und Madeleine gesellen sich zu uns, später auch noch Oskar, Nils und Lukas. Es wird viel gelacht und erzählt. Ich schaue rüber zum Mittelstufengebäude. Ein paar Jungs werfen mit einem Ball auf den Basketballkorb an der Backsteinwand. Antons Mitschüler. Aber *er* sollte dort sein. Er sollte definitiv dort mit seinen Kumpels Basketball spielen, so dass ich ihn von hier aus sehen kann. Er steht vor der Wand, in Jeans und T-Shirt, lang und schlaksig, so was zwischen Kind und Teenager. Das Haar fällt ihm schräg über Stirn und Augen. Und er hat Sommersprossen und lacht, als der Ball neben ihm gegen die Mauer prallt.

»Was macht ihr heute Nachmittag?«, fragt Lukas.

Die Frage ist an Tonja gerichtet, aber Nils sieht mich an und mir wird ganz warm. Tonja sieht mich auch an, und ich ziehe die Augenbraue hoch, um zu signalisieren, dass ich offen für Vorschläge bin.

»Baden?«, schlägt Tonja vor und ich nicke.

»Ich bring was zu futtern mit«, sagt Nils. »Dann können wir zu den Felsen fahren.«

Aha, also nicht zur Badestelle, nicht dahin, wo viel los ist. Bei den Felsen hat man seine Ruhe. Ich werfe Tonja einen vielsagenden Blick zu und ihre Mundwinkel zucken leicht.

»Klingt gut«, sagt sie entspannt.

»Ist das eine Privatveranstaltung oder kann ich auch mit?«, fragt Oskar, worauf Ellen und Madeleine augenblicklich verkünden, dass sie dann auch mitwollen.

Lukas sieht Tonja an.

»Das ist schon eher privat«, sagt er. »Oder?«

Tonja zuckt gleichgültig mit den Schultern. »Ach, ist doch lustiger, wenn mehrere dabei sind.«

Nils studiert den Boden vor seinen Füßen. Er hat ein schönes Gesicht, klare Linien wie bei einer antiken Skulptur, lange, geschwungene Wimpern, die seine tief dunkelbraunen Augen einrahmen. Sein Vater ist Grieche und hat ein kleines Restaurant mit dem wenig originellen Namen Akropolis. Nils riecht oft nach Knoblauch, worüber sich die meisten aus der Klasse beschweren. Mich stört das nicht. Ich finde es viel ekeliger, dass Oskar nach ungeputzten Zähnen riecht. Oder saurer Milch. Jedenfalls kippelt er dauernd mit dem Stuhl nach hinten und atmet mir direkt ins Gesicht, wenn er irgendwas wissen oder einfach nur reden will.

»Okay, okay«, grummelt Lukas.

»Aber um euern Proviant müsst ihr euch selber kümmern«, sagt Nils zu Oskar, Ellen und Madeleine.

»Grillhähnchen und Kartoffelsalat«, sagt Ellen sofort. »Wir können doch ein Gemeinschaftspicknick machen?«

Lukas seufzt demonstrativ und Tonja lacht.

»Ihr macht euer Picknick und wir unseres!«, sagt Lukas.

Der Quartettflirt zwischen Lukas und Tonja und Nils und mir hat im Frühjahr angefangen. Ich kann gar nicht mehr sagen, wer das Spiel eröffnet hat, aber auf alle Fälle sind Tonja und Lukas tonangebend. Sie haben auch schon die größten Fortschritte gemacht mit Küssen und Gefummel nach einer Fete direkt vor den Sommerferien. Danach ist Lukas mit seinen Eltern in eine Hütte bei Halmstad gefahren und Nils zur Verwandtschaft nach Griechenland, und keiner von uns wusste, ob das Spiel nach den Sommerferien weitergehen würde oder nicht. Ein paar Mal im Laufe des Sommers hab ich mit dem Handy im Anschlag dagesessen und überlegt, ob ich Nils eine kurze SMS schicken soll, aber dann habe ich mir vorgestellt, wie er Hand in Hand mit einer kurvigen, dunkeläugigen Cousine am blauen Meer spazieren geht, und hab es sein lassen. Lukas hat ein paar Spotify-Links an Tonjas Facebook-Konto geschickt, aber das war alles an Kontakt, was wir hatten.

Vorgestern war nun die große Versammlung in der Aula, der Startschuss sozusagen für unser letztes Jahr an der Annelundsschule, und Nils und Lukas haben sich zu uns gesetzt, als wär's die selbstverständlichste Sache der Welt. Mit Erstaunen habe ich das glückliche Kribbeln in meinem Bauch registriert. Ich hätte gar nicht gedacht, dass das so nah an mich rankommt. Schließlich sind das zwei Jungs aus unserer Klasse, die wir schon ewig kennen. Für Tonja und Lukas ist das Ganze wahrscheinlich nichts als das Spiel, als das es angefangen hat, ein großer Spaß. Aber ich bilde mir ein, dass das zwischen Nils und mir ernster ist, anders irgendwie. Besonders jetzt, nach den Sommerferien. Etwas, das man vorsichtig behandeln muss, damit man es nicht verscheucht. Aber vielleicht liege ich auch völlig falsch. Vielleicht hat Nils' Interesse an mir auch nur was mit Lukas' Wunsch von einem Viererkleeblatt zu tun. Wenn Lukas Tonja hat, bleiben sein Freund Nils und und Tonjas Freundin Vendela übrig. Wäre doch blöd, wenn wir uns da nicht zusammentun würden. Vielleicht ist es so einfach. Ich bin mir nicht sicher, aber fragen mag ich auch nicht. Tonja ist überzeugt, dass Nils in mich verliebt ist. Das sieht man, sagt sie. Zwischendurch hoffe ich, dass sie recht hat. Dann wieder nicht. Darf ich mich vorstellen: Vendela Wankelmut.

Der Garderobenraum ist nach dem grellen Sonnenlicht draußen in blaugrünes Dunkel getaucht. Ich taste nach meinen Mathebüchern und laufe hinter Tonja die Treppe zur Klasse hoch. Sie trägt ein grünes Oberteil und ihre Haut duftet nach Sommer.

Wie gesagt: Eigentlich freu ich mich, wieder zurück zu sein. Hier weiß man, wie alles funktioniert. Es gibt einen Plan, wie die Tage ablaufen. Langweilig und vorhersehbar, aber sicher.

Und da kommt sie. Sie, die sich nicht an die Spielregeln hält. Die auf alle Normen und ungeschriebenen Regeln pfeift. Silja.

Wir lehnen mit den Rücken an der Wand, und Tonja flüstert mir gerade ins Ohr, ob mir auch schon aufgefallen ist, dass Lukas breitere Schultern bekommen hat, und ich lache und werfe einen Seitenblick auf Nils. Er trägt ein ärmelloses Shirt und seine Arme sind braun gebrannt und sehnig. Lukas und er sind tatsächlich gewachsen über den Sommer. Nils hebt den Blick und ich verweile ein paar Sekunden darin. Darum verpasse ich den eigentlichen Auftritt. Ich drehe den Kopf erst, als Tonja mir schon den Ellenbogen in die Seite bohrt. Ein großes, dunkelhaariges Mädchen ist in unsere Mitte getreten. Sie trägt ein schwarzes Lederband ums Handgelenk und das Haar fällt ihr in wilden Locken über die Schulter. Sie sieht älter aus als wir, und sie beansprucht Raum, so dass die, die am dichtesten bei ihr stehen, automatisch einen halben Schritt zurücktreten.

»Geht ihr in die 9c?«, fragt sie mit dunkler, heiserer Stimme. »Ich glaube, ich soll bei euch anfangen … Hab blöderweise den Zettel zu Hause liegen lassen!«

Wir sehen sie verwirrt an, während sie uns auffordernd einen nach dem anderen mustert.

»Welchen Zettel?«, fragt Madeleine dämlich.

Das Mädchen fixiert sie und scheint zu denken, aha, hier haben wir es also mit dem weniger intelligenten Teil der Klasse zu tun, bevor sie laut und deutlich erklärt:

»Ich habe einen Brief bekommen, in dem stand, in welche Klasse ich gehen soll. Und ich glaube, es war die 9c.«

»Das sind wir«, sagt Linnéa geistesgegenwärtig.

»Aber Britt hat gar nichts von einer Neuen gesagt«, meint Clara.

Nachdem die Klasse sich vom ersten Überraschungsangriff erholt hat, versammelt sie sich zur näheren Begutachtung um die Neue. Das lockige Haar sieht ungekämmt aus und ihr blau kariertes Hemd ist nicht zugeknöpft, sondern vor der Brust verknotet. Dazu abgeschnittene Jeans und Sandalen mit dünnen Riemchen. Die Fußrücken sind braun gebrannt und auf den Fußnägeln sind Reste von knallrotem Lack.

»Hast du auch einen Namen?«, fragt Sven mit seiner »Damit-du-gleich-weißt-wer-hier-der-bestaussehendste-und-coolste-Typ-ist-und-in-der-Klasse-Schule-Stadt-im ganzen-Universum-das-Sagen-hat«-Miene.

Als die Neue nicht gleich antwortet, schiebt Sven »Das

stand wahrscheinlich auch auf dem Zettel« hinterher, womit er ein paar Lacher erntet.

Aber die Neue sieht nicht aus, als würde sie das tangieren. Sie wird noch nicht mal rot. Stattdessen gluckst sie leise. Als täte Sven ihr leid, dass er nicht mehr zu bieten hat als diesen kläglichen Witz.

»Silja«, sagt sie. »Und du?«

In dem Moment kommt Britt in ihrem blaugrauen Kostüm und einer strengen Falte zwischen den Augenbrauen dazu. Britt ist seit vierunddreißig Jahren Mathelehrerin an der Annelundsschule. Tonjas Mutter hatte sie schon als Lehrerin, als sie hier zur Schule gegangen ist. Seit der siebten Klasse ist sie unsere Klassenlehrerin. Im Großen und Ganzen gibt es nichts an ihr auszusetzen, außer dass sie immer Kostüm mit Bluse trägt und immer die gleiche, streng zurückgekämmte Frisur. Nein, sie ist ganz in Ordnung. Gerecht und ziemlich gut im Erklären.

Jetzt schüttelt sie Siljas Hand und heißt sie willkommen, wir gehen in die Klasse. Die Luft vibriert vor gespannter Intensität. Wir setzen uns, und Britt lässt ihr typisches »Ja also …« hören, ihre Art, uns zu sagen, dass wir jetzt bitte alle die Klappe halten sollen.

»Darf ich euch Silja Nordh vorstellen«, sagt sie mit einer Handbewegung in Siljas Richtung, die sich in der Klasse umsieht und nicht die Bohne unsicher wirkt.

Britt lächelt sie an.

»Willkommen in der 9c, Silja. Du wirst deine Mitschüler sicher schnell kennenlernen. Such dir einen freien Platz, damit wir anfangen können.«

Britt scheint da was missverstanden zu haben. Wahrscheinlich glaubt sie, es wäre nett, Silja die freie Platzwahl zu überlassen. Tonja und ich tauschen einen schnellen Blick. Vorne neben Line ist ein freier Platz. Der ist immer frei, weil sich noch nie jemand freiwillig neben Line gesetzt hat. Das kann Silja natürlich nicht wissen, aber eigentlich ist es ziemlich offensichtlich. Line hebt nicht einmal den Kopf, macht sich keine Hoffnungen, zieht keine Aufmerksamkeit auf sich, weil das nichts als Ärger bedeutet. Der zweite freie Platz ist neben Oskar, direkt vor Tonja und mir. Eigentlich merkwürdig, dass da niemand sitzt. Oskar ist ziemlich beliebt. Aber meistens hängt er mit Lukas und Nils rum und die sitzen zu zweit am Tisch neben ihm.

Der dritte freie Platz ist hinten in der Ecke, und auch Emelies Platz neben Lovisa ist vorübergehend unbesetzt. Emelie ist mit ihrer Familie letzte Woche mit einer heftigen Magen-Darm-Grippe von Bali zurückgekommen. Emelies Mutter soll sogar im Krankenhaus am Tropf hängen. Wie auch immer, Emelies Tisch steht am Fenster, in der zweitletzten Reihe, ein selbstredend belegter Platz, den man sich besser nicht ausguckt, wenn man neu in die Klasse kommt, auch wenn er leer zu sein scheint. Ein eventuell ranghöherer Platz ist höchstens der von Sven, gleich dahinter.

Ich würde den Platz neben Oskar wählen. Ich meine, Line ist eine offensichtliche Loserin, und wer den Platz ganz hinten in der Ecke wählt, hat wahrscheinlich ein Problem mit dem Selbstbewusstsein. Den Fensterplatz würde ich nicht einmal in Erwägung ziehen, der ist tabu, damit bleibt nur noch der neben Oskar. Im Grunde genommen eine ganz logische Wahl, wenn man ein bisschen Zeit zum Nachdenken hat.

Aber Silja spielt nach anderen Regeln. Oder rafft nicht, was Sache ist. Oder scheißt drauf. Ich weiß es nicht, aber ich und vierundzwanzig andere Augenpaare sehen staunend zu, wie sie auf die zweitletzte Bankreihe und den freien Fensterplatz zusteuert, sich hinter Lovisa vorbeischiebt und den Stuhl vorzieht. Emelies Stuhl. Lovisa ist so überrumpelt, dass sie keinen Laut rausbringt, ehe Silja neben ihr sitzt.

»Da sitzt schon jemand«, sagt Lovisa, und man kann hören, dass sie mit der Fassung ringt.

»Das muss aber ein ganz schöner Winzling sein«, sagt Silja seelenruhig und bleibt sitzen.

»Die ist ja schräg drauf«, flüstert Madeleine hinter uns.

Tonja zuckt amüsiert mit den Schultern, gespannt, wie es weitergeht.

Zu unserem Erstaunen wendet sich Lovisa an Britt.

»Also, bloß weil Emelie krank ist, kann sie doch nicht einfach …«

»Na ja«, sagt Britt und muss ein Grinsen zurückhalten. »Im Moment braucht Emelie den Platz ja nicht.«

Silja lehnt sich zurück und tut so, als würde sie nicht merken, dass Lovisas frustriertes Gesicht neben ihr sich zu einer Gewitterwolke verfinstert.

Britt fängt an, über Gleichungen zu reden, und wir schlagen Seite dreizehn in unseren Mathebüchern auf. Die ganze Stunde ist geprägt von Siljas ungewöhnlichem Einstand. Die Klasse kommuniziert über Flüstern und SMS miteinander und Britt leitet mehr Sätze als gewöhnlich mit »Ja also« ein.

Irgendwann piekt Sven Silja von hinten mit seinem Bleistift an der Schulter. Er sagt leise etwas zu ihr, worauf sie lacht und ihm etwas antwortet. Sven lacht ebenfalls. Und jeder in der Klasse hat's gesehen.

»Wenn Em das erfährt«, flüstert Madeleine aufgeregt.

Linnéa schickt einen zusammengefalteten Zettel zu Clara, die ihn nach dem Lesen an Ellen weitergibt, die ihn Madeleine zeigt.

»Tonja!«, flüstert Madeleine. »Ihr sitzt näher dran!«

Sie reicht den Zettel nach vorne, ohne Britt zu bemerken, die plötzlich neben ihr steht. »Dieser Zettel ist offenbar für die ganze Klasse bestimmt«, sagt sie. »Wenn du also so freundlich wärst, ihn vorzulesen, damit alle es hören und wir uns endlich wieder den Gleichungen widmen können. Bitte schön, Madeleine!«

Das würde kein anderer Lehrer tun, aber Britt fährt den gleichen Stiefel wie wahrscheinlich schon seit ihrem Karrierebeginn an dieser Schule vor dreißig Jahren.

Madeleine windet sich, weiß aber genau, dass es keinen Sinn hat, sich zu weigern.

»Sie trägt keinen BH, oder?«, liest sie schnell.

Einige grinsen und Britt zieht die Augenbrauen hoch. Schräg hinter ihr steht Silja von ihrem Stuhl auf.

»Krass«, sagt sie. »Ist das das Erste, was euch interessiert, wenn ihr jemandem zum ersten Mal begegnet?«

Sie knotet ihr Hemd auf und öffnet es. Und sie trägt tatsächlich keinen BH. Ihre üppigen, runden Brüste haben markante Brustwarzen.

Manche Menschen sehen nackter aus als andere, wenn sie sich ausziehen. Silja gehört dazu. Vielleicht liegt das daran, dass ihre Brüste im Vergleich zum übrigen Körper so weiß sind. Ein nicht vorhandenes Bikinioberteil zeichnet sich deutlich ab. Nach der ersten Schrecksekunde sind Pfiffe und Jubel zu hören. Silja knotet das Hemd wieder zu und setzt sich.

»Die Gleichungen«, hilft sie Britt freundlich auf die Sprünge, die zu verblüfft ist, um zu reagieren. »Ich kapiere im Prinzip nichts, also, strengen Sie sich an!«

Tonja strahlt übers ganze Gesicht.

»Ist die cool oder einfach nur durchgeknallt?«, flüstert sie.

Ich zucke mit den Schultern. Aber eins ist sicher: Das neue Schuljahr wird definitiv weniger langweilig als das letzte, wenn Silja in unserer Klasse bleibt.

Tonja zieht mein weißes Top an und dreht sich vor dem Spiegel in meinem Zimmer hin und her.

»Du kannst es gerne ausleihen«, sage ich. »Aber ich finde, dass dir das grüne besser steht, das passt perfekt zu deinem Haar. Lukas hätte dich jedenfalls fast mit Blicken aufgefressen.«

»Ja, aber nur bis Silja ihren Striptease hingelegt hat«, nörgelt Tonja.

Sie beugt sich zum Spiegel vor und mustert ihr Gesicht.

»Ein bisschen schminken kann doch nicht schaden«, sagt sie.

Wir sind uns eigentlich völlig einig, dass es albern ist, sich zu schminken, wenn man an den Strand geht, aber das heute ist natürlich was komplett anderes, sozusagen ein Date, auch wenn's nur ein Spiel ist. Falls es das ist. Ich hole mein Schminktäschchen vom Schreibtisch und wühle darin herum. Tonja entdeckt einen Lippenstift, den ich gar nicht mehr auf dem Plan hatte, mit einer Farbe wie Milchschokolade. Ich hatte ihn mit der Vorstellung von appetitlich verführerischen Lippen gekauft, was sich als peinliche Fehleinschätzung entpuppte. Ich sah eher aus wie von einer ansteckenden Krankheit befallen. Aber Tonjas kakaobraunes Haar harmoniert damit wie Pralinen in einer Pralinenschachtel.

»Was glaubst du, wie sie tickt?«, frage ich. »Ich meine, wenn man neu in eine Klasse kommt …«

»Vielleicht tickt sie ja gar nicht«, sagt Tonja und zieht dicht am Auge einen ganz dünnen Strich mit dem Kajalstift. »Vielleicht ist sie einfach so.«

Ich male meine Wimpern schwarz und pinsele mir einen Hauch lila Lidschatten auf die Augenlieder. Nicht schlecht. Das Bild von Nils in seinem ärmellosen Shirt erscheint auf meiner Netzhaut und es flattert in meinem Bauch. Merkwürdig. Vor den Ferien mochte ich ihn auch schon, aber an ein Flattern im Bauch kann ich mich nicht erinnern.

»Fühlt es sich anders an?«, frage ich.

»Was?«

»Mit Lukas? Ist es irgendwie anders als vor den Ferien?«

Tonja zieht die Schultern hoch, scheint nicht zu verstehen, was ich meine. Aber dann sieht sie mich an und grinst so breit, dass die Grübchen in ihren Wangen sich vertiefen.

»Dann ist es mit Nils also anders? Bist du verknallt?«

Ich merke, wie ich rot werde. »Was? Neeiiin … Aber ich mag ihn.«

Im Treppenhaus begegnen wir Papa. Er trägt ein helles T-Shirt, die Jacke hat er über die Schulter geworfen. Um seinen Hals hängt wie üblich das rote Schlüsselband mit dem USB-Stick. Das Haar fällt ihm in die Stirn.

»Hallo, Anders!«, sagt Tonja fröhlich.

»Hallo, meine beiden Geleehimbeeren!«, antwortet Papa.

Er denkt sich immer die beklopptesten Kosenamen aus, aber er bringt sie immer so, dass man einfach lachen muss. Tonja ist daran gewöhnt. Ich glaube sogar, es gefällt ihr. Ihr Vater würde sie niemals anders nennen als Tonja.

»Wir sind am Strand verabredet«, sage ich.

Papa nickt und durchwühlt seine Tasche auf der Suche nach dem Wohnungsschlüssel.

»Genießt das gute Wetter, solange es währt! Wer weiß, wie schnell uns wieder der Wind um die Ohren pfeift und die Blätter vom Boden aufwirbelt.«

»Wer zum Brunnen geht, um Wasser zu holen, fällt oft selbst hinein«, sagt Tonja.

»Knallköpfe«, sage ich und Tonja lacht.

Es sind schon alle da, als wir ankommen. Wir parken unsere Räder neben Lukas' Moped auf dem kleinen Kiesplatz neben dem Buchenwäldchen und gehen den steilen Pfad zu den Felsen runter. Es ist windiger geworden und die Sonnenreflexe hüpfen glitzernd über die gekräuselte Wasseroberfläche. Ellen hat ihr Haar in einem Pferdeschwanz zusammengebunden und Madeleine trägt einen lila Badeanzug. Oskar steht auf der äußersten Felsspitze, die Sonne im Gesicht. Nils und Lukas haben an der ebensten Stelle eine große dunkelblaue Decke ausgebreitet und Lukas winkt uns zu sich. Seine Badeshorts sind schlabberig weit und neonbunt gemustert, Nils trägt moosgrüne, gerade geschnittene Shorts mit knielangen Beinen.

»Ich verhungere«, sagt Lukas. »Können wir endlich was essen?«

»Hallo, wir sind gerade erst angekommen«, sagt Tonja. »Wollen wir nicht vorher baden?«

Ich habe es mir schon auf der Decke gemütlich gemacht und eigentlich keine Lust auf Baden. Es ist nicht mehr so warm wie am Vormittag, und ich finde es viel verlockender, einfach nur in der Sonne zu sitzen.

»Geht ruhig schwimmen«, sage ich. »Ich wärme mich erst mal in der Sonne auf.«

»Ich auch«, sagt Nils.

Tonja zwinkert mir verschwörerisch zu, dann zieht sie ihr Top aus und läuft in ihrem rosa Bikini zum Wasser. Lukas wirft einen sehnsüchtigen Blick auf die Kühltasche und schaut dann Tonja hinterher, als könnte er sich nicht entscheiden, was verlockender ist. Schließlich zieht er die Badehose bis zum Bauchnabel hoch und rast an Tonja vorbei, um sich mit dem Kopf voran und zappelnden Beinen ins Wasser zu stürzen. Nils neben mir lacht.

»Was für ein Gurkensprung«, sagt er.

Ich lache. »Ich nehme an, er hat andere Stärken.«

Nils nickt. »Zum Glück.«

Er sieht mich mit zusammengekniffenen Augen an. »Was hältst du von Silja?«

Ich zucke mit den Schultern. »Sie wird sich sicher mit Sven und seiner Clique zusammentun.«

»Ja, sie hat sich sofort an ihn rangehängt. Aber das tun ja alle Mädels.«

»Ich nicht.«

Nils' Blick lässt mir die Hitze in die Wangen steigen. »Wieso nicht?«

»Weil er nicht mein Typ ist.«

»Und wie ist dein Typ?«

Ich zucke mit den Schultern und fühle mich leicht verwirrt. Was hat das zu bedeuten? Nils kriegt normalerweise nicht mehr als drei zusammenhängende Wörter pro Viertelstunde raus und jetzt redet er plötzlich wie der reinste Wasserfall. Ist das der Augenblick, in dem ich »wie du« oder etwas anderes Entscheidendes in der Art sagen sollte? Ist das jetzt meine Chance?

Bevor ich zu einem Ergebnis komme, ist der Augenblick vorbei. Tonja ist hinter Lukas her ins Wasser gesprungen und heult sekundenlang wie eine Sirene.

»Mististdassauuuukaaaaalt!«, quietscht sie nach Beendigung des unartikulierten Geheuls und schwimmt, so schnell sie kann, zurück zum Felsen.

»Das liegt dran, dass wir Seewind haben«, erklärt Madeleine altklug.

Nils hat alle möglichen Sachen aus dem Restaurant seines Vaters mitgebracht. Als Lukas und Tonja abgetrocknet auf der Decke sitzen, packt er Dolmades, Tzatziki, Gyros, Brot, Feta und Salat aus. Ich betrachte seine Hände, ihre geschmeidigen, geübten Bewegungen.

»Die Reste vom Lunchbuffet«, erklärt er.

»Luxuriös«, sagt Tonja. »Ich hätte auch gern einen Vater, der ein Lokal besitzt. Meine Eltern ärgern andere Menschen, nichts, womit man prahlen könnte: Papa beim Finanzamt und Mama im Sozialamt.«

»Ich weiß gar nicht, was du hast«, sagt Lukas. »Besser deine Eltern als solche, die bei deiner Mutter angeschlappt kommen und um Geld betteln, oder?«

Tonja zieht die Schultern hoch. »Die meisten von denen sind echt in Ordnung, die müssen sich für nichts schämen. Alleinerziehende Mütter oder Väter, die arbeitslos geworden sind und ihre Miete nicht mehr zahlen können. Oder Künstler und Musiker … Ganz normale Leute eben, die Hilfe brauchen. Das sind nicht nur Alkis und Psychos oder was du dir so vorstellst.«

»Ja, ja«, sagt Lukas und streicht seine nassen Haare nach hinten. »Aber alle irgendwie gescheiterte Existenzen.«

»Und das könnte dir nie passieren, was?«, kontert Tonja scharf.

Lukas breitet die Arme aus. »Krieg dich wieder ein, ich meine es ja nicht so. Du wirst bestimmt mal Politikerin, so wie du dich aufregst.«

»Kann schon sein«, sagt Tonja und legt sich kleine, glänzende Dolmades und einen Klecks Tzatziki auf ihren weißen Pappteller.

Sie wäre garantiert eine hervorragende Politikerin. Ich würde sie auf jeden Fall wählen. Einen ehrlicheren und gerechteren Menschen als Tonja kann man lange suchen.

»Wir haben gerade über Silja gesprochen«, sagt Nils unvermittelt.

Tonja und ich tauschen einen erstaunten Blick. Was ist denn heute mit Nils los? Dass er ein Gespräch anleiert, ist an und für sich schon ungewöhnlich, aber dass er noch einmal auf Silja zurückkommt, beunruhigt mich fast ein wenig. Tonja spricht meine Gedanken laut aus.

»Warum? Bist du an ihr interessiert?«

Nils sieht überrumpelt aus, fasst sich aber sehr schnell wieder.

»Nicht, wie du denkst«, sagt er. »Ich hab nur beobachtet, was sie mit unserer Klasse macht. Sie kommt reingestapft, setzt sich auf Emelies Platz und … kommt damit durch! Den ganzen Schultag hat keiner von uns irgendetwas gegen sie gesagt, oder? Und sie hat sich Sven und seiner Clique angeschlossen, als ob es das Selbstverständlichste von der Welt wäre.«

Selbst Lukas hebt den Blick von seinem vollgeladenen Teller, und Nils merkt plötzlich, dass wir alle drei gespannt auf die Fortsetzung warten. An seinem Hals werden ein paar rote Flecken sichtbar, er zieht die Beine an den Körper und schlingt die Arme um die Knie, wie in Schutzhaltung. Ich schaue in seine dunklen Augen und spüre wieder dieses Flattern.

»Ich frage mich einfach, wieso das so ist. Warum verhalten einige Menschen sich von Anfang an genau richtig, auch wenn sie komplett verrückte Dinge tun?«

»Zum Beispiel, in der Mathestunde seine Titten zu zeigen?«, steuert Lukas mit schlecht verhohlener Begeisterung bei.

»Was ist daran *richtig*?«, meint Tonja. »Jedenfalls hat sie alle ganz schön geplättet. Wartet's ab, bis Emelie zurück ist und Lovisa sich von ihrem ersten Schock erholt hat.«

»Mich hat es jedenfalls dazu gebracht, über die Hierarchie in der Klasse nachzudenken«, sagt Nils. »Die wird plötzlich so deutlich.«

Lukas sieht ihn mit offen stehendem Mund an.

»Sag mal, was redest du da eigentlich für einen Stuss?«, fragt er.

»Das stimmt«, sage ich, ohne nachzudenken. »Das ging mir genauso.«

Nils scheint aufzuatmen und wir lächeln uns kurz an.

»Was haltet ihr davon«, sagt Tonja plötzlich. »Wir machen eine Liste, wer wo steht, und dann sehen wir ja, wo Silja nach einer Weile landet. Dann können wir auch nachprüfen, ob sich bis zum Ende der Neunten was verändert. Aber das muss unter uns vieren bleiben, sonst ist der Witz weg.«

»Was denn für eine Liste?«, fragt Lukas. »Ich raff grad gar nichts.«

»Jetzt stell dich doch nicht blöder, als du bist!«, seufzt Tonja. »Eine Liste. Auf der zum Beispiel Sven als *coolster Typ der Klasse* steht. Kapiert?«

»Ah ja, mit Sven ganz oben und Line ganz unten?«

»So in der Art.«

»Okaaay, jetzt hab ich's verstanden!«

»Und was ist mit uns?«, fragt Nils. »Wie machen wir das mit uns?«

»Tonja und ich platzieren euch und ihr platziert Tonja und mich. Okay?«

»Ganz schön bescheuert, wenn ihr mich fragt«, sagt Lukas. »Das machen doch sonst eher die Mädels in der Fünften, oder? Aber ich bin dabei.«

Wir verstummen, als Oskar sich zu uns auf die Decke fläzt und gierig unser Picknick beäugt.

»Madeleine und Ellen rücken das Essen noch nicht raus. Ihr habt ja echt krass viel«, sagt er.

Lukas seufzt. »Ich *wusste* es. Hast du überhaupt was mitgebracht?«

Oskar holt ein paar Flaschen Softdrink, und kurz darauf sind auch Ellen und Madeleine mit ihren Badelaken neben unsere Decke umgezogen. Jetzt gibt es doch ein Gemeinschaftspicknick. Die Stimmung steigt. Oskar ist ein echter Clown, kann aber ganz witzig sein, wenn man sich auf seinen speziellen Humor einlässt. Ellen und Madeleine sind seine treuen Fans. Sie werden wahrscheinlich als Groupies auf unserer Liste auftauchen, die fast alles tun würden, um in den Dunstkreis derer zu kommen, die weiter oben stehen.

Insgeheim beobachte ich Nils. Er ist wieder ganz der Alte, der stille Beobachter. Mit jeder Brise vom Wasser schiebt sich eine dunkle Locke in seine Stirn.

Die Sonne steht jetzt tiefer und die Farben um uns herum sind intensiver als im grellen Tageslicht. Ich kann mich nicht entscheiden, ob ich Tonjas Idee mit der Liste gut finde oder nicht, aber ich bin froh, dass Nils den Gedanken mit unseren Rollen in der Klasse zuerst angesprochen hat. Schön, dass er auch über solche Dinge nachdenkt. Hätte ich ihm gar nicht zugetraut.

Lukas rutscht näher an Tonja heran und legt seinen Arm um ihre Schultern. Sie verliert noch nicht einmal den Faden in dem Satz, den sie gerade sagt, und lässt zu, dass Lukas' Arm liegen bleibt, als wäre das ganz selbstverständlich. Was es in gewisser Weise ja auch ist. Aber wenn Nils plötzlich seinen Arm um mich legen würde, dann würde ich komplett aus dem Konzept geraten. Und wahrscheinlich würden alle um uns herum verstummen oder uns aufziehen und blöde Kommentare abgeben. Es würde jedenfalls nicht unbemerkt bleiben, wie bei Lukas' Arm um Tonjas Schultern. Und wahrscheinlich sehe nur ich das kleine Extrafunkeln in Tonjas Augen.

Viertel nach acht berührt die Sonne die Baumspitzen auf der anderen Seeseite. Madeleine fängt an zu frieren und zieht sich wärmer an, während sie peinliche Geschichten aus ihrem letzten Zelturlaub erzählt, mit denen sie alle zum Lachen bringt.

Und da kommt die Traurigkeit. So ist das immer bei mir. Wenn ich am entspanntesten und glücklichsten bin, kommt sie ohne Vorwarnung. Ich weiß nicht, ob es wirklich Traurigkeit ist. Aber es ist etwas Dunkles mit gewetzten Krallen, das sich ungeduldig in meinem Innern rührt und mich aus der warmen und sicheren Gemeinschaft heraustreten und sagen lässt: »Ich geh dann mal nach Hause.«

Tonja kennt mich. Die wunderbare Tonja versteht mich zwar nicht immer, aber sie weiß davon und respektiert es.

»Ich auch«, sagt sie schnell und steht auf. »Nett war's! Bis morgen dann!«

Aus dem Augenwinkel sehe ich, dass Nils meinen Blick sucht, aber in diesem Moment kann ich ihn nicht ansehen. Das hat nichts mit ihm zu tun, aber es gibt Dinge, die kann ich mit niemandem teilen. Tonja wirft Lukas eine Kusshand zu und wir gehen zu unseren Rädern.

Auf dem Nachhauseweg reden wir über den Englischtest, für den wir beide noch nichts gemacht haben. Wir verabschieden uns vorne an der Kreuzung. Als ich in meine Straße einbiege, die jetzt ganz im Schatten liegt, wird es spürbar kühler. Ich stelle das Rad in den Fahrradkeller und fahre mit dem Aufzug nach oben. Der Ton vom Fernseher ist bis ins Treppenhaus zu hören.

»Bist du das, Schatz?«, ruft Mama.

»Ja.«

»War's schön?«

»Hm.«

»Hast du Hunger?«

»Nein.«

»Okay.«

Ich ziehe die Schuhe aus und lege eine Hand an die Tür von Antons Zimmer. Ganz leicht, weil sie nicht richtig geschlossen ist und ich nicht will, dass sie aufgeht. Das ist nicht mehr Antons Zimmer, sondern das Büro. Und bei Bedarf Gästezimmer.

»Gute Nacht«, sage ich. Still, in meinem Kopf. Nicht laut. Es ist lange her, dass ich das laut gesagt habe. Ich erinnere mich noch ganz genau an Mamas und Papas Blicke, kurz nachdem Anton gestorben war. Ich war sechs Jahre alt und wir waren auf dem Spielplatz. Ich stieß seine Schaukel an und unterhielt mich mit ihm im Sandkasten. Sie haben erst mich angesehen und dann einander. Gequält. Und ich war schrecklich wütend, weil sie mich so ansahen.

Das bin ich nicht mehr. Und seine Schaukel stoße ich auch nicht mehr an. Immerhin geht er jetzt in die Sechste. *Würde gehen*, meine ich.

Ich finde es nicht gut, die Leute in eine Art Beliebtheitsskala einzuordnen«, sage ich.

»Das tun doch nicht wir, das machen die Leute doch selber«, sagt Tonja. »Wir bilden nur ab, was schon vorhanden ist.«

Lukas, Nils, Tonja und ich haben uns in eine abgelegene Ecke in der Bibliothek zurückgezogen. Die Idee von der Liste, die am Anfang noch ganz witzig war, hat plötzlich so etwas Ernstes.

»Das heißt ja nicht automatisch, dass einer besser ist als ein anderer«, fährt Tonja fort. »Oder mehr wert. Es geht um Macht, und manche Leute haben einfach mehr Macht als andere, oder?«

»Klar«, sagt Lukas und nickt zustimmend.

Nils schüttelt den Kopf. »Ich bin Vendelas Meinung. Wie stellt ihr euch das eigentlich vor? Wer von uns kommt zuerst, Lukas oder ich?«

»Ich, natürlich«, tönt Lukas mit einem breiten Grinsen.

»Im Ernst«, sagt Nils.

»Okay, mach einen besseren Vorschlag!«

»Wir könnten Gruppen zusammenstellen«, schlägt Nils vor. »Die gibt es doch eindeutig. Sven, Emelie, Lovisa und Leo sind eine.«

»Und jetzt stellt euch vor, wie Lovisa ausrastet, wenn Silja ihren Platz einnimmt«, sagt Tonja. »Lovisa hat es sich mit so ziemlich allen aus der Klasse verdorben.«

»Aber deswegen wird Silja ihren Platz nicht einnehmen«, werfe ich ein. »Sie wird niemals die Jasagerin von Emelie.«

»Es gibt drei Leute, die keiner Gruppe angehören«, sagt Nils nachdenklich und offenbar erstaunt.

»Wer?«, fragt Tonja.

»Line, Ingela und Oskar.«

Wir sehen uns schweigend an.

»Shit«, sagt Lukas. »Ich weiß nicht, ob ich das gut finde.«

»Aber man kann nicht einfach aufhören, darüber nachzudenken«, überlegt Tonja.

Dass Line ganz allein am untersten Ende der Skala steht, ist unbestreitbar. Es gibt einige Leute in der Klasse, die scharf an der Grenze des peinlichen Nerds vorbeischrammen, aber niemand wie Line. Tonja und ich haben schon oft darüber gesprochen. Es ist unmöglich, Line in die Gemeinschaft aufzunehmen. Wenn man es ein seltenes Mal schafft, dass sie den Blick unter ihren Haarsträhnen hebt, schlägt einem nur Feindseligkeit entgegen. Sie geht grundsätzlich davon aus, dass alle Hintergedanken haben und ihr Böses wollen. Wenn man ihr versichert, dass man weder das eine noch das andere will, zischt sie einen an, dass sie auf unser Mitleidsgehabe verzichten kann. Wie man's macht, ist es falsch. Vielleicht ist sie innerlich so kaputt, dass es nicht mehr zu reparieren ist. Ungefähr so, als wollte man eine pulverisierte Porzellanvase wieder zusammenkleben.

Ingela ist auch eine Ein-Personen-Gruppe, das stimmt, aber auf eine andere Weise als Line. Ingela ist nicht wie die anderen, aber das stört sie nicht die Bohne. Sie spielt Geige, seit sie stehen kann, fährt ständig zu Musikveranstaltungen und hat jede Menge Freunde, die alle möglichen Instrumente spielen. Nicht Bassgitarre oder Schlagzeug, sondern Schlüsselharfe oder Akkordeon und so was. Sie hat sich für das Bauprogramm am Gymnasium entschieden, definitiv als einziges Mädchen aus der Klasse. Aber keiner käme auf die Idee, Ingela deswegen zu mobben, weil es ihr einfach egal ist. Es macht sozusagen keinen Sinn, sie zu ärgern.

Dass Oskar auch keiner Gruppe angehört, wäre mir im Traum nicht eingefallen. Ich sehe Nils an.

»Wie kommst du darauf, dass Oskar zu keiner Gruppe gehört?«, sage ich. »Er hat doch jede Menge Freunde. Euch, zum Beispiel.«

»Er hängt mit uns rum. Das ist nicht das Gleiche. Er … hat keine *richtigen* Freunde, nicht wie wir.« Nils windet sich. »Das ist mir jetzt unangenehm. Ich will nichts Ungerechtes über Oskar sagen.«

»Oskar ist witzig«, sagt Lukas. »Er bringt die Leute zum Lachen.«

»Okay«, sagt Tonja. »Ein Klassenclown ist von Natur aus *einsam*.«

Je länger wir versuchen, unsere Mitschüler einzuordnen, umso komplizierter wird es. Von Lovisa, die an Emelies Seite so stark und einflussreich ist, würde ohne Emelie nicht viel übrig bleiben. Ellen und Madeleine kreisen wie Satelliten um die Leitgruppe, und wenn sie dort nicht ankommen, um uns.

»Dann … sind wir vier also eine Gruppe?«, frage ich.

»Im Moment, ja«, sagt Lukas. »Eine Gruppe mit zwei Untergruppen.«

Ich schaue von Lukas zu Nils, der kurz meinen Blick festhält und dann auf die Tischplatte starrt. Tonja zählt die Namen auf der Liste.

»Das ist noch nicht mal die Hälfte. Wer fehlt jetzt noch?«

Wir sitzen bis zum Klingeln über unserer Liste. Der Tisch ist übersät von Radiergummikrümeln, aber zumindest sind schon mal alle Namen zu Papier gebracht, auch wenn manche noch an mehreren Stellen stehen.

Es ist irgendwie ein spezielles Gefühl, als wir zu viert zur ersten Nachmittagsstunde gehen. Wir sind jetzt eine Gruppe. Wir gehören zusammen. Ich und Tonja und Lukas und Nils. Ich und Nils und Lukas und Tonja. Schon klar, zusammengehören und zusammen sein ist nicht das Gleiche. Trotzdem.

Wir sitzen kaum auf unseren Plätzen, vor uns auf den Tischen liegen unsere aufgeschlagenen Chemiebücher, als unsere Liste in Tonjas Tasche wie durch ein mittleres Erdbeben ins Wackeln kommt.

Silja, die heute ein schwarzes, enges Oberteil zu ihrer abgeschnittenen Jeans trägt, legt ihr Buch auf den unteren zweiten Platz von rechts in dem abfallenden Chemiesaal. Ganz außen sitzt Line. Silja setzt sich neben sie.

»Bist du gut in Chemie?«, fragt sie. »Ich glaube, ihr seid weiter als in meiner alten Schule.«

Es wird ganz still. Alle sehen, wie Lines Rücken sich versteift und ihr Blick in Zeitlupe Silja von schräg unten fokussiert.

Silja streicht ihre dunklen Locken nach hinten und wühlt in ihrer Tasche nach einem Drehbleistift, den sie neben ihr Buch legt, und Lipgloss, das sie mit routinierter Handbewegung auf ihre fülligen Lippen aufträgt. Danach hält sie es Line hin.

»Auch was?«

Noch immer in Zeitlupe streckt Line ihre Hand aus und nimmt den Stift.

Schräg hinter Tonja und mir stößt Lovisa einen angeekelten Laut aus, als Line mit dem Stift ein paar Mal über ihre Lippen fährt, ehe sie ihn Silja zurückgibt. Lovisas »Uääh« bleibt in der Luft hängen. Keiner fängt es auf. Keiner weiß so recht, wie er sich verhalten soll. Tonja sieht mich mit aufgerissenen Augen an.

Silja merkt von alledem nichts. Oder zumindest tut sie so. Ist sie naiv, total durchgeknallt, bewusst provokant oder einfach nur cool? Wie auch immer, peinlich ist es in jedem Fall.

Emil, der neue Referendar, kommt in den Chemiesaal, legt einen Stapel Bücher auf den Labortisch und lächelt uns an.

»Hallo, alle zusammen! Falls jemand am Montag nicht in der Aula dabei war – ich heiße Emil und bin der neue Referendar für Chemie und Biologie.«

Sein Blick wird plötzlich unsicher. Man könnte eine Stecknadel fallen hören. Auch wenn Emil uns noch nicht kennt, scheint er mitzubekommen, dass irgendetwas nicht stimmt.

»Björn kommt auch gleich«, fügt er hinzu, als wäre die Abwesenheit des Hauptlehrers die Erklärung für unsere stumme Verwirrung.

Lovisa zuckt mit den Schultern und schnauft. Madeleine kichert. Lines Rücken ist immer noch steif, sie starrt schräg an ihrer neuen Banknachbarin vorbei. Falls Silja einfach nur nett sein wollte, war das nicht von sichtbarem Erfolg gekrönt. Aufmerksamkeit ist nichts für Line.

»Der sieht ja super aus«, flüstert Tonja mir ins Ohr.

Ich reiße den Blick von Lines Rücken los und begutachte Emil. Ziemlich groß, breite Schultern, volles Haar und klare, blaugrüne Augen. Doch, er sieht gut aus. Eher wie ein Sportstudent, aber ihn interessieren offensichtlich mehr die Naturwissenschaften.

Björn kommt mit seinem Laptop und einem schwarzen Ordner unterm Arm hereinspaziert. Er ist schon ewig an der Annelundsschule, aber wir haben ihn erst seit der Achten. Björn macht, wenn man ihn das erste Mal sieht, einen leicht verwirrten Eindruck. Seine Haare sind zerzaust, er bewegt sich irgendwie ruckartig und stottert ab und zu. Aber er hat die Klasse im Griff, kennt sich gut aus in seinen Fächern, und wenn er mal eine Frage nicht beantworten kann, gibt er das einfach zu und verspricht, bei nächster Gelegenheit darauf zurückzukommen. Darum beginnt er die heutige Unterrichtsstunde auch mit einer ausführlichen Erklärung, warum die langwelligen Sonnenstrahlen die Ozonschicht durchdringen, während die kurzwellige ultraviolette Strahlung aufgehalten wird. Oskar hat in der Biologiestunde am letzten Montag danach gefragt.

Als Björn seinen Vortrag beendet hat, entdeckt er Silja und heißt sie herzlich willkommen.

Silja sieht Emil an. »Danke«, sagt sie mit einem Lächeln.

Emil lächelt auch, nickt dann aber eilig Björn zu, als wollte er so das Lächeln weitergeben.

»Wow«, flüstert Tonja in mein Ohr. »Flirtalarm!«

Das Handy in Tonjas Tasche vibriert dumpf. Sie zieht es im Schutz des Tischbeins heraus. Es ist eine SMS von Lukas.

Heute Nachmittag Miranda? Alle vier?

Tonja sieht mich an und ich nicke hastig. Sie tippt eine kurze Antwort und steckt das Handy wieder in die Tasche. Das Benutzen von Handys während des Unterrichts ist bei Björn strengstens untersagt.

»Aber vorher muss ich noch Englisch pauken«, flüstert sie. »Sonst krieg ich das heute auch wieder nicht gebacken.«

Ich werfe einen Blick zu Nils rüber. Er lässt seinen Stift zwischen Daumen und Zeigefinger wippen und sieht nachdenklich aus. Er erwidert meinen Blick nicht. Vielleicht hat Lukas ihn gar nicht gefragt, sondern einfach für ihn entschieden.

Ach ja, die Englischhausaufgabe. Typisch Grace, uns gleich in der ersten Schulwoche nach den Sommerferien was aufzugeben. Ich müsste auch dringend damit anfangen, aber als ich die Bücher in meinem Zimmer auspacke, ist das Wetter draußen so schön, dass ich einfach rausmuss. Ich fahre mit dem Rad zum Katrinebergspark, schließe es am Rand ab und spaziere am Fluss entlang durch die klare Luft. Eigentlich ist der frühe Herbst meine Lieblingsjahreszeit.

Als ich an dem alten Pavillon vorbeikomme, wird meine Brust eng und die spitzen Krallen ziehen ein paar Runden in meinem Innern. Anton und ich haben oft hier gespielt. Das ist jetzt neun Jahre her. Er sitzt still auf einer Bank und schaut aufs Wasser, das an ihm vorbeifließt. Sein Haar bewegt sich leicht im Wind. Ich wünschte, ich könnte mich neben ihn setzen und mich mit ihm unterhalten, aber so funktioniert das nicht. Stattdessen gehe ich schneller, bis ich ins Schwitzen und Schnaufen gerate.

Es ist kurz vor vier, als ich wieder bei meinem Rad ankomme. Da wir erst um halb sechs im Miranda verabredet sind, habe ich noch genügend Zeit zu duschen und mich umzuziehen. Die Englischhausaufgabe verdränge ich erfolgreich und fahre einen kleinen Umweg über die Järnvägsgatan Richtung Bahnhof und Eisenbahnbrücke.

Da sehe ich sie. Ich erkenne sie nicht gleich, sehe nur, wie hoch über den Gleisen irgendein Wahnsinniger auf dem Brückengeländer balanciert. Mein Mund wird staubtrocken vor Schreck und ich mache eine Vollbremsung.

Das ist Silja.

Wie verhält man sich in so einer Situation?

Was würde Tonja tun?

Wenn ich rufe, stürzt sie womöglich ab.

Will sie fallen?

Die Gedanken wirbeln in meinem Kopf durcheinander, als ich mit dem Rad auf die Brücke biege. Zwei Autos bleiben fast zeitgleich stehen. Ein kräftig gebauter Mann steigt aus seinem Wagen und winkt Silja aufgeregt zu.

»Bist du denn von allen guten Geistern verlassen!«, schreit er.

Silja dreht den Kopf zur Seite und schwankt, mir bleibt fast das Herz stehen.

»Ich rufe die Polizei!«, schreit der Mann. »Komm auf der Stelle da runter!«

Das andere Auto steht nur bewegungslos da, aber es steigt niemand aus. Dann kommt noch ein drittes Auto auf die Brücke gefahren und hupt laut, als Silja vom Geländer springt und lachend in meine Richtung rennt.

»Bist du komplett verrückt?«, keuche ich, drehe mein Rad um und schiebe es neben ihr her.

Sie wird langsamer und lacht noch einmal.

»Was soll man denn machen, wenn das Gefährlichste in diesem Kaff ist, dass man sich an seinem Kaugummi verschluckt?«

Der Schrecken hat sich noch nicht ganz gelegt, ich umklammere den Fahrradlenker so fest, dass meine Fingerknöchel ganz weiß sind. Ich weiß nicht, was ich sagen soll, gehe aber fast zwangsmäßig neben ihr her, wie um sicherzugehen, dass sie nicht noch mehr wahnsinnige Dinge tut.

»Diese Stadt ist auch nicht anders als andere Städte«, sage ich schließlich. »Man riskiert sein Leben, wenn man über die Straße geht oder sich in den Bus setzt. Das, was du da eben getan hast … du hättest zu Tode stürzen können, ist dir das klar?«

»Natürlich. Genau das ist ja der Sinn dabei. Machst du nie gefährliche Dinge? Das ist ein irre toller Kick!«

Ich schüttele den Kopf. »Du hast sie doch nicht alle.«

Silja zuckt mit den Schultern und sieht mich von der Seite an. »Du bist Vendela, oder?«

Ich nicke.

»Was macht man hier nachmittags eigentlich so?«

»Gestern waren wir am Strand. Das ist nicht weit. Man kann mit dem Rad hinfahren oder den Bus nehmen. Sonst hängen wir meist in einem Café im Zentrum rum, das Miranda heißt. Oder wir gehen in die Galeria, da gibt's jede Menge Läden und so. Wo hast du vorher gewohnt?«

»In Stockholm.«

»Oh. Und warum seid ihr hierhergezogen?«

»Eskil hat einen neuen Job gekriegt und meine ganze Pflegefamilie ist mitgezogen.«

»Pflegefamilie?«

Ich sehe sie verdutzt an. So was erzählt man doch nicht wildfremden Menschen! Aber sie sagt es, als wäre es das Selbstverständlichste der Welt.

Sie nickt. »Sie sind neu. Ich war vorher in einer anderen Familie, aber bei denen lief es nicht so gut. Dafür sind Eskil und Louise total nett. Sie haben eine echt nervige sechsjährige Tochter, obwohl sie wahrscheinlich nicht schlimmer ist als die meisten Mädchen in dem Alter, nehme ich an. Minna heißt sie.«

Ich würde sie gerne fragen, was mit ihrer richtigen Familie ist, traue mich aber nicht recht.

»Wir treffen uns um halb sechs mit ein paar Leuten im Miranda«, sage ich stattdessen. »Komm doch auch, wenn du Lust hast. Zum Kennenlernen und so.«

Sie nickt begeistert und ich bereue mein Angebot gleich ein wenig. Aber ein bisschen nett sein kann ja nicht schaden. Außerdem kann sie nicht auf irgendwelchen Brückengeländern rumbalancieren, wenn sie mit uns zusammen ist.

»Cool«, sagt sie. »Wo ist das Café?«

Ich gebe ihr eine Wegbeschreibung und merke, wie verschwitzt ich bin. Der Schrecken, den sie mir eingejagt hat, hat sein Teil dazu beigetragen.

»Ich will vorher noch nach Hause, duschen«, sage ich. »Wenn du dich bis dahin nicht doch noch umbringst, sehen wir uns in einer Stunde.«

Silja lacht. »Okay.«

Während ich heimwärts radele, rufe ich Tonja an.

»Die ist echt total übergeschnappt«, platzt sie heraus. »Nimmt die was? Amphetamin oder so 'n Scheiß?«

»Keine Ahnung. Sie kommt nachher ins Miranda, da kannst du sie ja fragen.«

Tonja ist nicht sonderlich begeistert über diese Neuigkeit. »Aber wir haben doch ein Date.«

»So privat ist es im Miranda nun ja nicht gerade.«

Wir beenden das Gespräch, weil ich mein Rad in den Fahrradraum bringen muss.

Papa ist zu Hause und brutzelt was in der Küche. Er ist ein hervorragender Koch, und plötzlich merke ich, wie hungrig ich bin.

»Hallo, was gibt's?«

Papa blickt von der Pfanne auf. Gerötete Wangen und glänzende Augen. Sein Gesicht verrät sofort seine Stimmungslage. Das ist nicht das Schlechteste, wenn man was von ihm will. Geld zum Beispiel. Man muss einfach den passenden Moment abwarten.

Er nimmt einen Teelöffel und probiert mit zufriedener Miene. »Pasta. Ich mache gerade die Sauce mit luftgetrocknetem Schinken.«

»Das duftet super! Wann ist es fertig?«

»In zehn Minuten ungefähr oder einer Viertelstunde.«

»Dann dusch ich vorher. Ich will noch weg.«

»Aber nicht eine halbe Stunde im Bad rumtrödeln.«

Ich dusche im Turbotempo. Während ich ein bisschen Wimperntusche auflege, denke ich an Silja auf dem Brückengeländer. Dass sie so was macht! Ich würde mich im Leben nicht trauen, da hochzuklettern, selbst wenn ich es wollte.

Dann denke ich an Nils. Was muss man eigentlich tun, wenn man mehr will als nur Freundschaft? Tonja und Lukas versuchen beide, uns zu verkuppeln. Aber was ist der nächste Schritt? Händchen halten? Aber doch nicht in der Schule? Wie es wohl ist, ihn zu küssen? Seine Lippen sehen so schön weich aus. Es kribbelt im Bauch, als ich vorm Spiegel die Lippen zum Kussmund spitze. Ob er sich auch solche Gedanken über meine Lippen macht?

Ich gehe in mein Zimmer und öffne den Kleiderschrank. Das dünne, dunkelrote Oberteil und die schwarze Jeans? Dazu die Kapuzenjacke, falls es kühler wird. Warum muss ich aber auch so knochig sein? Ich kann essen, so viel ich will. Tonja jammert immer, dass sie zu dick ist, dabei ist sie das überhaupt nicht. Sie sieht einfach nur weiblich aus und zum Umarmen mit ihren weichen Formen. Ich bin viel kantiger. Da hab ich mir ja schön was eingebrockt, mich freiwillig in Doppelkonkurrenz mit der hübschen Silja und der süßen Tonja zu stellen!

Plötzlich ist es schon zehn nach fünf. Ich schaufele mir schnell eine Portion von Papas köstlicher Pasta rein.

»Es ist nicht sehr nett, das Essen so runterzuschlingen, wo ich mir solche Mühe gemacht habe«, sagt er.

Ich springe vom Stuhl auf, mit vollem Mund, und versuche zu schlucken und ihm gleichzeitig zu versichern, wie fantastisch es mir geschmeckt hat.

Ich tippe eine kurze SMS an Tonja, dass ich an der Ecke zur Storgatan mit dem Fahrrad auf sie warte. Sie hat ihre Haare gestylt und das weit ausgeschnittene Oberteil und die weißen Sandalen mit Absatz angezogen, die sie im Sommer gekauft hat.

»Sieh an«, sage ich. »Könnte es sein, dass du ein ganz klein bisschen verknallt bist?«

»Findest du das übertrieben?«, fragt sie mit einem Blick auf ihre Füße.

»Du siehst rattenscharf aus. Das macht Lukas bestimmt noch verrückter nach dir.«

Tonja lächelt, fast entschuldigend. »Ich bin ein bisschen nervös, dass Silja auch kommt. Findest du nicht auch, dass sie genau das ist, wovon alle Jungs träumen?«

Ich lache. »Was meinst du mit ›genau das‹? Und würdest du wirklich so sein wollen?«

Tonja lächelt wieder, aber diesmal viel entspannter.

Das Café Miranda ist etwas mehr als halb voll. Seit es abends geöffnet hat, ist es noch beliebter geworden. Karim, dem der Laden gehört, hat inzwischen drei Mädchen eingestellt. Tonjas Mutter und ihre Mitschüler haben sich früher auch schon im Café getroffen, aber da war das Lokal noch viel kleiner und ziemlich abgewrackt und Karim arbeitete alleine dort.

Lukas und Nils sind schon da. Sie stehen an einem Tisch, an dem drei ältere Jungs sitzen, einer von ihnen ist Lukas' Bruder. Nils entdeckt uns und stößt Lukas an, der den Blick hebt und uns grinsend zuwinkt.

»O Mann, was ist denn bloß los?«, murmelt Tonja.

Meist bin ich es, die unsicher wird, wenn Nils dabei ist, während Tonja ganz entspannt bleibt. Aber jetzt ist sie es, die rot wird, als die beiden auf uns zukommen. Vielleicht wegen der Schuhe und der Schminke, weil sie sich so offensichtlich aufgebrezelt hat.

»Hi«, sagt Lukas und versucht lässig zu wirken, wobei sein Blick auf Tonja was ganz anderes sagt.

Für die beiden scheint es heute auch anders zu sein. Oder zumindest für ihn.

Ich sehe Nils an und er lächelt.

»Wir laden euch ein«, sagt Lukas. »Was wollt ihr haben?«

»Chai Latte«, sagt Tonja. »Wenn das okay ist.«

Tonja liebt Chai-Tee. Selbst bei heißesten Sommertemperaturen trinkt sie den würzigen Tee.

»Klar«, sagt Lukas. »Mit Kuchen? Oder was anderem?«

»Hast du eine Bank überfallen?«

Tonja lacht.

Nils sieht mich an. »Und du?«

Ich komm mir richtig erwachsen vor, aber zugleich auch merkwürdig verlegen. In Filmen lädt fast immer der Mann die Frau ein. Warum ist das eigentlich so selbstverständlich? Damit hat der Typ den Vorteil auf seiner Seite, weil die Frau ihm was schuldig ist.

»Aber nur, wenn ich dich das nächste Mal einladen darf.«

Kaum habe ich das gesagt, wird mir klar, dass das eine eindeutige Einladung zur Fortsetzung unserer Kaffeedates ist. Tonja schickt mir einen anerkennenden Blick, gemischt mit Staunen, weil diese Antwort eigentlich eher von ihr zu erwarten gewesen wäre.

Nils nickt. »Hört sich doch gut an.«

Ich entscheide mich für einen frisch gepressten Orangensaft. Der ist zwar ziemlich teuer, aber da ich zu satt bin, um was zu essen, ist es in etwa der gleiche Preis wie für den Chai Latte und das Vanilleteilchen, das Lukas Tonja spendiert. Er selbst nimmt auch ein Vanilleteilchen, Nils ein halbes Käsebrötchen und eine Bionade. Danach suchen wir uns einen Tisch im hinteren Teil des Lokals. Und endlich ist es nicht mehr so fremd und steif. Wir sind schließlich nicht das erste Mal zusammen im Miranda. Aber bisher hat es sich immer zufällig ergeben und war nicht vorher verabredet.

»Silja kommt wahrscheinlich noch vorbei«, sage ich.

Lukas und Nils sehen mich fragend an.

»Ich … hab sie vorhin getroffen«, schiebe ich erklärend hinterher. »Sie war allein, und da dachte ich, weil sie ja noch niemanden kennt, wäre es vielleicht ganz nett … Das ist schließlich der ideale Ort, um Leute kennenzulernen.«

Eigentlich will ich gar nicht von der abenteuerlichen Begegnung auf der Brücke erzählen, weil mir schon klar ist, dass Silja damit die volle Aufmerksamkeit der Jungs auf sich zieht, aber dann rutscht es mir doch heraus. Damit es noch spannender wird, senke ich die Stimme, damit die anderen Gäste an den Nachbartischen nichts mitbekommen.

Lukas reißt die Augen auf und ich spüre Tonjas spitzen Blick von der Seite. Okay, das war nicht sehr clever. Aber passiert ist passiert.

»Ist das dein Ernst? Auf dem Brückengeländer?« Er schnappt nach Luft. »Also aufrecht und auf eigenen Füßen?«

Ich nicke.

»Natürlich auf ihren Füßen«, sagt Tonja gereizt. »Oder dachtest du etwa, sie wäre auf Händen da rüberspaziert?«

Lukas ignoriert ihren Einwurf und sieht mich an, als rechne er jeden Moment damit, dass ich lache und sage, es sei nur ein Scherz gewesen.

»Eindeutig anders«, sagt Nils. »Irgendwie war das ja schon von Anfang an klar.«

In dem Augenblick kommt Silja durch die Tür. Sie bleibt stehen und sieht sich um. Sie fällt total auf in der Menge. Okay, unsichtbar war sie vorher auch nicht gerade, aber hier ist es noch viel stärker.

»Hier!«, ruft Lukas so laut, dass ein paar Leute sich zu ihm umdrehen.

Silja lächelt und kommt auf uns zu. Tonja beugt sich zu mir rüber und flüstert mir ein sarkastisches »Danke« ins Ohr. Ich schicke ihr einen entschuldigenden Blick. Das war keine böse Absicht, versuche ich ihr zu sagen, ist mir einfach so rausgerutscht.

»Hallo«, sagt Silja. »Hier trifft man sich also.«

»Zum Beispiel«, sagt Lukas. »Wenn man nicht gerade auf Brückengeländern balanciert.«

Hoffentlich ist Silja jetzt nicht sauer, weil ich es weitererzählt habe. Andererseits hätte jeder andere sie genauso gut dabei sehen können, ein Geheimnis ist es also nicht. Sie sieht mich nicht unfreundlich an und lacht.

»Ich hol mir nur schnell was«, sagt sie.

»Die Vanilleteilchen sind lecker«, sagt Lukas. Tonjas Miene verfinstert sich noch weiter, als ob das mit den Vanilleteilchen etwas ganz Privates zwischen ihr und Lukas wäre.

Silja dreht uns den Rücken zu und geht mit schwingender Hüfte zur Theke. Ihr dunkelblaues Oberteil endet über der Taille und offenbart eine ziemlich große Tätowierung, die in der Jeans verschwindet. Ich kann nicht erkennen, was es ist, bin aber ehrlich gesagt ein bisschen schockiert. Ich kenne niemanden in unserem Alter mit einer Tätowierung.

»Oh«, sagt Nils, den Blick auf die Stelle oberhalb von Siljas Hintern geheftet, und ich verstehe, dass es wirklich keine gute Idee war, sie einzuladen.

Überhaupt wird sie auch ohne mich Leute kennenlernen, ein Schüchternheitsproblem scheint sie ja nicht gerade zu haben.

»Findest du Tätowierungen schön?«, fragt Tonja.

Nils zuckt mit den Schultern. »Geht so. Ich staune nur.«

»Hör auf, dir fallen ja fast die Augen aus dem Kopf, gib's zu!«, zieht Lukas ihn auf.

»Sprich für dich«, sagt Nils.

Lukas sieht Tonja an und grinst.

»Ich weiß schon, wem ich hinterhergucke«, sagt er und Tonjas Gesichtszüge entspannen sich ein wenig.

Silja kommt mit einem Caffè Latte und einem Blaubeermuffin zurück. Und wieder denke ich, dass sie älter wirkt als wir anderen. Eher wie siebzehn oder so.

»Und warum?«, fragt sie, als sie sich vom Nachbartisch einen Stuhl geholt und sich zu uns gesetzt hat. »Warum trifft man sich ausgerechnet hier?«

»Weil hier alle anderen sind«, sagt Tonja.

»Weil's gemütlich ist«, sagt Lukas. »Und der Eigentümer wird nicht sauer, wenn man ein paar Stunden hier hockt und sich nur eine Cola oder so was leisten kann. Es reicht sogar schon, wenn einer aus der Gruppe was kauft.«

»Die an der Kasse ist auch nett«, sage ich. »Sofi. Die anderen beiden heißen Emma und … Ellinor, glaube ich. Ellinor arbeitet nicht jeden Tag, meistens am Wochenende. Und Emma hat einen gut aussehenden Freund.«

»Merkwürdig«, korrigiert Tonja mich. »Einen merkwürdigen Freund in merkwürdigen Klamotten.«

»Er ist cool. Er heißt Markus, wenn ich mich richtig erinnere.«

»Woher wisst ihr das denn alles?«, sagt Lukas. »Ich weiß ja noch nicht mal, wie die Mädels heißen.«

Dann fragt er Silja, wo sie vorher gewohnt hat und warum sie hierhergezogen ist, und Silja erzählt ihnen das Gleiche wie mir. Ich bin ein bisschen enttäuscht. Ich dachte, das wäre so eine Art Vertrauensbeweis, dass sie mir das mit ihrer Pflegefamilie erzählt hat, aber offenbar erzählt sie das jedem.

Nils hebt interessiert den Blick und mustert sie. »Was ist mit deiner richtigen Familie? Darf man das fragen?«

Er fragt, was ich mich nicht getraut habe. Bei Lukas oder Tonja hätte mir das nicht so viel ausgemacht. Nils fragt nämlich nur nach, wenn er unbedingt was wissen will, nach Dingen, die ihn wirklich interessieren. Darum fand ich es auch so bedeutungsschwer, als er mich gefragt hat, wer denn mein Typ sei. »Du«, hätte ich antworten sollen. »Du bist mein Typ.« Dann wären wir jetzt vielleicht schon ein Paar.

Silja sieht ihn ein paar Sekunden lang an, dann stellt sie ihr Latteglas auf den Tisch und lehnt sich zurück.

»Meine Mutter hat sich das Leben genommen, als ich drei war«, sagt sie. »Und Papa ist danach zusammengebrochen. Er hat es nicht geschafft, sich um mich zu kümmern.«

Es wird mucksmäuschenstill an unserem Tisch. Tonja und ich tauschen Blicke. Tonja ist sauer, kann ich sehen. Die Bestätigung bekomme ich später auf dem Heimweg, als Tonja mit den Hüften schwingt, das nicht vorhandene lange Haar nach hinten wirft und mit dunkler, heiserer Stimme sagt: »Meine Muuutter hat sich umgebracht, sie ist tooot und ich bin sooooo arm dran, und trotzdem bin ich ja soooo cool und muuutig, dass ich dreißig Meter über den Eisenbahnschienen übers Brückengeländer balanciere!«

Das ist zwar ziemlich gemein, aber ich muss trotzdem lachen.

»Wär sie doch bloß abgestürzt!«, sagt Tonja.

Am nächsten Tag ist Emelie zurück.

Die Stimmung ist fast entspannt. Als wäre die Klasse ein verirrtes Schiff, das endlich seinen Kapitän wiederhat. Schon unten im Garderobenraum wird sie von allen umringt, die sich besorgt nach ihrer Magen-Darm-Grippe erkundigen und wie es auf Bali war.

»Total irre war's da«, sagt Emelie und streicht sich das sorgfältig geglättete und gebleichte Haar aus den Augen. »Wir haben in dem reinsten Luxushotel gewohnt. Fünf Pools und ein eigener Strandabschnitt. Die Strände sind zwar nicht so schön wie auf den Seychellen, dafür ist aber in Bali abends viel mehr los.«

»Du bist wahnsinnsbraun!«, sagt Madeleine bewundernd.

Wir sind eigentlich alle ziemlich braun. Der schwedische Sommer war einer der sonnigsten seit Langem. Aber unsere Sonnenbräune ist natürlich nicht so teuer und exklusiv wie Emelies. Sie trägt eine exotische Batikhose und ein Dutzend klirrende Armreifen ums Handgelenk, ein ärmelloses Baumwolltop mit Aufdruck und ein schwarzes Lederhalsband mit einem silbernen Peace-Zeichen als Anhänger.

Sie sieht sich um. »Und wo ist die Neue?«

Natürlich hat Lovisa Emelie über die Neuigkeiten in der Schule auf dem Laufenden gehalten. Alle Blicke schweifen durch den großen Raum mit den blauen und grünen Schließfächern, aber Silja ist nirgends zu sehen.

Sie taucht erst auf, als wir schon vor der Spanischklasse stehen. Mit Line im Schlepptau.

Sie kommen eigentlich nicht zusammen. Line geht wie zufällig schräg versetzt hinter Silja. Außer ihnen läuft niemand durch den Flur, und sie gehen ein bisschen zu dicht hintereinander her, um nicht als *zusammen* betrachtet zu werden.

»Hallo«, begrüßt Silja Tonja und mich.

»Hallo«, antworte ich, Tonja nickt nur kurz.

Line bleibt ein Stück hinter Silja stehen und sagt nichts. Sie sieht sich definitiv als Siljas Begleiterin, auch wenn nicht sicher ist, ob Silja das weiß. Emelie, verdeckt von Clara, Ellen, Madeleine, Leo und ein paar anderen, steht an der Wand und unterhält sich mit Sven. Aber plötzlich teilt sich die Menge und gibt die Sicht frei. Als Sven den Kopf dreht und in Siljas Richtung schaut, tut Emelie das auch.

Silja bemerkt die plötzliche Stille und scheint zu verstehen, dass da was läuft. Sie sieht fragend von einem zum anderen, bis ihr Blick auf Emelie fällt, die ihr ja noch unbekannt ist. Aber auch sonst wäre ihr Blick sicher an Emelie hängen geblieben. Weil das mit den Blicken eben so ist. Es ist das reinste Theaterstück.

Nach einigen Sekunden, in denen sich nichts tut, sagt Lovisa: »Das ist sie. Die Neue.«

Emelie nickt. »Schon klar. Silja, oder?«

Silja richtet ihren Blick auf mich und ich mache halb unbewusst einen Schritt nach hinten. In diesen Mist möchte ich nicht reingezogen werden. Sie wendet sich wieder Emelie zu, die mit leicht hochgezogenen Augenbrauen dasteht und wartet.

»Ja«, sagt Silja. »Und du bist … die Königin von Saba, wenn ich es richtig verstanden habe?«

Lovisas Augen verengen sich zu Schlitzen.

»Emelie«, sagt sie. »Aber sie ist nicht an einer näheren Bekanntschaft mit dir interessiert. Außerdem hast du ja schon eine Freundin oder wieso hängt Line sonst wie ein verdammtes Rettungsboot an dir dran?«

Silja dreht sich verdutzt um, und Line starrt verkrampft den Flur hinunter, als ob sie jemanden erwartet.

Emelie verzieht den Mund.

»Silja-Line«, sagt sie dann langsam und überdeutlich.

Es dauert eine Weile, bis alle die Anspielung auf die Fährlinie kapiert haben, und da lacht sogar Tonja neben mir. Silja lacht auch, aber nicht amüsiert.

»Witzig«, sagt sie.

»Eins zu null«, flüstert Tonja aufgeregt.

Die ihr am nächsten stehen, scharen sich wieder um Emelie.

»Ich weiß ja nicht, ob das so schlau war«, sagt jemand leise in mein anderes Ohr.

Ich zucke zusammen, als ich Nils Atem an meiner Wange spüre.

»Was?«, nuschele ich verwirrt.

»Sich mit Silja anzulegen«, antwortet er. »Sie scheint tough zu sein.«

Ich ziehe die Schultern hoch. Eigentlich bin ich ja seiner Meinung, aber es passt mir nicht, dass Nils das findet. Dagegen gefällt es mir sehr, seinen Atem zu spüren, auch wenn er ganz leicht nach Knoblauch riecht. Und es gefällt mir auch, dass sein Arm meinen Rücken streift und mein Kreislauf sich beschleunigt.

Das dauert nur ein paar Sekunden, dann scheint er sich bewusst zu werden, wie nah wir zusammenstehen, und rückt etwas von mir ab. Ich drehe den Kopf und sehe ihn unsicher an. Er fängt meinen Blick auf und lächelt verlegen. In dem Moment bin ich ganz sicher, dass er auch etwas für mich empfindet, und ich muss mir auf die Lippe beißen, um nicht laut zu jubeln und sein Lächeln breit und dämlich zu erwidern.

Da kommt Isabel auf klappernden Absätzen durch den Flur gelaufen.

»Hola, todos!«, trompetet sie und schließt die Tür auf. »Como estáis?«

Selbst als ich schon auf meinem Platz sitze, spüre ich noch die Wärme von Nils Körper. Es ist unruhig in der Klasse, alle quasseln durcheinander und ich lehne mich zu Tonja rüber.

»Er mag mich!«, flüstere ich ihr glücklich ins Ohr.

Sie sieht mich im ersten Moment verdutzt an, dann lächelt sie.

»Das weiß ich schon lange«, sagt sie. »Hat er was gesagt?«

Ich schüttele den Kopf. »Ich hab's einfach gesehen. In seinem Blick.«

Tonja formt ein unhörbares »Wow« mit den Lippen, weil Isabel um Ruhe bittet und es still in der Klasse wird. Da fällt mir ein, dass wir uns mitten in einem Drama befinden, und suche Silja mit dem Blick. Sie hat sich wieder neben Line gesetzt. Warum tut sie das, wenn es neben Oskar noch einen freien Platz gibt, gleich vor Tonja? Warum macht sie sich das Leben unnötig schwer? Sich mit Line abzugeben ist ungefähr so gefährlich, wie auf dem Brückengeländer zu balancieren.

Wir schlagen die Seite zwölf in unseren Spanischbüchern auf. Das Kapitel der Woche ist mit *Amor* überschrieben und handelt von Liebe. Ich schicke Nils einen hastigen Blick und hoffe, dass er als Bestätigung sozusagen auch hochguckt, aber vergeblich. Er kaut auf der Unterlippe und starrt in das Buch. Aber da war doch was in seinen Augen gewesen. Das habe ich mir doch nicht nur eingebildet? Oder?

Nachdem wir einen kurzen Text über eine junge Frau gelesen haben, die sich nicht zwischen zwei Männern entscheiden kann, sollen wir einen Liebestest mit unserem Banknachbarn machen. Die Antworten sollen Aufschluss darüber geben, ob man romantisch veranlagt ist oder nicht. Eine Frage lautet, ob man lieber mit seinem Freund zusammen ist oder mit seinen Freunden. Ich sehe Tonja an. Könnte Nils sie jemals ausstechen? Würde ich jemals zulassen, dass Nils so wichtig für mich wird, dass ich mich gegen Tonja entscheide?

»Estar con mis amigos es más importante que estar con mi novio«, antworte ich.

Tonja lächelt herzlich, dass ich sie einem potenziellen Freund vorziehe, und sie gibt die gleiche Antwort, als sie an der Reihe ist. Aber als wir danach auf Seite 57 das Ergebnis angucken, erfahren wir, dass wir beide superrománticas sind. Und falls wir noch keinen Freund haben, sollten wir uns schnellstens einen zulegen.

Tonja schickt eine SMS an Lukas und fragt, wie viele Punkte er hat. Er dreht sich um und grinst breit.

»Neunzehn«, sagt er. »Superromántico!«

Nils verdreht die Augen. Ich traue mich nicht, ihn nach seiner Punktzahl zu fragen.

Hat Silja ihren Test mit Line zusammen gemacht? Ich beuge mich etwas zur Seite, um an Oskar vorbeizugucken, der in alle Richtungen brabbelt. Ich sehe, dass Silja und Line die Einzigen sind, die das Ergebnis nicht kommentieren, lachen oder sich gegenseitig aufziehen, obwohl sie nebeneinandersitzen. Silja kratzt Lackreste von einem Nagel und Line starrt vor sich hin wie immer. Was ist wohl bei ihrem Test rausgekommen? Sie hat wahrscheinlich weder Freunde noch einen Freund, was das Ganze natürlich eher hypothetisch macht. Ich kann mir Line nur schwer als Superromantikerin vorstellen. Sie macht mir ein schlechtes Gewissen und ich verstehe sie einfach nicht.

Es klingelt zur Pause. Tonja läuft hinter Lukas durch den Flur und ich schließe mich ihnen an.

»Du denkst doch Tag und Nacht an mich, oder?«, fragt Tonja, als sie ihn eingeholt hat.

»Selbstverständlich, Liebling!«, sagt er. Und dann legt er den Arm um ihre Schulter.

Sie gehen nebeneinander durch den langen Sprachflur, Lukas' Arm um Tonjas Schultern, Nils und ich hinter ihnen her. Wie zwei Rettungsboote. Wie *Silja-Line*.

Ich werfe Nils einen schüchternen Blick zu.

»Hast du schon die Erdkundehausaufgaben gemacht?«, frage ich nach viel zu langem Schweigen. »Die Karten über Asien und Amerika, meine ich?«

Fällt mir wirklich kein interessanteres Gesprächsthema ein? Erdkundehausaufgabe? Superromántica!

Aber Nils ist plötzlich ganz interessiert.

»Nein, ich muss das meiste noch machen«, sagt er. »Das hatte ich mir für die Mittagspause vorgenommen, eigentlich müsste die Zeit reichen, oder? Bist du auch noch nicht fertig?«

Eigentlich bin ich fertig. Ich habe alle Namen eingetragen. Aber ich schüttele trotzdem den Kopf. »Noch nicht ganz. Sollen wir's … zusammen machen?«

»Klar. Gerne. In der Bibliothek, nach dem Essen?«

Ich nicke eifrig und mein Herz fängt an zu wummern. Es lebe die Erdkundehausaufgabe! Was für ein tolles Gesprächsthema. Wie romantisch!

Ich hole die ausklappbare Karte aus meinem Schließfach, stecke ein Radiergummi ein und gehe zur Toilette. Dort halte ich die Karte gegen die Wand und radiere ein Drittel der Namen wieder aus, in den abwegigeren Ländern, den kleinen mit Namen, die man kaum jemals gehört hat. Danach schiebe ich die Karte zurück ins Buch.

Tonja kommt auf mich zu, an ihrem Handgelenk baumelt ihre Sporttasche. Ich nehme meine blaue Tasche aus dem Schließfach und gehe mit ihr über den Schulhof zu den Umkleideräumen.

»Was ist mit dir los?«, fragt Tonja amüsiert.

»Was soll sein?«

»Normalerweise leidest du, wenn wir Sport haben, aber jetzt grinst du wie ein Honigkuchenpferd. Geschehen hinter meinem Rücken Dinge, von denen ich nichts mitbekomme?«

»Hinter deinem und Lukas' Rücken«, ziehe ich sie auf. »Ihr macht ja rasante Fortschritte!«

»Nicht ablenken.« Tonja seufzt. »Jetzt sag schon.«

»Wir wollen in der Mittagspause Erdkunde zusammen machen. Die Karten, du weißt schon.«

»Aber damit bist du doch schon fertig.«

Ich grinse. »Nicht mehr. Ich hab einen Teil wieder ausradiert.«

Tonja lacht. »Okay. Alle Maßnahmen sind gut, außer den schlechten.«

»Genau. Und du? Was läuft?«

Sie sieht plötzlich unsicher aus. »Genau das wollte ich dich gerade fragen. Bist du sauer, wenn … Also, Lukas will heute Abend ins Kino. Er hat Nils gefragt, aber der kann nicht, weil er zu irgendeinem Verwandtengeburtstag muss oder so … Du kannst natürlich auch mitkommen, wenn du willst. Das ist doch klar, oder?«

Ich schüttele den Kopf. »Natürlich gehst du mit Lukas ins Kino! Allein. Das ist eindeutig viel romantischer als Erdkundehausaufgaben! Und die mach ich schließlich auch alleine mit Nils. Also.«

Tonja lacht wieder und umarmt mich so leidenschaftlich, dass ihre Sporttasche um mich herumschwingt und mir in die Seite knufft.

»Vendela Viktoria!«, sagt sie. »Victory!«

»Hör auf, du klingst schon wie Papa!«

»Ich finde deinen Vater cool!«

»Ich weiß. Dass du ihn cool findest, meine ich.«

Tonja hat gerade die Tür zur Turnhalle aufgemacht, als ihr Blick links über meiner Schulter hängen bleibt.

»Guck mal«, sagt sie. »Die Reederei kommt.«

Ich drehe mich um. Da geht Silja mit Line schräg hinter

sich. Silja hat eine schwarze Tasche dabei und Line einen blassgrünen Beutel. *Silja-Line.*

Tonja lacht. »Man kann von Em sagen, was man will, aber schlagfertig ist sie.«

Ich sehe sie an. »Seit wann nennst du Emelie Em?«

»Dann eben Emelie.«

»Das sagen doch nur Lovisa und die anderen«, beharre ich.

Tonja zuckt irritiert mit den Schultern. »Ist doch egal!«, sagt sie und geht durch die Tür.

Sport ist absolut nicht mein Fach. Ich gebe mir wirklich Mühe, weil Tonja der totale Sportcrack ist, aber egal, was ich mache, ich finde alles gleich zum Kotzen. Ich habe einfach kein Talent. Ich bin fast in allen Disziplinen schwach. Nicht die Letzte, auch nicht die Zweitletzte, aber schwach. Da das Wetter immer noch ziemlich gut ist, haben wir draußen Sport. Zum Aufwärmen laufen wir ein paar Runden um den Platz, bis meine Lunge brennt und ich Wackelpuddingbeine habe. Ich versuche es mit positivem Denken, denke an die Mittagspause und mein bevorstehendes Treffen mit Nils in der Bibliothek, aber nicht einmal das hilft, als Elsie die Trillerpfeife bläst und mitteilt, dass wir Brennball spielen. Ich krieg schon Kopf- und Bauchschmerzen, wenn ich das Wort nur höre. Und es wird nicht besser dadurch, dass die meisten anderen jubeln. Ich gehe zu Elsie, obwohl ich weiß, dass es nichts nützen wird.

»Ich habe meine Tage, mir ist schlecht«, lüge ich. »Kann ich nicht was Ruhigeres machen, Walking zum Beispiel?«

Elsie hat dickes, dunkelbraunes Haar, das sie immer zu einem Pferdeschwanz im Nacken zusammenbindet. Außerdem hat sie die nervige Angewohnheit, sich ständig zu bewegen. Ich finde es ungeheuer anstrengend, mich mit einem Menschen zu unterhalten, der entweder auf und ab hüpft oder mit kleinen, hektischen Schritten hin und her trippelt. Die Trillerpfeife hopst vor ihrem Busen auf und ab. Ihre Brüste hingegen hopsen nicht. Wahrscheinlich sind sie in einen engen Sport-BH oder sonst ein Folterinstrument gesperrt.

»Du weißt genau, dass Bewegung die Menstruationsbeschwerden lindert«, sagt sie schnell. »Wie oft muss ich das noch sagen?«

»Aber mir ist wirklich schlecht«, sage ich, was sogar die Wahrheit ist. »Wollen Sie, dass ich mich beim Home-Run übergebe?«

»Wenn du einen Home-Run machst, geb ich dir für den Rest der Stunde frei!«, sagt Elsie. »Und jetzt rein mit dir!«

Ich verabscheue Sport. Und ich verabscheue Elsie. Papa hat mir eingetrichtert, das Wort »hassen« nicht so inflationär zu gebrauchen wie alle anderen. Sie »hassen« Kartoffelbrei, bestimmte Musik, romantische Filme oder was auch immer. Aber was ist die Alternative für etwas ganz Schreckliches? Wenn jemand deine beste Freundin vergewaltigt oder dir deinen kleinen Bruder wegnimmt? Ich hasse Gott. Wenn es ihn gibt, dann hasse ich ihn. Wenn ich das laut sage, fällt Tonja in Ohnmacht, obwohl sie gar nicht christlich ist. Aber wenn es einen Gott gibt, den Schöpfer der Menschen, dann hat er den Fehler in Antons Kopf eingebaut, das schwache Blutgefäß, die tickende Bombe. Anton war von Anfang an darauf programmiert, früh zu sterben. Wie gütig ist das? Dabei glaube ich eigentlich gar nicht an Gott. Auch wenn ich mir manchmal wünsche, dass es ihn gibt, damit ich auf jemanden wütend sein kann, ihm die Schuld in die Schuhe schieben kann.

Brennball kann man nicht hassen, meine ich zumindest. Aber fast. Tonja wird in die gegnerische Mannschaft gewählt. Ellen, Madeleine und Lovisa auch. Und Line. Emelie und Silja landen in meiner Mannschaft. Wir beginnen im Innenfeld. Mir ist das egal, eins ist so schlimm wie das andere. Ich versuche mir einzureden, dass es für Line noch schlimmer sein muss, weil sie noch unsportlicher ist als ich, aber das hilft mir auch nicht wirklich weiter.

Als Silja mit dem Schlagen dran ist, höre ich hinter mir Emelies gedämpfte Stimme: »Sie sollte mit dem Arsch schlagen, dann ist wenigstens sicher, dass sie trifft.«

Kichern in der Reihe. Ich weiß nicht, ob Silja den Kommentar gehört hat. Falls ja, lässt sie sich nichts anmerken. Sie nimmt ein rundes Schlagholz und wiegt den Ball in der linken Hand, ehe sie ihn in die Luft wirft und zuschlägt. Alle halten die Luft an, als der Ball wie eine Rakete davonsaust, und die innere Mannschaft vergisst, dass sie gerade noch über Emelies Scherz gelacht hat. Im nächsten Moment schreien alle wild durcheinander, während die Spieler an den Eckpunkten losdüsen. Alle erreichen das Ziel. Selbst Silja, obwohl sie sich nicht sonderlich beeilt. Ich lache und applaudiere mit den anderen.

Eins zu eins, denke ich im Stillen.

Nils sitzt an dem runden Tisch ganz hinten in der Ecke, so weit von den Computertischen entfernt wie nur möglich, wo es ziemlich unruhig ist, egal, wie oft die Bibliothekarin um Ruhe bittet. Vor ihm liegt ein auf der Asien-Seite aufgeschlagener Atlas. Ich lege meine Blätter und einen Stift auf den Tisch und zögere einen Moment, ehe ich mich auf den Stuhl ihm gegenüber setze.

»Wie weit bist du gekommen?«, frage ich.

Er lächelt. »Nicht sonderlich weit. Lukas und ich haben in der Stunde *Angry Birds* auf seinem Smartphone gespielt.«

»Wenn wir es jetzt machen, müssen wir uns wenigstens nicht am Wochenende damit rumschlagen.«

Nils nickt und fährt mit dem Stift über Südostasien. »Das hier dürfte Laos sein, oder?«

Ich nutze die Gelegenheit, mich neben ihn zu setzen. Wir beugen uns über die Karte, Schulter an Schulter, und ich sauge seinen warmen, leicht würzigen Duft ein. Die Buchstaben im Atlas wollen nicht recht Worte bilden und die Linien lassen sich nicht zuordnen. Laos und Kambodscha verschwimmen mit Thailand, das wiederum über Malaysias Grenze schwappt. Ich fülle meine Lunge unauffällig mit Luft und beiße mir auf die Unterlippe. Konzentration!

»Heißt das jetzt Burma oder Myanmar?«, fragt Nils. »Oder sind das zwei unterschiedliche Länder?«

»Weiß nicht«, antworte ich. »Ich hab beides geschrieben. Ich glaube, das sind zwei Namen für ein und dasselbe Land.«

Papa ist viel in Südostasien rumgereist, bevor er Mama kennengelernt hat. Ich habe massenweise Fotos gesehen und endlose Geschichten über die Gegend gehört, darum kommt mir das alles gar nicht so fremd vor, obwohl ich nie selber dort war.

»Das hier ist auf alle Fälle Indonesien«, sage ich und fahre mit dem Finger um die große Inselgruppe.

»Sumatra?«, liest Nils skeptisch.

»Sumatra ist eine Insel in Indonesien. Die größte, glaube ich.«

Er hebt den Blick und sieht mich an. So nah. Seine Augen sind dunkelbraun und schwer zu deuten. Aber es arbeitet ständig in ihnen. Gedanken und Stimmungen bewegen sich darin, ohne sich richtig zu erkennen zu geben.

»Was du alles weißt«, sagt er.

»Mein Vater ist viel gereist«, antworte ich so lässig wie möglich.

»Cool. Ich würde auch gerne reisen. Aber wir fahren ja immer nur nach Griechenland.«

»Das ist doch wohl auch cool, Familie in Griechenland zu haben und dort … zu Hause zu sein. Sprichst du eigentlich Griechisch?«

Er zieht die Schultern hoch. »Nicht sonderlich gut. Meine Oma beschwert sich immer darüber.«

Ein schnelles Lächeln zuckt über seine Lippen. Wie er wohl reagieren würde, wenn ich mich jetzt zur Seite lehne und ihn küsse?

Als hätte er meine Gedanken gelesen, rückt er ein Stück

von mir weg und beugt sich wieder über die Karten. Ich nehme meinen Stift.

»Wo waren wir stehen geblieben? Indonesien, oder?«

»Ja, genau.«

Wir tragen alle Ländernamen für Asien und Amerika ein. Honduras, El Salvador, Uruguay. Meine Gedanken rotieren, während ich schreibe. Wieso ist es so natürlich zwischen Tonja und Lukas? So einfach? Habe ich mich vielleicht geirrt? Ist Nils überhaupt nicht an mir interessiert? Sonst würde er doch wohl die Gelegenheit nutzen, jetzt, wo wir endlich mal alleine sind? Wie nutzen? Ich weiß es nicht so genau. Irgendwie halt. Einen entscheidenden Schritt in die richtige Richtung tun. Oder muss ich alles selber machen? Der Vorschlag, mich bei einem nächsten Date für den Orangensaft zu revanchieren, kam von mir. Und ich habe vorgeschlagen, Erdkunde zusammen zu machen. Gerade war ich es, die sich neben ihn gesetzt hat. Was soll mir das sagen? Dass nur ich was von ihm will? Dass ich besser aufwachen sollte? Reality check.

Ich falte meine Karten zusammen und sehe ihn an. Wahrscheinlich bin ich eine verblendete Idiotin. Er ist gar nicht an mir interessiert. Wir sitzen nur hier, weil wir übrig geblieben sind. Eigentlich geht es nur um Tonja und Lukas. Hätte Tonja eine andere Freundin, würde Nils mit ihr hier sitzen. Es wird Zeit, das einzusehen.

Plötzlich ist mir alles ganz schrecklich peinlich. Ich stehe auf.

»Okay, dann sind wir ja wohl fertig …«, sage ich.

Nils sieht mich überrascht an. Bestimmt war er mit den Gedanken schon ganz woanders.

»Klar«, sagt er. »Danke, dass du mir geholfen hast.«

»Ebenso«, nuschele ich und eile mit einem Kloß im Hals aus der Bibliothek.

Behämmerte Hirntote, Vollidiotin. Wie komm ich denn bloß darauf? Wie konnte ich mir so was Abwegiges überhaupt einbilden? Aus welchem Grund sollte er an mir interessiert sein?

Tonjas Augen strahlen mich an, als wir uns bei den Schränken treffen. Aber das Strahlen verlischt sofort, als sie meinem Blick begegnet.

»Was ist los? Nicht gut gelaufen?«

Ich schüttele den Kopf und ziehe die Englischmappe so energisch heraus, dass ein paar lose Chemieblätter auf den Boden flattern. Wut ist immer noch besser, als loszuflennen.

»Vendela«, sagt Tonja besorgt, »habt ihr euch gestritten?«

»Nein. Ich erzähl's dir später«, sage ich.

»Okay.«

Die Englischstunde dauert ewig. Obwohl es wehtut, muss ich immer wieder zu Nils gucken. Er kriegt von alldem nichts mit, weil er schräg vor mir sitzt. Warum macht mir das so viel aus? Das Ganze ist doch eh nur ein Spiel. Wer hat gesagt, dass irgendwann Ernst daraus wird? Bleibt mir nur, nicht mehr an ihn zu denken. Deshalb können Tonja und Lukas sich ja trotzdem treffen. Deswegen muss Nils sich ja nicht mit mir abgeben.

»Vendela!«, sagt Grace mit Nachdruck. »Are you sleeping? I asked you to translate sentence number three, please!«

Ich starre verwirrt auf das Blatt Papier vor meiner Nase.

Grace hat eine durchdringende Stimme und spricht American English. Das klingt hässlich. Ich trainiere hart, British English zu lernen. Wahrscheinlich kann Grace mich deshalb nicht leiden. Sobald ich auch nur ansatzweise unkonzentriert bin, attackiert sie mich und weist mich zurecht. Zum Glück gelingt es mir, den Satz zu übersetzen, mit unregelmäßigem Verb und allem.

In der Pause berichte ich Tonja von dem Treffen mit Nils. Sie schüttelt den Kopf und meint, dass ich überreagiere.

»Nils ist einfach schüchtern«, sagt sie. »Man sieht doch schon von Weitem, dass er dich mag.«

»Überhaupt nichts sieht man«, sage ich. »Man kann nie sehen, was der Kerl denkt. Ich hab jedenfalls keinen Bock mehr, ständig Angebote zu machen, die zu nichts führen. Das ist doch nur peinlich.«

Tonja grinst. »Stimmt. Lass ihn lieber angekrochen kommen.«

»Das tut er nicht.«

»Wir werden ja sehen. Übrigens hab ich gehört, dass Ellen und Madeleine Mitte September ein Klassenfest planen. Da werdet ihr es ja dann wohl auf die Reihe kriegen, wenn nicht schon vorher was passiert.«

»Äh, ich scheiß auf ihn.«

Tonja lacht. »Ja, sicher. Beruhig dich erst mal wieder. Das wird sich schon klären.«

Ich sehe Tonja an und in meinem Kopf taucht vorsichtig ein Gedanke auf. Sie geht doch heute Abend mit Lukas ins Kino. Alleine.

»Könntest du nicht … vielleicht … bei Lukas nachhaken? Ob Nils irgendwas gesagt hat? Du weißt schon. Aber ganz unauffällig! Wenn Nils mitkriegt, dass ich das wissen will, sterbe ich.«

Tonja nickt. »Ich versuch's. Aber das muss ja gar nichts heißen. Ich bin mir nicht mal sicher, ob Nils mit Lukas über solche Dinge spricht. Glaubst du das?«

Ich zucke mit den Schultern. Wer weiß schon, worüber Jungs reden? Tonja und ich hocken auf meinem Bett, hören Musik und reden über alles zwischen Himmel und Erde. Ist das bei Nils und Lukas auch so? Ich habe extreme Schwierigkeiten, mir vorzustellen, dass Lukas Nils erzählt, wie verliebt er in Tonja ist.

Mit einem Mal ist es ganz still um uns herum. Wir laufen los, kommen aber trotzdem eine Minute zu spät zur letzten Stunde. Britt notiert unsere Namen mit einer empörten Falte zwischen den Augenbrauen.

Lucky, lucky day.

Nach der Schule fährt Tonja direkt nach Hause. Sie hat ihrer Mutter versprochen, ihr beim Großeinkauf zu helfen. Und dann will sie vor ihrem Date mit Lukas natürlich noch duschen und ihre Haare stylen.

Ich habe keine Eile, schließe in aller Ruhe mein Rad auf und schiebe es vom Schulhof. Ehe ich mich auf den Sattel schwinge, höre ich Schritte hinter mir und Silja stellt sich neben mich.

»Hi«, sagt sie.

»Hi«, antworte ich und werfe einen Blick über die Schulter, um nachzusehen, ob sie Line im Schlepptau hat. Hat sie nicht.

»Hast du was vor?«, fragt Silja. »Oder magst du mit zu mir nach Hause kommen?«

Ich sehe sie erstaunt an. Zu ihren Pflegeeltern? Eben hatte ich zu gar nichts Lust, jetzt ist meine Neugier geweckt. Ich war noch nie in einer Pflegefamilie.

»Okay. Wo wohnst du?«

»Smedsgatan. Das ist ganz nah.«

Die Smedsgatan ist eine kleine Sackgasse ein paar Blocks von der Schule entfernt.

Ich weiß nicht, wieso, aber irgendwie habe ich mir vorgestellt, dass Silja in einer Wohnung mit hohen Räumen wohnt, mit Stuck an der Decke und antiken, dunkelbraunen Möbeln, Schränken mit Glastüren, Tischdecken mit Fransen und kleinen Alabasterfiguren auf runden Beistelltischchen. Vielleicht habe ich das mal in irgendeinem Film gesehen.

Ich liege jedenfalls komplett daneben. Die Wohnung, die wir betreten, sieht ganz anders aus. Ganz normale Möbel und helle Farben. Ein kleines Mädchen kommt durch den Flur auf uns zugehüpft. Sie mustert mich interessiert.

»Hallo, wie heißt du?«

»Vendela.«

»Bist du Siljas Freundin?«

Ich werfe Silja einen hastigen Blick zu. Bin ich das?

»Wir haben uns gerade erst kennengelernt«, sage ich, als hätte die Kleine gefragt, ob wir heiraten wollen.

Eine Frau und ein Mann kommen auf den Flur. Das ist ja das reinste Empfangskomitee. Siljas Pflegeeltern sehen jung aus, jünger als meine Eltern. Silja hat überhaupt keine Ähnlichkeit mit ihnen. Sie sind blond, fast weißblond, und haben ganz glatte Haare, das kleine Mädchen auch. Silja hat dunkle Locken. Und während Silja Busen und runde Hüften hat, sind die anderen drei eher sehnig und dünn.

»Hallo!«, sagt die Frau freundlich. »Bringst du eine Freundin mit? Schön. Seid ihr hungrig?«

Silja sieht mich fragend an und ich schüttele den Kopf.

»Okay. Wenn ihr es euch anders überlegt, bedient euch einfach«, sagt der Mann.

»Das ist Vendela«, sagt Silja. »Und das sind Eskil, Louise und Minna.«

»Hallo«, sage ich.

Danach zeigt Silja mir ihr Zimmer. Die Wände sind nachtschwarz und riechen frisch gestrichen. Der Kontrast zu dem hellen Flur und dem Wohnzimmer, in das ich einen Blick werfen konnte, ist enorm.

»Hast du die Wände selber gestrichen?«

Silja nickt. »Aber ich bereue es fast schon. Ich war ganz sicher, dass sie sich querstellen, wenn ich sage, dass ich schwarze Wände haben will, haben sie aber nicht.« Sie lacht. »Sie sind echt in Ordnung. Und ich kann die Wände ja wieder anders streichen, wenn ich es nicht mehr ertrage.«

Ich sehe mich um. Dünne, rot schimmernde Gardinen ohne Muster. An den Wänden hängen Fotos.

»Das ist Papa«, sagt sie und zeigt auf ein Bild. »Und das sind Mama und er, bevor sie mich bekommen haben.«

Das Paar lächelt breit in die Kamera. Die Frau hat schulterlanges, dunkles Haar und sieht Silja unglaublich ähnlich. Der Mann ist mittelblond und groß, und der Arm, den er der Frau um die Schultern gelegt hat, sieht sehnig und stark aus. Hinter ihnen ist blaues Wasser, das Meer wahrscheinlich.

»Ich glaube, da sind sie auf Malle«, sagt Silja und lacht wieder. »Oder auf den Kanaren. Irgendwas Hypertouristisches jedenfalls.«

»Ich weiß, wie es ist, wenn jemand tot ist«, sage ich.

Silja sieht mich an. Das Lachen ist abrupt verschwunden, wie wenn man eine Kerze ausbläst.

»Ist deine Mutter auch …?«

»Nein. Mein kleiner Bruder. Er hieß Anton.«

Es ist so lange her, dass ich mit jemand über Anton gesprochen habe, dass sich der Name ganz ungewohnt in meinem Mund anfühlt. Aber ich erzähle Silja von ihm. Alles. Dass ich ihn jeden Tag sehe, dass er wächst und sich verändert, obwohl er tot ist. Ich erzähle auch die Dinge, über die ich nie mit jemandem spreche. Etwas in Siljas Blick, während sie mir zuhört, veranlasst mich, immer mehr zu erzählen. Wir kennen uns kaum und trotzdem fällt es mir so leicht. Ich kann es nicht erklären. Aber so ist es.

Wir sitzen nebeneinander auf Siljas ungemachtem Bett. Wolken haben sich vor die Sonne geschoben und es fängt an zu regnen. Silja hat *Coldplay* eingelegt und mit den ersten Regentropfen setzt das Intro von Yellow ein.

»Aber kann man völlig überraschend und plötzlich eine Hirnblutung kriegen?«, fragt sie.

»Er wurde mit einer Arterienschwäche geboren«, sage ich. »Aneurysma heißt das, Gefäßerweiterung. Irgendwann ist die Arterienwand gerissen und hat Blut zwischen die mittlere und innere Hirnhaut gedrückt. Ich habe es mir immer wie eine große Spinne vorgestellt, die aus dem Ei schlüpft und ihre Beine um das Gehirn schlingt.«

Siljas Mund verzieht sich angeekelt. »Eine Spinne?«

»Na ja, Arachnida sind Spinnentiere und diese Blutung heißt Subarachnoidalblutung. Das hört sich nach einer Spinne unter der Oberfläche an. Sub-Arachnid.«

»Schrecklich.«

Ich bin erstaunlich ruhig. Normalerweise fangen jetzt die grauen Krallen an, meine inneren Organe blutig zu kratzen.

»Kann man so etwas nicht im Voraus erkennen?«, fragt Silja. »Ich meine, auf einem Röntgenbild oder mit Ultraschall oder so?«

Ich schüttele den Kopf. »Ich glaube nicht. Wir wussten jedenfalls nichts davon. Keiner hat etwas geahnt.«

»Dann war er also sozusagen … programmiert, zu sterben?«

Ich sehe sie an. Ihre graue Iris ist voller Linien, als wäre ihre Pupille eine schwarze Sonne mit schwarzen Strahlen. Direkt von vorne betrachtet, ist ihre Nase leicht schief, ihre Lippen sind voll. Ich kann nicht sagen, ob sie schön ist. Sie ist zu intensiv für die üblichen Grundmuster, zu viel irgendwie. Aber eben gerade hat sie meine ganz privaten Gedanken in Worte gefasst.

»Ja«, sage ich. »Genauso war es. Er war programmiert, zu sterben.«

»Das ist furchtbar ungerecht«, sagt Silja.

»Und deine Mutter?«, frage ich. »Du hast gesagt, sie hätte sich das Leben genommen?«

Silja nickt. »Ich war erst drei Jahre alt. Zwischendurch bin ich mir nicht mehr sicher, ob ich mich überhaupt an sie erinnere. Vielleicht sind es nur Dinge, die man mir erzählt hat, oder Bilder, die ich gesehen habe. Aber ich bin ziemlich sicher, dass ich mich an ihre Haare erinnere. Dunkel waren sie, etwas widerspenstig und doch weich. Sie …«

Ihr Blick lässt mich los und schweift zu den Fotografien an der Wand, zu den gesammelten Erinnerungen.

»Sie hieß Ariadne«, sagt Silja nach einigen Sekunden. »Theseus hat mit Hilfe des Fadens der Ariadne wieder aus dem Labyrinth herausgefunden. Aber meine Ariadne hat offenbar den Faden verloren. Jedenfalls wurde ihre Krankheit immer schlimmer.«

»Welche Krankheit?«, frage ich.

»Im Kopf. Ein kranker Geist. Sie war wohl schon immer etwas sonderbar, angespannt und unsicher, aber nach meiner

Geburt wurde es definitiv heftiger. Papa meint, dass sie mich zu sehr geliebt hat, dass sie besessen war von dem Gedanken, mir könnte was zustoßen und dass sie nicht als Mutter taugt. Der Psychologe in der Kinder- und Jugendpsychiatrie hat behauptet, Papa hätte das nur gesagt, damit ich nicht glaube, sie hätte mich nicht geliebt und nur deshalb hätte sie mich verlassen können. Aber ich bin sicher, dass der Psychologe lügt. Papa sagt immer die Wahrheit. Er ist durch und durch ehrlich. Egal, was ist. Mama ist wahrscheinlich schon lebensuntauglich geboren.«

»Das hört sich aber schrecklich an.«

Silja sieht mich an. »Ist es auch. Und es ist doch schon merkwürdig. Eine Mutter stirbt und ein dreijähriges Kind bleibt zurück. Für deine Mutter ist es genau umgekehrt. Ein dreijähriges Kind stirbt und eine Mutter bleibt zurück. Das ist irgendwie noch ungerechter. Kinder sollten nicht vor ihren Eltern sterben. Meine Mutter ist einfach nur zu früh gestorben.«

»Wie …«

Ich breche meine Frage ab, bin unsicher, ob man fragen kann, wie sie sich das Leben genommen hat. Aber Silja versteht mich auch ohne Worte.

»Sie hat sich bei einem Heimurlaub aus der Psychiatrie in der Kleiderkammer erhängt. Papa war nur kurz im Supermarkt beim Einkaufen. Mitten am Nachmittag.«

»Und du?«

»Ich muss zu Hause gewesen sein. Aber ich erinnere mich an nichts. Ich gehe davon aus, dass ich nichts gesehen oder mitbekommen habe.«

Ein kalter Schauer durchrieselt mich, Bilder ziehen an

meinem inneren Auge vorbei. Eine Wohnung, ein kleines Kind und eine kranke Mutter mit dunklem, widerborstig-weichem Haar. Ein Strick. Ein Vater, der jeden Moment vom Einkaufen nach Hause kommen kann. Warum ist die Welt manchmal so schrecklich grausam?

Andere Bilder in meinem Kopf. Eine andere Mutter, meine eigene, die durch ihre Wohnung rennt und schreit: »Anders, ruf einen Krankenwagen! Es ist was mit Anton!« Eine offene Tür. Auf dem Boden liegt ein Kind. Es sieht aus, als würde es schlafen.

Die Erinnerungen schnüren mir den Hals zu. Ich habe mir so oft gewünscht, einfach weinen zu können. Beim Weinen lösen sich manche Sachen auf und werden rausgespült. Aber manche Dinge sind vielleicht zu groß und zu hart, zu fest und zu stachelig. Manches lässt sich vielleicht niemals wegspülen. Ich sehe Silja an und sie mich. Sie weint auch nicht. Aber ich weiß, dass es in ihr auch etwas Hartes gibt und Dornen. Wir tun nichts. Wir nehmen uns nicht in den Arm, halten uns nicht an den Händen, aber wahrscheinlich sind wir uns trotzdem in diesem Moment so nah, wie sich zwei Menschen in ihrer Einsamkeit nur sein können.

»Was machst du, wenn es zu weh tut?«, fragt Silja. »Du hast total geschockt ausgesehen, als ich auf dem Brückengeländer balanciert bin. Aber gerade du müsstest doch verstehen, dass man manchmal ganz deutlich spüren will, dass man lebt, existiert.«

Ich nicke. Und wieder einmal zögere ich. Aber jetzt habe ich schon so viel von mir preisgegeben, da kann ich das von dem Feuerzeug auch noch erzählen. Das ganz hinten in meiner Schreibtischschublade liegt und das ich manchmal so dicht an meinen Arm halte, dass sich die feinen, dünnen Härchen in der Hitze aufrollen. Der Schmerz verdrängt die Trauer. Den Teufel mit dem Beelzebub austreiben. Steht es nicht so in der Bibel?

»Anton mag es nicht, wenn ich das tue«, sage ich. »Er sieht dann immer ganz traurig aus.«

»Du siehst ihn immer und überall? Er war drei Jahre alt, als er gestorben ist, und du siehst ihn als … Zwölfjährigen?«

»Er ist jetzt zwölf. Oder wäre zwölf, meine ich. Eigentlich müsste er hier bei uns sein. Verstehst du? Vielleicht versuche ich nur, die Ordnung wiederherzustellen. Oder … ich weiß es nicht. Siehst du deine Mutter nicht?«

Silja schüttelt langsam den Kopf. »Außer wenn ich manchmal von ihr träume. Aber Träume sind Fantasien. Ich träume von ihr und von Oma. Oma und Opa waren Griechen, darum hieß sie Ariadne. Sie sind irgendwann in den Siebzigern nach Schweden gekommen.«

»Griechen? Nils' Eltern sind auch aus Griechenland.«

»Der Nils aus unserer Klasse?«

Ich nicke. Es fehlt nicht viel, dass ich ihr erzähle, dass ich wohl in ihn verliebt bin, aber dann wird nichts daraus, weil Silja mehr über Anton wissen will. Ob ich wirklich glaube, dass er weiter bei uns ist, wie auch immer.

»Ich weiß nicht, was ich glaube«, sage ich. »Vielleicht bedeutet, tot zu sein, dass man nur von wenigen Auserwählten gesehen werden kann. Solchen, die sich erinnern.«

»Wenn man jemanden sehen kann, bedeutet das doch, dass er oder sie existiert«, sagt Silja.

»Irgendwie schon, ja.«

»Dann existiert Donald Duck auch.«

Ich lache. »Okay. Du erwartest von mir, dass ich sage, ich glaube an Seelen, die bei uns herumspuken, bis sie in den Himmel kommen?«

»Oder bis sie wiedergeboren werden«, sagt Silja.

»Glaubst du an Wiedergeburt?«

Silja zuckt mit den Schultern. »Ich glaube an nichts. Irgendwann werde ich es wissen, nehme ich an.«

Es ist Abend, als ich aufbreche. Die Stadt ist die gleiche wie immer, trotzdem fühlt sich alles anders an. Ich mache einen Umweg am Park vorbei über die Eisenbahnbrücke, um etwas Zeit für mich zu haben. Am höchsten Punkt der Brücke lehne ich mich gegen das Geländer und schaue auf die Gleise hinunter. Eine leere Plastiktüte bewegt sich im Wind. Ich stemme mich hoch, bis meine Füße ein Stück über dem Asphalt baumeln und ich wie eine Waage über dem Abgrund hänge. Der Schwerpunkt liegt ganz eindeutig auf der sicheren Seite, trotzdem habe ich ein Ziehen im Bauch, als würde ich bereits fallen.

Mir wird klar, dass ich leben will, als ich dort hänge.

Anton ist gestorben, ich muss leben. Aus Dankbarkeit, weil es nicht mich getroffen hat. Das ist sozusagen mein Schicksal.

Zum Leben verurteilt.

Warum reden wir eigentlich nie über Anton?«

Mama und Papa gucken fern, als ich nach Hause komme. Ich schüttele die Schuhe ab, gehe ins Wohnzimmer und sehe die beiden in dem blau schimmernden Fernsehflimmer an. Mama, die vor neun Jahren durch die Wohnung gerannt ist, Papa, der den Krankenwagen gerufen hat. Livia und Anders. Sie sitzen nebeneinander auf dem Sofa und leben weiter. Wie jeder in unserer Familie. Andere leben, wir leben weiter.

Beide reißen den Blick vom Bildschirm los und sehen mich an.

»Aber Schatz, das tun wir doch«, sagt Mama.

»Nein«, sage ich. »Wir reden nie über ihn.«

Mama sieht Hilfe suchend zu Papa und dann wieder zu mir.

»Aber doch, das tun wir.«

Papa richtet sich auf dem Sofa auf und sieht Mama lange und nachdenklich an.

»Nein«, antwortet er. »Vendela hat recht. Wir reden schon lange nicht mehr über ihn. Wir tun so, als wäre das Schrecklichste, was uns je widerfahren ist, nie passiert. Als hätte es ihn nie gegeben. Ich denke oft darüber nach. Aber vielleicht ist es der einzig gangbare Weg. Was soll man sonst tun? Keiner von uns hat ihn vergessen, oder? Keiner von uns, der ihn nicht jeden Tag vermisst.«

Mamas Augen werden dunkel vor Trauer und in mir macht sich ein schlechtes Gewissen breit wie ein Tintentropfen in einem Glas Wasser.

»Entschuldigung«, sage ich leise.

»Man muss doch …«, setzt Papa an. »Wir haben uns. Und wahrscheinlich können wir das mehr wertschätzen als andere Familien. Weil wir wissen, dass es keine Garantien gibt, dass wir achtsam mit der Zeit umgehen müssen, die wir zusammen haben.«

»Hör auf!«, sagt Mama. »Hör auf mit deinen Predigten. Es gibt nichts Gutes an dem, was passiert ist. Überhaupt nichts.«

Papa verstummt und richtet den Blick wieder auf den Bildschirm. Ich schiebe mich rückwärts in den Flur und gehe in mein Zimmer, schalte den Computer ein und lasse mich mit *Who's That Chick?* von Rihanna und David Guetta beschallen. Dröhnende Technomusik, nichts Sentimentales, nichts, das wehtut.

Fast zwei Drittel meines Lebens sind seit Antons Tod vergangen. Ich kann mich kaum noch erinnern, wie es davor war. Doch, natürlich erinnere ich mich. In gewisser Weise, aber zugleich auch wieder nicht. Ich fühle nicht mehr, wie es vorher war, wie wir im Normalzustand waren. Ich war eine Sechsjährige mit einem dreijährigen kleinen Bruder. Ich weiß, dass ich ab und zu gemein zu ihm war, dass ich sehr wütend werden konnte, wenn er mir meine Sachen weggenommen hat. Ich weiß, dass ich ihn ziemlich nervig fand. Zum Beispiel, als er mein Buch mit den Engelbildern, das ich so liebte, kaputt gemacht hat. Oder als er das Gesicht meiner Barbiepuppe mit Filzstift beschmiert hat. Da hab ich geheult und mir gewünscht, dass es ihn nicht gäbe. Vielleicht habe ich das sogar laut gesagt. Die grauen Tatzen fahren ihre Krallen aus und zerkratzen mein Innerstes, als ich das denke. Mir kommen die Tränen, so sehr brennt es. Ich drehe die Lautstärke noch höher und bewege den Oberkörper im Takt mit dem Dröhnen. Man darf den Schmerz nicht sich selber überlassen, so viel habe ich inzwischen gelernt. Er braucht Gesellschaft. Er will geschaukelt werden, geknetet und zurechtgestutzt, bis er nachlässt.

Baby, I just wanna dance, I don't really care
I just wanna dance, I don't really care, care, care

Normalerweise würde Papa jetzt die Tür aufreißen und mich auffordern, die Musik leiser zu stellen, aber heute nicht. Vielleicht muss er erst einmal Mama trösten. Vielleicht hat er alle Hände voll zu tun, die schlimmsten Wunden zu versorgen, die ich im Wohnzimmer hinterlassen habe, und er nimmt gar nicht wahr, dass die Musik so laut ist, dass den Nachbarn die Trommelfelle platzen.

Nach einer Weile stelle ich die Musik von alleine leiser. Dann lege ich mich aufs Bett und drehe mich auf die Seite. Manchmal ist Anton hier auf dem Bett neben mir eingeschlafen, weil ich damals schon einen eigenen Fernseher in meinem Zimmer hatte. Wenn wir am nächsten Morgen nicht früh aus den Federn mussten, durften wir im Bett liegen und bis zum Einschlafen fernsehen. Wenn Anton müde wurde, schloss er die Augen, drehte den Kopf zur Seite und atmete gegen meinen Hals. Ich erinnere mich noch an den Duft seiner Haare und wie er einen Zipfel meines Nachthemdes festhielt, als wäre es sein Schmusetuch.

Wenn Silja doch jetzt hier wäre. Zusammen mit ihr war es in meinem Inneren eine Weile ganz ruhig. Ich weiß nicht, wann ich das jemals erlebt habe. Dass alles in mir ganz ruhig und still ist. Wahrscheinlich war es diese Stille, die mich dazu verleitet hat, mit Mama und Papa zu reden. Um das Gefühl mit ihnen zu teilen. Um uns an den Händen zu halten in dieser Stille. Stattdessen habe ich den schlammigen Grund aufgewühlt und allen Dreck und alle Scherben an die Oberfläche gewirbelt.

Nach einer unendlichen Zeitspanne, die wahrscheinlich nicht länger als eine Viertelstunde ist, klopft Mama an die Tür. Wie gewohnt öffnet sie, ohne meine Antwort abzuwarten, und kommt ins Zimmer.

»Es gibt Tee und Brote«, sagt sie. »Kommst du?«

Ich nicke, zu feige, sie anzusehen. Weil ich nicht weiß, ob sie es schon geschafft hat, den Vorhang vor ihre Trauer zu ziehen. Ob ihr Blick wieder normal ist. Als ich kurz darauf in die Küche komme, ist alles beim Alten. Auch Papa ist fast wie immer. Aber er legt die Hand auf meine Schulter, als er sich vorbeugt, um den Brotkorb auf den Tisch zu stellen. Und er drückt meine Schulter leicht, ehe er sie wieder wegnimmt. Wortlos, weil sich manches nicht in Worte fassen lässt. Aber es fühlt sich gut an.

Als wir nach dem Teetrinken gemeinsam abgeräumt haben, kommt eine SMS von Tonja.

Bist du noch wach? Kann ich anrufen?

Ich nehme das schnurlose Telefon mit in mein Zimmer und rufe sie an. Ihre Stimme holt mich zurück in die Wirklichkeit, zieht mich aus dem gnadenlos Unwiederbringlichen.

»Bist du allein?«, frage ich. »War's nett?«

Ich höre Tonjas Atem im Hörer.

»Ich glaube, ich bin doch ein bisschen verliebt in ihn«, sagt sie hastig. »Er hat mich nach Hause gebracht, und da ... haben wir geknutscht. Kurz bevor Mama an die Tür geklopft hat, hat er mich dann irgendwie anders geküsst. Man glaubt gar nicht, dass Lukas so ... ernst sein kann. Verstehst du, was ich meine? Ruhig und ernst. Das war echt speziell. Aber nach dem Klopfen war er wieder wie immer. Ich könnte Mama würgen. Obwohl, woher sollte sie das ahnen. Andererseits, etwas mehr Rücksicht wäre nicht schlecht, sie war schließlich auch mal jung, oder? Na ja, manchmal bin ich mir da nicht so sicher. Wie auch immer ... Ich glaube, dass ... Also, das erste Mal, wenn man wirklich mit jemand schlafen will, sollte es mit jemand sein, mit dem es ... also, mit dem es nicht allzu ernst ist. Das wäre doch echt belämmert, wenn es hinterher in die Brüche geht. Natürlich sollte es jemand sein, den man mag, klar, aber nicht einer, bei dem man sterben würde, wenn es peinlich in die Hose geht. Verstehst du? Mit Lukas ist das so, glaube ich. Also nicht, dass es mir egal wäre, wenn es in die Brüche geht, aber auch nicht ... na ja, nicht, als ob wir irgendwann heiraten wollten oder so. Vielleicht ist er ja der Richtige dafür, jedenfalls fühlte es sich richtig an, und dass er auch will, das war deutlich zu merken ... Meinst du, das wäre eine gute Idee? Sag schon!«

Es ist plötzlich ganz still in der Leitung. Ich muss lachen.

»Darf ich jetzt was sagen?«

»Mach dich nicht lustig! Es ist todernst!«

»Schon klar«, sage ich grinsend. »Du willst, dass ich dir sage, ob du mit Lukas schlafen sollst oder nicht?«

»Ja.«

»Woher soll ich das wissen? Wenn's sich gut anfühlt, dann tu's. Ist er noch da?«

»Nein, natürlich nicht! Oder glaubst du, er steht neben mir, während ich mit dir rede?«

Ich lache. »Warum diese Eile?«

»Weil ich es wissen will«, sagt Tonja. »Ich will mir sicher sein, sonst mach ich heute Nacht kein Auge zu. Wir haben uns für morgen Abend verabredet. Bei ihm zu Hause! Seine Eltern und sein Bruder sind weg … Verstehst du, das ist die Gelegenheit. Natürlich nur, wenn es für dich okay ist, dass ich morgen Abend mit ihm zusammen bin, meine ich.«

»Natürlich ist das okay«, sage ich trotz des merkwürdigen Ziehens in meinem Bauch.

Es hat schon öfter Samstage ohne Tonja gegeben. Nicht viele, aber es gab sie. Entweder weil einer von uns mit der Familie verreist war oder zu Hause bleiben musste oder weil Besuch kam oder so. Aber ich kann mich definitiv nicht daran erinnern, dass wir jemals freiwillig unsere Samstagabende mit irgendwem anders verbracht haben. Wenn, dann nur, wenn wir beide dabei waren, im Doppelpack.

Aber das hier musste natürlich irgendwann passieren. Eine von uns kommt mit einem Typen zusammen und alles wird anders. Da spielt es keine Rolle, wie man die Fragen vom Liebestests beantwortet hat. Es wird auf alle Fälle anders.

»Seid ihr jetzt ein Paar?«, frage ich. »Richtig?«

»Ich weiß es nicht«, sagt Tonja nervös. »Muss man es aussprechen, damit es gültig ist? Ist es in Ordnung, mit anderen rumzuflirten, bis man irgendwann beschließt, mit jemand zusammen zu sein?«

»Denk dran, wie es mit Gustav war.«

»Genau daran denk ich ja. Aber das mit Lukas ist anders. Wir sehen uns jeden Tag. Wir kennen uns.«

Wir hatten Gustav bei einer Party in der achten Klasse kennengelernt. Tonja und er hatten zusammen getanzt und rumgeknutscht und Tonja war hinterher im siebten Himmel gewesen. Aber Gustav, der in eine Schule am anderen Ende der Stadt ging, hat sich nie wieder bei ihr gemeldet. Er nahm nicht ab, wenn Tonja ihn anrief, und antwortete nicht auf ihre SMS. Nach ein paar Tagen hat sie es aufgegeben und behauptet, dass sie ihn eigentlich gar nicht so toll fand. Was vielleicht sogar stimmte. Aber gekränkt und verletzt war sie trotzdem. Ich habe noch lange danach allabendlich Rachepläne geschmiedet, wie ich Gustav aufspüren und es ihm auf unterschiedlichste Art und Weise heimzahlen wollte. Feuer in seinem Garderobenschrank legen, Teer in seine Schuhe gießen oder peinliche Gerüchte an seiner Schule verbreiten. Niemand darf Tonja wehtun. Ich werde heute noch sauer, wenn ich an ihn denke.

»Und Lukas kann nicht einfach so abtauchen«, sage ich. »Ganz davon abgesehen, wird er das auch nicht tun. Ich glaube, er ist heftig in dich verliebt.«

»Glaubst du wirklich?«

»Ja. So verliebt, wie Lukas sein kann.«

»Was soll das heißen? Warum sollte er sich nicht verlieben können?«

»Na ja, ich meine, er ist ja nun nicht unbedingt der seriöseste Mensch auf Erden. Nicht wie …«

»Nicht wie Nils, oder was?«, beendet Tonja den Satz. »Nein, okay, Lukas ist vielleicht kein tiefschürfender Grübler. Aber deswegen kann er ja wohl trotzdem Gefühle haben.«

»Was weiß ich. Vielleicht. Hast du ihn eigentlich gefragt?«

»Was?«

»Wegen Nils? Ob er was über mich gesagt hat?«

Die Pause ist ein paar Sekunden zu lang, und ich weiß, dass sie es vergessen hat.

»Es hat sich keine Gelegenheit ergeben«, sagt sie. »Nicht der richtige Zeitpunkt.«

»Klar.«

»Beim nächsten Mal. Morgen. Versprochen.«

»Okay.«

Wir reden noch eine Weile weiter, und als wir auflegen, hat sich die Trauer um Anton wieder in ihren gewohnten Winkel in mir zurückgezogen. Nichts wird besser, wenn man alte Wunden aufreißt und darin herumwühlt. Es ist, wie es ist. Man muss nach vorne schauen. Sich um Sachen kümmern, die man beeinflussen kann.

Ich beschließe, ohne Tonjas Hilfe noch einen letzten Versuch mit Nils zu starten. Morgen. Wenn er dann nach wie vor kein Interesse zeigt, schieß ich ihn endgültig in den Wind. Es gibt ja wohl genügend andere Jungs mit schönen Lippen und schönen braunen Augen! Warum suche ich mir nicht einen Wikingertypen wie Sven? Ich kann mir ein Grinsen nicht verkneifen, als ich mir vorstelle, dass eine wie ich versucht, einen wie Sven aufzureißen. Es muss Siljas direkte Art sein, die mich auf solche verrückten Ideen bringt.

Regentropfen trommeln gegen mein Fenster, als ich am Samstagmorgen wach werde. Es ist Viertel nach neun, und meine wilde Entschlossenheit von gestern Abend, was Nils betrifft, ist nicht mehr ganz so wild. Aber ich werde es durchziehen, allen Widerständen zum Trotz. Nach dem Frühstück oder im Laufe des Vormittags. Nachdem ich Tonja gefragt habe, ob sie es für eine gute Idee hält.

Ich ziehe meinen Bademantel an, schmiere mir ein paar Brote und setze mich an den Küchentisch. Mama kommt, eingehüllt in eine Duftwolke aus Shampoo und Seife, aus dem Bad. Der Himmel ist grau und draußen ist das Geräusch von Autoreifen auf nassem Asphalt deutlich zu hören.

Tonja schläft samstags meistens bis elf oder zwölf, also frühstücke ich in aller Ruhe und gehe ausgiebig duschen. Als ich vor dem Spiegel stehe und meine Haare föhne, klingelt das Telefon. Papa geht ran und ruft gleich darauf nach mir.

»Ein Mädchen, für dich, ich hab den Namen nicht verstanden.«

Ich nehme den Hörer aus seiner Hand. Ein schneller Blick auf das Display hilft mir auch nicht weiter. Unbekannte Nummer.

»Hallo, Vendela hier.«

»Hallo, hier Silja«, antwortet Silja. »Glück gehabt. Ich

war mir nicht sicher, ob du Ek mit Nachnamen heißt. Dein Vater heißt also Anders? Anders Ek, ist das nicht ein berühmter Tänzer?«

»Nein«, sage ich. »Das ist sein Vater. Der Tänzer heißt Niklas. Anders Ek war Schauspieler. Aber der lebt nicht mehr.«

»Aha. Jedenfalls gab es keine anderen Ek in der Korngatan. Und du hattest ja erzählt, dass du dort wohnst. Hast du heute schon was vor? Wollen wir was zusammen unternehmen?«

»Schwebt dir was Bestimmtes vor?«, frage ich, um Zeit zu schinden. Vorher muss ich noch mit Tonja reden. Ich kann mich doch nicht einfach so mit Silja verabreden. Obwohl, Tonja hat sich ja auch einfach so mit Lukas verabredet. Trotzdem.

»Nö, nichts Bestimmtes«, sagt Silja. »Was macht man hier so an einem Samstag? Vor allem an einem verregneten Samstag? Wie wär's mit einem Bummel durch die Galeria?«

Wieso soll ich mich eigentlich nicht mit Silja verabreden? Tonja kann ja mitkommen, wenn sie Lust hat. Hat sie aber nicht, das weiß ich. Nicht mit Silja. Aber da kann ich schließlich nichts dafür. Und Tonja und ich haben nichts verabredet. Vielleicht kann ich eine Stunde mit Silja durch die Galeria bummeln, ehe Tonja überhaupt wach und angezogen ist.

»Meinetwegen, gern«, sage ich. »Aber nur bis mittags.«

»Okay. Öffnen die um zehn Uhr? In zwanzig Minuten vor dem Haupteingang?«

»In einer halben Stunde. Ich komm gerade aus der Dusche.«

Spannend, ich habe eine Verabredung mit Silja. Ganz allein. Ich ziehe die helle Jeans an und ein schwarzes, kurzärmeliges Oberteil. Am Ende fische ich meine rote Regenjacke aus dem Garderobenschrank. Im Flur, wo ich gerade meine Schuhe anziehen will, nehme ich in einem plötzlichen Anfall von Mut mein Handy aus der Tasche.

Warum sollte ich nicht jetzt gleich eine SMS an Nils schicken? Warum vorher Tonja um Rat fragen? Warum nicht einfach mal auf eigene Faust etwas entscheiden? Was kann mir schon passieren? Mehr als Nein sagen kann er nicht und dann weiß ich jedenfalls Bescheid.

Mit steifen Fingern tippe ich eine SMS.

> Hi, Tonja ist ja heute mit Lukas verabredet, da wollte ich fragen, ob du schon was vorhast oder ob wir uns treffen wollen? Vendela

Ich starre auf den Text, und während ich beschließe, die Mitteilung nicht abzuschicken, drückt mein Daumen auf »Senden«. Pling, macht mein Handy und schon ist die Nachricht auf dem Weg zu Nils. O nein! Totalpanne! Was, wenn er jetzt mit irgendeiner Ausrede kommt, um sich nicht mit mir treffen zu müssen, und ich sehe ihn die nächsten zwei Halbjahre jeden Tag und schäme mich zu Tode? Es gibt einen Grund, warum man nichts mit Jungen aus der eigenen Klasse anfangen soll!

Ich ziehe die Schuhe an. Bestimmt schläft er noch. Hoffentlich stellt er sein Handy nachts auf lautlos. Hoffentlich wecke ich ihn nicht mit meiner SMS. Das wäre noch peinlicher. Ich stürme die Treppe runter, als wäre ich auf der Flucht. Als könne man vor einer losgeschickten SMS flüchten.

Als ich den Schlüssel in das Schloss zum Fahrradraum stecke, vibriert mein Handy. Zwei kurze Töne. Ich stehe da wie angewurzelt. Ist er das? So schnell? Das kann nicht sein. Vielleicht ist das Tonja, die früh wach geworden ist. Wahrscheinlich. Erst mal aufschließen und das Rad rausholen. Dann die SMS lesen. So eilig ist es ja nun auch wieder nicht. Aber die Hand hat den Schlüssel losgelassen und greift stattdessen nach dem Handy. Eine neue Mitteilung. Mein Herz pocht. Die kann nicht von ihm sein. Nicht so schnell. Aber wenn sie von ihm ist, muss er sofort geantwortet haben. Das muss natürlich nichts heißen. Mein Gott, bin ich bescheuert! Eine Reihe von Alternativen rauscht durch meine Gehirnwindungen, bis mein Finger »Öffnen« drückt und die SMS aufgeht.

> Ein Kellner ist krank, und ich hab Papa versprochen, heute Abend einzuspringen. Aber komm du doch ins Akropolis? Hast du Lust?

Ich lese die Mitteilung mehrere Male. Das ist ein Ja. Er will sich mit mir treffen. Er hätte nur zu sagen brauchen, dass er heute Abend arbeiten muss, das hätte völlig gereicht. Das wäre nicht mal peinlich gewesen. Ich hole tief Luft und beiße mir hart auf die Unterlippe. Nicht auf offener Straße rumstehen und blöd grinsen, das tut man nicht. Noch weniger hüpfen und jubeln. Ich antworte kurz, dass ich gern vorbeischaue und wann es denn am besten passt.

> Wenn du um sechs kommst, können wir noch was essen, bevor ich ranmuss.

Ich zerre das Rad aus dem Fahrradraum und trampele auf dem Bürgersteig los. Jubidubidu! Was für ein wunderbarer Tag! Was für ein wunderbar grauer, verregneter Samstag!

Silja trägt abgewetzte Jeans, einen langärmeligen Baumwollpulli und schwarze Converse. Das Haar ist lose im Nacken hochgesteckt, ein paar Strähnen fallen ihr ins Gesicht. Sie nimmt die Ohrstöpsel aus den Ohren, als sie mich sieht.

»Hi!«, sagt sie. »Schön, dass du Zeit hast! Ich dachte, du verbringst jede freie Minute mit Tonja.«

Mein schlechtes Gewissen versetzt mir einen kleinen Stich in der Magengrube.

»Tu ich eigentlich auch«, sage ich ehrlich. »Aber um diese Zeit schläft sie noch.«

»Sie mag mich nicht«, sagt Silja.

Das ist eine Feststellung, weder traurig noch empört. Eher wie »die Wand ist blau« oder »da parkt ein Auto«.

»Ihr kennt euch doch gar nicht«, sage ich.

»Ausreichend, denke ich«, antwortet Silja. »Was machen wir jetzt?«

»Ich würde gern ein neues Oberteil kaufen«, sage ich und denke dabei an den Abend mit Nils. »Können wir zu *Street* gehen und da gucken?«

»Klar.«

Mit Silja Klamotten anprobieren zu gehen, ist etwas anders als mit Tonja. Silja greift nach ganz anderen Sachen als wir und stellt die Teile ganz anders zusammen. Als ich ihr ein Top zeige und frage, was sie davon hält, zuckt sie nur mit den Schultern und meint, dass es so aussieht wie das, was ich sonst auch trage. Stattdessen nimmt sie ein glänzendes, khakifarbenes Tankshirt vom Ständer.

»Probier das mal an«, sagt sie.

Während ich in der Kabine stehe, findet sie eine Kette aus mehreren dünnen Silberketten in unterschiedlichen Längen.

Weder die Kette noch das Hemd hätte ich von mir aus gewählt. Aber sie hat recht, die Farbe steht mir ausgesprochen gut und mit dem glänzenden Stoff sehe ich weiblicher aus. Mein Busen wirkt größer darin. Außerdem sieht es richtig cool aus mit den nackten Schultern.

»Ein anderer BH wäre vielleicht nicht schlecht«, sagt Silja, als hätte sie meine Überlegungen über Weiblichkeit gehört.

Ich schaue auf das Preisschild.

»Zu teuer«, sage ich. »Aber hübsch.«

»Gibt es keinen guten Secondhandladen in der Stadt?«, fragt Silja. »Manchmal findet man total coole Sachen bei der Stadtmission oder im Fairkaufhaus.«

»Doch, wir haben einen Secondhandladen«, sage ich. »Gar nicht weit weg. Aber ich weiß nicht, ob es da unbedingt coole Sachen gibt …«

»Wir können ja mal gucken.«

Wir laufen einen Wohnblock die Storgatan hoch durch den Regen. Die Wassertropfen glitzern in Siljas dunklem Haar, als wir in den erleuchteten Laden treten. Siljas Augen glitzern auch. Sie macht sich augenblicklich daran, die Ständer und Körbe zu inspizieren. Ich hatte nicht gewusst, wie spannend es in einem Secondhandladen sein kann. Wir probieren Hüte und Kleider an, Trenchcoats und Schuhe mit Killerabsätzen und spielen kurze, improvisierte Szenen zwischen den Regalen. Ich lache, bis ich fast einen Krampf in den Bauchmuskeln kriege. Nach fast einer Stunde kommt eine Frau, die dort arbeitet, und weist uns angesäuert darauf hin, dass das hier kein Spielplatz sei. Beschämt nehme ich den kleinen schwarzen Schleierhut vom Kopf, aber Silja in dem nuttigen, türkisfarbenen Nylonkleid und einem turbanähnlichen Kopfgetürm sieht die Verkäuferin streng an.

»Sie verkaufen doch Kleider, oder?«, sagt sie. »Und je mehr Leute kommen und was kaufen, desto besser, weil der Ertrag wohltätigen Zwecken zugutekommt, ist es nicht so?«

»Ja«, sagt die Verkäuferin und sieht leicht verwirrt aus.

»Dann wäre es doch wirklich bedauerlich, wenn unsere Theatergruppe ihre Ausstattung woanders kaufen würde, oder? Uns stehen fünfzehntausend Kronen für den Kauf von neuen Kleidern zur Verfügung, wäre das nicht eine willkommene Einnahme für Sie? Es wäre doch schade, so viel Geld wegen unfreundlichem Personal zu verlieren. Ihr Chef fände das nicht gut, da bin ich mir sicher.«

»Ich hatte ja keine Ahnung«, verteidigt sich die Verkäuferin. »Ihr seht so jung aus. Ich dachte …«

»… alle Theaterschauspieler wären uralt?«, fällt Silja ihr ins Wort. »Aber da irren Sie sich. Sie sollten reger am Kulturleben teilnehmen. Neulich stand übrigens was über uns in der Zeitung. Ein Foto von meiner Freundin war auch dabei.«

Ich schaue stumm von Silja zu der Verkäuferin, die ein paar Schritte nach hinten macht.

»Dann probiert mal weiter in aller Ruhe«, sagt sie. »Und fragt, wenn ihr was Bestimmtes sucht. Im Lager ist noch unausgepackte Ware.«

Die Verkäuferin geht zurück an die Kasse und Silja widmet sich wieder seelenruhig der Kleiderdurchsicht.

»Du bist ja total verrückt«, sage ich in einer Mischung aus Ernst und unterdrücktem Lachen.

»Die soll sich nicht so zickig aufführen«, brummelt Silja.

In dem Augenblick klingelt mein Handy. Es ist Tonja.

»Hi, was machst du?«, sagt sie. »Kann ich vorbeikommen? Oder komm du besser zu mir und hilf mir bei der Klamottenwahl für heute Abend.«

»Genau das tu ich grade«, sage ich in einem Versuch, lustig zu sein. »Klamotten ausprobieren. Silja und ich sind im Secondhandladen.«

Ein paar Sekunden ist es still. »Silja?«

Ich sehe ein, wie überraschend das für Tonja sein muss. Sie weiß ja noch nicht einmal, dass ich gestern zu Hause bei Silja war. Wir haben am Telefon nur über Lukas gesprochen, ich bin nicht dazu gekommen, es ihr zu erzählen.

»Hm, aber wir sind bald durch … Ich bin so in einer halben Stunde bei dir, okay?«

Silja hebt den Blick von einem Metallkorb mit Schals und sieht mich mitleidig an, bevor sie weitergräbt.

Als ich aufgelegt und das Handy weggesteckt habe, sagt sie: »Dir stehen stärkere Farbtöne. Ich habe da drüben ein tolles Siebzigerjahrekleid gesehen.«

Wenig später stehe ich in einem kurzen, großzügig grünorange auf weißem Grund gemusterten, weit ausgeschnittenen Kleid vor dem Spiegel.

»Schön, oder?«, sagt Silja.

Ich sehe mich mit Staunen an. Ja, richtig hübsch. Aber sehr ungewohnt.

»Du bist echt toll schlank«, sagt sie. »Dir passt alles. Dazu ein Paar wolkenkratzerhohe Plateauschuhe, das wäre der Megahit.«

Sie hat immer noch das türkisfarbene Kleid an, was ihr wieder einfällt, als sie ihr Spiegelbild hinter meinem sieht.

»Dafür ist das hier echt gruselig«, sagt sie mit einem Lachen. »Was krieg ich, wenn ich Montag darin in die Schule komme?«

Ich lache. »Noch mehr Probleme mit Emelie.«

Silja zuckt mit den Schultern. »Ach, die blöde Kuh! Warum finden die alle so toll?«

»Keine Ahnung. Weil sie … Macht hat, vielleicht?«

Silja schnauft. »Das kann sich schnell ändern.«

»Darf ich dich was fragen?«

»Was?«

»Warum gibst du dich mit Line ab? Also, mir ist schon klar, dass sie sich an dich rangehängt hat, ob du es nun willst oder nicht, aber du setzt dich neben sie, obwohl es noch andere freie Plätze gibt.«

Silja betrachtet mich ein paar Sekunden, dann zieht sie die Schultern hoch.

»Line ist wahrscheinlich der einzige ehrliche Mensch in der Klasse«, sagt sie. »Alle anderen sind verlogen und scheinheilig. Alle versuchen etwas darzustellen, was sie nicht sind.«

Alle? Meint sie damit auch Tonja und mich? Oder hat sie sich nur unklar ausgedrückt? Ich weiß nicht, wie ich sie danach fragen soll, und unser Gespräch gerät ins Stocken. Ich gehe zurück in die Kabine und ziehe meine eigenen Klamotten wieder an.

»Ich muss los«, sage ich schließlich.

»War ja nicht zu überhören«, sagt Silja.

»Aber … Wir sehen uns dann Montag …«

Silja nickt. »Klar«, sagt sie und verschwindet mit ihrem türkisfarbenen Nylonkleid in der Kabine.

Ich gehe mit einem unangenehmen Gefühl nach Hause. Gerade hatten wir noch solchen Spaß. Und sie hat gefragt, ob wir uns treffen wollen. Wieso will sie was mit mir unternehmen, wenn sie mich für scheinheilig und verlogen hält? Silja ist nicht einfach zu verstehen. Sie ist anders. Im einen Augenblick ganz nah und im nächsten endlos distanziert.

Da ist Tonja viel einfacher zu verstehen. Sie ist angesäuert, als ich bei ihr ankomme.

»Das ist vielleicht der größte Tag in meinem Leben«, sagt sie. »Vielleicht verliere ich heute meine Unschuld und da verabredest du dich mit Silja in der Stadt!«

»Ja und? Du hast noch geschlafen. Was ist schlimm daran?«

»Aber … warum ausgerechnet mit ihr? Hättest du nicht Madeleine oder Ellen anrufen können, wenn ich dir zu lange schlafe?«

»Silja hat *mich* angerufen, wenn du's wissen willst.«

»Warum?«

»Das weiß ich doch nicht.«

»Ich finde sie merkwürdig.«

»Ja, ja. Kümmern wir uns jetzt um deine Garderobe?«

Tonja nickt und wir gehen in ihr Zimmer.

»Findest du, dass es eine schlechte Idee ist?«, fragt sie. »Das mit Lukas, meine ich? Es ist plötzlich so verdammt … ernst.«

In den nächsten Stunden dreht sich alles ausschließlich um Tonja und Lukas und den bevorstehenden Abend. Wir suchen Kleider aus und diskutieren über Richtig und Falsch beim Sex und wie kompliziert es werden kann, wenn man mit jemandem aus der eigenen Klasse zusammen ist. Besonders, wenn dann Schluss ist und man sich für den Rest des Schuljahres jeden Tag sehen muss. Ich mache mehrere Ansätze, ihr zu erzählen, dass ich abends mit Nils verabredet bin, aber irgendwie komme ich nicht dazu. Als ich mich später von Tonja verabschiede, habe ich plötzlich ungewollt zwei Geheimnisse vor ihr. Zum einen, dass ich gestern bei Silja zu Hause war, zum anderen, dass ich heute Abend eine Art Date mit Nils habe. Wie ist es dazu gekommen? Ein merkwürdiges Gefühl ist das. Aber sie hat auch nicht gefragt. Was ich zum Beispiel gestern gemacht habe, als sie mit Lukas im Kino war, oder wie ich den heutigen Abend ohne sie verbringe. Na ja, bislang habe wir so was nie fragen müssen, wir haben uns von uns aus immer alles erzählt. Und ich will es ihr ja auch erzählen. Später, wenn sie den Kopf wieder etwas freier hat. Wenn sie nicht mehr so komplett von ihrem Jungfernhäutchen absorbiert ist.

Bei der Formulierung muss ich lachen. Und plötzlich kommt mir in den Sinn, noch mal einen Abstecher in die Stadt zu machen, statt direkt nach Hause zu gehen. Ich mache Halt beim Secondhandladen und kaufe das Siebzigerjahrekleid. Als ich wieder rauskomme, ist es viertel vor fünf. Ich beeile mich, nach Hause zu kommen. In einer guten Stunde will ich im Akropolis sein. Eine kitzelnde kleine Schlange windet sich beim Gedanken daran mein Rückgrat hoch. Er wollte, dass ich komme. Zumindest hat es sich so angehört.

Das Akropolis liegt in einem etwas tristen Viertel in der Weststadt, zwischen einem ehemaligen Juwelierladen und einem chinesischen Souvenirshop mit einer dicken Staubschicht im Schaufenster. Es ist ziemlich weit vom Zentrum entfernt, aber die Leute finden trotzdem hierher. Die Fassade ist mit weiß-blauen Kacheln verkleidet und über der Tür steht in dunkelblauen Lettern *Akropolis*. Auf dem Bürgersteig lockt eine Tafel mit »Echte griechische Spezialitäten«.

Ich habe eiskalte Hände und schwitze unter den Achseln, als ich mein Fahrrad abschließe. Bis eben war ich noch ziemlich obenauf, kam mir aufregend und sexy vor in dem neuen Kleid. Ich habe einen BH in meinem Bestand ausgegraben, den ich bisher kaum getragen habe, einen Push-up, der meinen kleinen Busen voller erscheinen lässt. Dazu habe ich mir Mamas neue Schuhe mit Keilabsatz geliehen, hab mein Haar gestylt und mich dezent geschminkt. Ich hab mich so schön und selbstbewusst gefühlt, als ich in den geborgten Schuhen die Treppe runtergeklackert bin. Jetzt fühle ich mich nur noch overdressed und unpassend, und meine Brüste kommen mir nicht mehr sexy vor, sondern nur lächerlich im Ausschnitt hochgequetscht.

Mit steifen Fingern schließe ich das Rad an dem rostigen Fahrradständer an der Hauswand an, zupfe mein Kleid zurecht und fahre mit den Fingerspitzen über den seidenweichen Stoff. Meine Haut darunter ist heiß. Wovor habe ich solche Angst? Ich bin doch nicht diejenige, die heute ihre Unschuld verliert. Nils muss arbeiten, wir treffen uns im Restaurant seines Vaters. Ich strecke den Rücken und fahre mir mit der Hand durchs Haar, das mir gleich wieder kitzelnd ins Gesicht fällt, und lasse noch einmal Siljas Stimme in meinem Kopf abspulen: »Du bist so toll schlank. Dir passt alles.« Ich mache zwei Fäuste und drücke mir die Fingernägel in die Handballen. Ein guter Schmerz. Dann atme ich tief ein und öffne die Tür.

Es duftet himmlisch im Lokal und aus der Küche dringen Rufe und Geklapper heraus. Nils trägt Kellnermontur, weißes Hemd und schwarze Hose. Er steht an einem Tisch und faltet blau-weiße Servietten. In dieser Aufmachung und der schummrigen Beleuchtung sieht er südländischer aus als üblich. Seine sonnengebräunte Haut hat einen leichten Olivstich und das zurückgekämmte Haar schimmert schwarz. Ein paar Locken haben sich aus der gegelten Frisur befreit. Seine Hände bewegen sich routiniert, nehmen eine Serviette – rollen, falten, beiseitelegen, neue Serviette. Ich habe sicher eine halbe Minute Zeit, ihn zu betrachten, ehe er mich bemerkt.

»Hallo!«, sagt er. »Ich hab dich gar nicht reinkommen hören. Bist du hungrig?«

Ich nicke. »Es duftet himmlisch. Wer vorher noch keinen Hunger hatte, kriegt ihn spätestens, wenn er die Nase zur Tür reinsteckt.«

Ich war schon ein paar Mal im Akropolis. In der Siebten mit der ganzen Klasse, da haben wir Souvlaki gegessen. Und einmal mit Tonjas Familie, nachdem sie in Griechenland waren und ihre Urlaubserinnerungen auffrischen wollten. Aber da war Nils nicht da. Nils lächelt.

»Wir können gleich essen«, sagt Nils. »Magst du Keftedes? Das sind so eine Art Fleischbällchen, nur griechisch. Dimitris macht die weltbesten Keftedes. Das ist unser Koch. Ich muss nur noch die Servietten auf den Tischen verteilen, danach können wir futtern.«

Ich komme mir etwas blöde vor, ihm beim Arbeiten zuzugucken.

»Kann ich dir irgendwie helfen?«, frage ich. »Mit den Servietten, meine ich.«

Nils reicht mir einen Stapel gefaltete Servietten und zeigt mir, wie ich sie in die Gläser stecken und etwas auffächern soll, damit es hübsch aussieht. In wenigen Minuten sind alle Servietten verteilt.

»Super!«, sagt Nils anerkennend. »Sag Bescheid, wenn du einen Job suchst. Papa braucht immer jemanden.«

Sein Blick wandert an meinem Körper rauf und wieder runter.

»Du siehst übrigens super aus«, sagt er mit einem verlegenen Lächeln. »Anders als in der Schule. Also, ich will damit nicht sagen, dass du sonst nicht super aussiehst, aber … Du weißt schon, was ich meine, oder?«

Meine Wangen werden ganz heiß. Warum bin ausgerechnet ich mit Helium im Blut geboren, das bei jeder sich bietenden Gelegenheit in den Kopf steigt? Komplimente nimmt man mit einem lässigen Lächeln entgegen, nicht mit knallroter Birne und stammelnd.

»Silja und ich waren heute Vormittag shoppen«, sage ich.

»Cool«, sagt Nils. »Wie ist sie so?«

Na genial, denke ich ironisch. Warum muss ich Silja ins Gespräch bringen? Was das Ködern von Typen angeht, scheine ich nicht viel Grips zu haben. Jungsköder-IQ gleich null.

»Ganz okay«, sage ich. »Aber ich kenne sie noch nicht so gut.«

»Komm«, sagt Nils.

Er nimmt meine Hand und zieht mich hinter den Tresen und weiter in die Küche. Ich bin so überrumpelt, meine Hand in seiner zu spüren, dass ich kaum merke, wohin ich meine Füße setze, und um ein Haar wäre ich über einen Pappkarton mit Gemüse gestolpert, der gleich neben der Schwingtür steht. Nils Hand fasst fester zu, als er merkt, dass ich wackele.

»O je, pass auf! Hier steht überall was rum.«

Als er meine Hand loslässt, teste ich hektisch, ob sie verschwitzt ist. Scheint nicht der Fall zu sein. Feucht ist sie nicht, höchstens ein wenig kalt. Zwei Männer in schwarzweiß karierten Hosen, langen Schürzen und weißen Hemden wuseln in der Küche herum. Aus den hochgekrempelten Ärmeln ragen behaarte Unterarme. Nils stellt mir die Männer als Dimitris und Grogorios vor, aber ich krieg nicht mit, wer wer ist.

Ein kleinerer Mann in blauem Hemd mit extrem lockigen, pechschwarzen Haaren winkt Nils zu. Ich erkenne ihn wieder, Nils' Vater.

»Da bist du ja, Junge«, sagt er. »Iss was und bring deine Freundin mit!«

Nils wirft mir einen entschuldigenden Blick zu, aber ich

habe nichts dagegen, als seine Freundin durchzugehen. Genauso wenig, wie ich etwas dagegen habe, mich an den Tisch mit der blau-weiß karierten Decke in der geräumigen Nische am hinteren Ende der Küche zu setzen. Nils' Vater streckt mir die Hand entgegen und begrüßt mich.

»Ich heiße Kostas. Wir haben uns schon mal gesehen, oder?«

Ich nicke. »Vendela.«

»Das weiß ich wohl«, sagt Kostas fröhlich. »Nils erzählt viel von dir!«

»Papa!«, zischt Nils wütend, ehe er sich wieder zu mir umdreht. »Ich hab nur gefragt, ob es in Ordnung ist, dass du heute Abend kommst.«

Kostas lacht schallend und stellt eine Schüssel mit dampfend heißen Fleischklößen in roter Soße auf den Tisch.

»Esst, Kinder, esst!«, sagt er.

Dann schnappt er sich einen Notizblock und einen Stift und verschwindet durch die Tür ins Restaurant.

»Entschuldige!«, sagt Nils. »Manchmal ist er einfach nur peinlich.«

Ich grinse. »Macht doch nichts. Ich finde ihn lustig. Ich komm mir vor wie in *Hochzeit auf Griechisch.*«

Mein Einwurf macht Nils, wenn möglich, noch verlegener.

»Also, ich will damit natürlich nicht sagen …«, stammele ich.

»Schon in Ordnung«, sagt Nils. »Meine Familie ist tatsächlich ein bisschen so wie in dem Film. Es wimmelt nur so vor Brüdern und Cousinen und Tanten. Aber zum Glück leben die meisten von ihnen in Griechenland.«

»Genial«, sage ich. »Nimmst du mich irgendwann mal mit?«

Nils sieht mich an, und mir wird klar, dass er meine Frage ernst nimmt. Das ist mal wieder typisch, dass ein kleiner, harmlos gemeinter Scherz von mir voll nach hinten losgeht.

»Jederzeit … und total gern«, sagt er. »Aber wahrscheinlich willst du schon wieder nach Hause, bevor dich alle mit Wangenküssen begrüßt und dich gefragt haben, was dein Vater macht und ob wir uns verloben wollen.«

Soll ich jetzt lachen? Ich taste mich mit einem Lächeln vor und er antwortet mir auch mit einem Lächeln. Sein Blick ist bis in meinen Bauch zu spüren. Dunkles Knistern.

»Macht es dir Spaß, hier zu arbeiten?«, frage ich, um von Verlobungen und Hochzeiten wegzukommen.

Nils zuckt mit den Schultern. »Geht so. Immerhin werde ich bezahlt. Nicht üppig, aber ein nettes Extrataschengeld.«

»Und du kannst Mädchen umsonst ins Restaurant einladen«, sage ich und tue mir von den Fleischklößen auf.

»Mmh, aber nur in die Küche.«

»Da ist schließlich die Quelle des Essens, kann also nicht so verkehrt sein.«

»Nein, natürlich nicht.«

Wir essen, und mit einem Mal ist es ganz leicht, zu reden. Das Essen ist fantastisch. Es ist mir ein bisschen peinlich, dass ich noch einmal nachnehme, aber Nils scheint es zu freuen.

»Was machen deine Eltern eigentlich?«, fragt er.

Dann lacht er und sagt, dass er wohl doch nach der Familie seines Vaters schlägt.

»Mama ist Grafik-Designerin. Momentan arbeitet sie in

einer Werbeagentur, aber eigentlich würde sie lieber Buchcover und so was gestalten. Jedenfalls alles lieber als Werbung. Papa arbeitet bei einer Versicherungsgesellschaft. So spannend wie Restaurantbesitzer ist das nicht.«

»Was heißt schon spannend«, sagt Nils. »Er hat wenigstens abends frei. Mein Vater nie. Jetzt spielt es keine so große Rolle mehr, aber als ich kleiner war, schon. Wenn alle anderen Jungs was mit ihren Vätern unternommen haben ...«

Ich nicke. »Ja, das verstehe ich.«

Ein langer, schlanker junger Mann mit blonden Haaren und der gleichen Aufmachung wie Nils kommt in die Küche und begrüßt überschwänglich die Köche. Nils schaut auf die Uhr.

»Jetzt geht's los. Dann wollen wir mal. Magst du Eis zum Nachtisch?«

Ich bin pappsatt und schüttele den Kopf. Nils geht zu einem kleinen Handwaschbecken, über dem ein Spiegel hängt, und versucht mit wenig Erfolg, seine Frisur zu bändigen. Dann wäscht er sich gründlich die Hände und trocknet sie mit einem Papiertuch ab. Ich stehe neben ihm und frage mich, was ich jetzt machen soll. Soll ich einfach wieder gehen?

»Meinst du ... Also, ich hab heute Abend nichts anderes mehr vor, kann ich dir vielleicht irgendwie helfen?«

»Hättest du Lust?«

Ich zucke mit den Schultern. »Wie gesagt, ich hab nichts Besseres vor.«

»Papa?«, ruft Nils.

Fünf Minuten später habe ich eine Schürze vor mein neues Kleid gebunden und trage Tabletts mit Getränken und

Brotkörben ins Lokal. Kostas klopft mir begeistert auf die Schulter und sagt, dass ich so lange bleiben darf, wie ich will, seinetwegen das ganze Leben, wenn ich Nils heirate. Nils verdreht die Augen. Als der blonde Kellner, der Martin heißt und so ungriechisch ist, wie er aussieht, drei Weingläser und eine Karaffe mit Wein auf mein Tablett stellt, verpasst Kostas ihm einen leichten Schlag mit der flachen Hand auf den Hinterkopf und sagt, dass er Ärger kriegt, wenn rauskommt, dass minderjähriges Personal in seinem Restaurant den Gästen Alkohol serviert.

Es ist ein rundum gelungener Abend. Ich kann nicht behaupten, dass ich zu irgendeinem Zeitpunkt meine Unschuld gefährdet sehe, aber ich bekomme eine ganze Menge von Nils' netten Blicken. Und zum Abschied sogar eine kurze Umarmung. Einen federleichten Druck um die Schulter mit einem Arm. Okay, eine angedeutete Umarmung, aber immerhin.

Es ist inzwischen halb elf. Nils wird noch ein oder zwei Stunden bleiben müssen. Theoretisch könnte ich auch noch bleiben und später neben Nils durch die Nacht nach Hause spazieren. Wenn meine Familie eine gewöhnliche Familie wäre, würde ich jetzt zu Hause anrufen und sagen, dass ich zwischen zwölf und eins nach Hause komme. Aber meine Familie ist keine gewöhnliche Familie. Ich glaube nicht einmal, dass sie Nein sagen würden, aber ich habe keine Lust auf Mamas finsteren, besorgten Blick oder Papas blanke, unterdrückte Angst, also fahre ich nach Hause. Sie machen sich bestimmt schon Sorgen. Irgendwann habe ich sie mal gefragt, ob sie nicht noch ein Kind kriegen wollen. Nicht weil ich dachte, dass man ein Kind durch ein anderes ersetzen kann, sondern weil ich gern wieder zu zweit gewesen wäre. Ich wollte nicht ihr einziges Kind sein, damit die Aufgabe, weiterzuleben, nicht wie ein ständiger Schatten über mir liegt.

Es hat geregnet. Der Duft von nassem Asphalt mischt sich mit Essensgerüchen und Abgasen. Im Zentrum begegnen mir ein paar krakeelige Gruppen, ansonsten ist es ruhig, und ich komme problemlos, wenn auch etwas verfroren, zu Hause an.

Ich wollte nicht gemein sein«, sagt Siljas Stimme am Sonntagmorgen in mein Ohr.

Ich habe ausnahmsweise mal richtig lange geschlafen, und obwohl es schon auf halb elf zugeht, bin ich völlig verschlafen, als mein Handy klingelt. Ich taste danach, lege es irgendwie ans Ohr und schaffe es, die richtige Taste zu treffen. Aber es dauert trotzdem ein paar Sekunden, bis ich weiß, mit wem ich rede, und erst recht, was gesagt wird.

»Was?«, murmele ich.

»Schläfst du noch?«

»Nein, nicht mehr ... Hallo, Silja.«

»Tut mir leid, ich wollte dich nicht wecken«, sagt sie. »Ich wollte mich eigentlich nur entschuldigen. Für das, was ich gestern gesagt habe. Es hat solchen Spaß gemacht, mit dir unterwegs zu sein, aber als du einfach abgehauen bist, nachdem Tonja gepfiffen hat ... da war ich ziemlich angepisst. Darum hab ich das über Line gesagt.«

Ich setze mich in der zerwühlten Bettwäsche auf und drücke das Handy fester ans Ohr.

»Lieb von dir, dass du anrufst«, sage ich. »Obwohl ich hinterher gedacht habe, dass du wahrscheinlich gar nicht so unrecht hast. Zumindest nicht völlig. Aber wenn Line die Einzige ist, die nicht – wie war das noch gleich? – verlogen und scheinheilig ist, dann vielleicht deshalb, weil sie nichts zu verlieren hat. Wenn man schon hoffnungslos am unteren Ende der Beliebtheitsliste steht, dann …«

Ich breche den Satz ab, weil mir einfällt, dass Silja ja gar nichts von unserer Liste weiß. Niemand soll davon wissen, und am wenigsten Silja! Sie war schließlich der Anlass für das ganze Experiment. Aber Silja scheint es eher als symbolische und nicht tatsächlich existierende Liste zu verstehen, jedenfalls hakt sie nicht nach.

»Im Grunde genommen habe ich keine Ahnung, wie sie ist«, sagt Silja. »Sie macht mich einfach neugierig, weil sie immer für sich alleine und abseits von allem ist. Und natürlich wollte ich euch ein bisschen provozieren. Es macht immer wieder Spaß, alle sprachlos zu machen.«

»Hast du keine Angst?«

»Wovor?«

»Na … wie Line zu werden«, setze ich an. »Oder, na ja, wie Line werden wirst du wohl kaum, aber du ziehst Ärger an wie ein Magnet. Und keiner will Ärger mit Emelie.«

Silja lacht. »Ich zoffe mich gern mit Emelie! Das ist super. Aber ich versteh überhaupt nicht, wieso ihr Line aufzieht. Erstens ist das einfach nur fies und zweitens viel zu einfach. Wie einen Regenwurm auf der Straße platt zu treten. Warum macht ihr das?«

Ich lasse ihre Worte sacken. Irgendwie hat sie völlig recht, und deswegen weiß ich auch nicht, wie ich ihr erklären soll, dass sie die Situation doch auch falsch einschätzt.

»Im ersten Halbjahr in der Siebten hatten wir ein Klassenfest. Davon gibt's mehrere im Jahr, meistens organisieren Madeleine und Ellen das. Und Clara. Na ja, zu dem Klassenfest in der Siebten war Line jedenfalls auch eingeladen …«

»Gibt es Klassenfeste, zu denen nicht alle eingeladen sind?«, unterbricht Silja mich.

»Nein, natürlich nicht. Aber bei diesem Fest hatten sie Line ausdrücklich gesagt, dass sie kommen soll. Sonst werden eigentlich immer nur Zettel verteilt. Jedenfalls kam Line in einem rosa Kleid. Wir hatten sie noch nie im Kleid gesehen. Und sie hatte sich geschminkt, so, wie es eben aussieht, wenn man sich das erste Mal schminkt. Und sie hatte irgendwas Merkwürdiges mit ihren Haaren angestellt … Das war eigentlich alles nur schrecklich peinlich und sie tat mir und Tonja richtig leid. Aber was hätten wir denn tun können? Lovisa und die anderen haben sich schlapp gelacht über sie, aber Emelie nicht. Sie hat sie nur angesehen und kurz gelächelt, ganz kurz, und das war vernichtender als alles Gelächter zusammen. Line ist wie ein begossener Pudel abgezogen. Du kannst dir nicht vorstellen, was für eine Macht Emelie in unserer Klasse hat. Was sie macht, ist grundsätzlich … richtig. Sie ist cool, hübsch, selbstbewusst und schlagfertig. Sie und Sven sagen, wo's langgeht.«

Silja scheint nachzudenken.

»Sven?«, sagt sie schließlich. »Ja, der lässt sich leicht um den Finger wickeln und in jede Richtung beeinflussen.«

Jetzt verstumme ich für ein paar Sekunden. Silja kapiert wirklich gar nichts.

»Leg dich nicht unnötig mit Emelie an«, sage ich. »Damit wirst du auch nichts ändern.«

»Glaubst du?«, sagt Silja amüsiert, als wäre alles nur ein lustiges Spiel. »Just watch me. Was hast du heute vor?«

»Heute sind Tonja und ich verabredet. Wir müssen was Wichtiges besprechen.«

»Okay, kapiert. Klingeling, Tonja's calling!«

»Es ist nicht so, wie du glaubst. Tonja und ich waren schon immer beste Freundinnen.«

»Ja, ja«, sagt Silja. »Dann bis morgen.«

»Ja, bis morgen.«

Silja verwirrt mich. Ich weiß nicht, ob ich mich über das, was sie sagt, freuen oder ärgern soll oder ob es mich beunruhigen und mir Angst machen sollte. Zwischendurch hab ich das Gefühl, dass sie mit uns allen spielt. Weil sie sehen will, wie wir reagieren, wenn sie auf dem Brückengeländer balanciert, Emelie provoziert oder Line ihr Lipgloss gibt. Vielleicht war es auch so, als sie mit Line im Schlepptau durch die Schule gelaufen ist. Vielleicht hat sie nur so getan, als würde sie Line gar nicht bemerken, um auszutesten, wie Line und wir anderen uns dann verhalten. Das ist das Unberechenbare an Silja, dass ich mir nie sicher bin, was sie denkt oder warum sie etwas tut.

Ich ziehe meinen Frotteebademantel an und gehe ins Bad. Nach dem Duschen rufe ich Tonja an. Wenn ich sie wecke, hat sie Pech gehabt. Ich will wissen, wie es gestern gelaufen ist, und außerdem will ich mit ihr über Nils reden. Und über Silja. Glaube ich. Wenigstens über Nils. Es stimmt nicht, dass ich nach Tonjas Pfeife tanze. Wir sind beste Freundinnen, gleichberechtigt, ich bin genauso wichtig für sie wie sie für mich. Das muss ich ja wohl besser wissen als Silja.

Unter dem warmen Wasserstrahl der Dusche denke ich an Nils' Lächeln zwischen seinen Touren zu den Tischen, seine olivbraune Haut in der Restaurantbeleuchtung und seine dunklen Augen. Und an die leichte Umarmung, als ich mich verabschiedet habe.

Als ich mir das Haar vor dem Spiegel trocken rubbele, frage ich mich plötzlich, wieso Nils eigentlich Nils heißt. Wieso hat er keinen griechischen Namen? Weil seine Mutter Schwedin ist, wahrscheinlich. Nils wurde in Schweden geboren, und in der Schule denkt wahrscheinlich keiner darüber nach, dass er griechischer Abstammung ist. Und wer weiß, vielleicht ist ja genau das der Sinn des Namens. Dass er nicht auffällt. Selbst Eltern kapieren manchmal, dass sich darum alles dreht: dazuzugehören und nicht aus dem Rahmen zu fallen. Nur Silja kapiert das nicht oder tut so, als würde sie es nicht kapieren. Weil sie es witzig findet, mich zu verwirren. Dabei denke ich so schon viel zu viel über alles nach. Wieso lasse ich zu, dass Silja meine Freundschaft mit Tonja infrage stellt? Das ist doch verrückt. Ich kenne Tonja von klein auf in- und auswendig und Silja ist sozusagen erst vor fünf Minuten in mein Leben getreten!

Ich schiebe die Grübeleien entschieden beiseite, gehe in mein Zimmer und rufe Tonja an. Nichts wird sich je zwischen uns stellen. Absolut nichts.

Ein paar Stunden später sitzen wir auf Tonjas kariertem Bettüberwurf und unterhalten uns im Flüsterton. Ab und zu geht einer ihrer Eltern im Flur vorbei, worauf wir prompt verstummen, obwohl die Tür ordentlich zu ist. Die Sensation ist ein Fakt. Tonja und Lukas haben es gemacht.

»Jetzt musst du dich ranhalten!«, sagt Tonja grinsend. »Ich will nicht alleine entjungfert sein.«

»Sag das Nils«, flüstere ich kichernd. »Er scheint es nicht so eilig zu haben wie ihr.«

Tonja nimmt ihr Handy und tippt scherzhaft auf den Tasten herum.

»Hallo, Nils, jetzt musst du aber wirklich mal …«, sagt sie und ich stürze mich lachend auf sie.

Danach liegen wir nebeneinander auf dem Rücken wie schon tausendmal vorher. Die verkleidete Decke ist mir so total vertraut, die weiße Lasur auf dem grauen Holz, jede Nuance.

»Und es hat wirklich nicht wehgetan?«, frage ich. »Nicht mal ein kleines bisschen?«

Sie schüttelt den Kopf.

»Oder … na ja, ein ganz klein bisschen vielleicht. Aber es war eher wie ein … *Plopp*. Anfangs hatte er Schwierigkeiten, reinzukommen, aber als er dann plötzlich durchkam … echt, man merkt, wie das Jungfernhäutchen reißt. Wie bei einem Kaugummi, das man nicht aufbläst, sondern nach innen einsaugt, bis es platzt.«

Ich kriege einen hysterischen Lachanfall über den Vergleich und Tonja lacht noch mehr.

»Natürlich ohne den Knall, schon klar, oder?«, kichert sie.

Wir beruhigen uns wieder, und obwohl über uns die gleiche alte Decke ist und neben mir die glciche alte Tonja liegt, fühlt sich alles irgendwie groß und neu an. Und zum zigsten Mal denke ich: Sie hat es gemacht. Mit Lukas! Ich muss zugeben, dass ich nicht wirklich geglaubt habe, dass es passiert, obwohl sie den ganzen Nachmittag über nichts anderes geredet hat, und das sage ich ihr. Sie dreht ihr Gesicht zu mir und lächelt. Ein breites Grübchenlächeln mit glitzernden Augen. Ich spüre ihren Atem in meinem Gesicht.

»Ich auch nicht«, sagt sie.

»Und hinterher?«, bohre ich weiter. »Nach dem Kaugummiplopp. War es schön?«

Tonja zuckt mit den Achseln.

»Es hat ein bisschen gebrannt, aber es hat auch nur ein paar Sekunden gedauert, bis Lukas … na, du weißt schon. Und das war's dann.«

»Gut, dass wir uns im Frühjahr um die Pille gekümmert haben«, sage ich.

»Papa findet das nach wie vor viel zu früh. Ich glaube, er hat die Horrorvorstellung, dass ich an irgendeinen Widerling gerate oder es ohne Gummi machen und mir eine Geschlechtskrankheit einfange oder trotz Pille schwanger werde. Aber Lukas und ich kennen uns schon lange, wir waren nüchtern und wir mögen uns. Ich an seiner Stelle wäre froh, wenn es für meine Tochter so laufen würde.«

Let's go all the way tonight. No regrets, just love, singt Katy Perry passend aus dem PC-Lautsprecher.

»Schlimmer als Ohrlöcher schießen war es jedenfalls nicht«, sagt Tonja.

Ich starre wieder an die Zimmerdecke. Vielleicht bin ich ja doch hoffnungslos superromántica, aber ich wünsche mir, dass das erste Mal besser als Ohrlöcherschießen ist. Als ich Tonja das sage, sieht sie fast ein bisschen gekränkt aus.

»Es war schön«, versichert sie. »Vorher, als wir uns gestreichelt haben, und hinterher das Kuscheln in seinem Bett. Das war total schön. Bis wir den Blutfleck auf dem Laken entdeckt haben. Da wurde es etwas hektisch, weil wir das Bett neu beziehen mussten.«

»Beim Ohrlöcherschießen blutet es aber nicht«, sage ich.

»Okay, der Vergleich war vielleicht nicht der beste«, sagt Tonja. »Aber du nimmst doch Tampons, wahrscheinlich hast du dein Jungfernhäutchen selbst schon geknackt.«

Ich kriege erneut eine Kicherattacke, und Tonja steht auf, um ihre Favoriten-Playlist zu starten. Seit einiger Zeit ist da kaum noch was anderes als Katy Perry drauf. Wenigstens spielt sie nicht mehr *Hot N Cold* in Endlosschleife.

»Aber das Wichtigste ist doch«, sagt Tonja, als sie sich wieder neben mich aufs Bett setzt, »dass es sich wie das erste Mal angefühlt hat. Und nicht wie das letzte Mal, meine ich.«

Am Montag, als wir zur Schule fahren, bläst ein ordentlicher Sturm. An der Kreuzung, wo Tonja und ich uns jeden Morgen treffen, werde ich fast vom Fahrrad geweht, aber wir schaffen es unversehrt am alten Krankenhausgelände vorbei, den Mårtensvägen rauf bis zur Schule. Der Wind fährt rauschend durch die Laubkronen der großen Ahornbäume neben den Fahrradständern. Während wir fröstelnd mit unseren Fahrradschlössern kämpfen, bremst Lukas neben uns und stellt sein Moped ab. Er grinst breit und zieht den Helm vom Kopf, das Haar weht ihm vor die Augen.

»Hey, baby!«, sagt er.

O Gott, wie albern, denke ich, aber Tonja lächelt ihn selig an.

»Hallo«, sagt sie und steckt den Fahrradschlüssel in ihre Tasche.

Lukas legt den Kopf schräg und schiebt die blonden Strähnen aus der Stirn, ohne Tonja auch nur eine Sekunde aus dem Blick zu lassen.

»Und, wie geht's?«, fragt er. »Alles … okay?«

Tonja nickt und Lukas sieht stolz aus. Er schwingt seinen blauen Rucksack auf die Schulter und geht mit uns auf das backsteinrote Schulgebäude zu. Der blaue Helm baumelt an seiner Hand.

»Schade, dass es die Schule nicht weggeweht hat, dann könnten wir jetzt was Netteres machen.«

Natürlich freue ich mich für Tonja, dass sie glücklich ist. Und dass Lukas nicht wie Gustav ist. Ich bin froh, dass ich kein Feuer in seinem Schließfach legen oder mir andere Rachepläne ausdenken muss. Trotzdem frage ich mich, ob es von nun an immer so sein wird, dass es Tonja nur noch im Doppelpack mit Lukas gibt? Was natürlich heißen könnte, dass Nils auch dabei ist. Trotzdem. Es gibt Dinge, die man ohne die Jungs besprechen möchte. Ziemlich viele sogar. Die Vorstellung, dass Tonja und Lukas vielleicht auch Dinge miteinander besprechen wollen, ohne dass ich ihnen ständig an den Fersen klebe, ist ganz merkwürdig. Wenn man verliebt ist, will man mit dem Objekt seiner Begierde wahrscheinlich auch noch woanders allein sein als im Bett.

Als wir zu den Schließfächern kommen, habe ich keine Zeit mehr zum Grübeln. Ein paar Meter entfernt lehnt Silja lässig neben Svens Schließfach. Sven steht leicht vornübergebeugt, die eine Hand auf der offenen Schließfachtür, lacht und unterhält sich mit ihr. Die Kuppe seines Skaterschuhs ist höchstens drei Zentimeter von Siljas Converse entfernt. Sie trägt wieder ein vor dem Bauch verknotetes Hemd und eine speckige Lederjacke.

Sie berühren sich nicht, aber es sieht trotzdem extrem intim aus, wie sie da stehen.

»Was ist denn jetzt passiert?«, flüstert Tonja.

»Sie … will wahrscheinlich bloß provozieren«, murmele ich. »Also, Emelie.«

Das hätte ich mir ja denken können. Und wahrscheinlich bin ich es auch noch gewesen, die sie auf die Idee mit Sven gebracht hat. Ich bin trotzdem etwas geschockt, muss ich sagen. Und schwer beeindruckt.

»Armer Sven, wenn es so ist«, sagt Tonja.

»Warum?«, frage ich. »Er macht doch genau das Gleiche mit den Mädchen, die er anbaggert.«

»Aber nicht, um jemand anderem eins auszuwischen.«

»Glaubst du nicht?«

»Das kann man jedenfalls nicht vergleichen.«

»Warum nicht?«

Tonja kommt nicht mehr dazu, zu antworten, weil in diesem Augenblick Emelie, Lovisa und Clara ihren Auftritt haben. Ich stoße Tonja den Ellenbogen in die Seite, aber sie hat sie bereits gesehen. Lovisa schüttelt die Haare aus und lässt den Blick durch den Aufenthaltsraum und über die Schließfachreihen schweifen. Emelie geht schnurstracks auf ihr Schließfach zu wie immer. Clara erzählt gerade etwas, verstummt aber, als sie Sven und Silja sieht. Lovisas Blick bleibt auch an ihnen hängen, und ihre Augen weiten sich für den Bruchteil einer Sekunde, ehe sie sie zu maskaraschwarzen Strichen zusammenkneift. Sie beugt sich zu Emelie rüber und sagt etwas, dann rauschen alle drei an Tonja und mir vorbei in die nächste Schrankreihe, wo Emelie und Lovisa ihre Fächer haben.

»Shit«, flüstert Tonja. »Das bedeutet Krieg.«

In diesem Augenblick sagt Sven etwas, worüber Silja laut lacht, heiser und unverkennbar. Er schließt sein Schließfach ab und folgt Silja, die sich in Bewegung gesetzt hat. Als sie an uns vorbeigehen, grüßt Silja mich gut gelaunt und ich ringe mir ein »Hallo« ab. Eine Sekunde später begegne ich Svens Blick, der mich kurz anlächelt und etwas murmelt, das als »Hi« gedeutet werden könnte, ehe er neben Silja in Richtung Treppe geht. Ich stehe mit offenem Mund da und sehe wahrscheinlich aus wie vom Blitz getroffen. Jedenfalls schaffe ich es nicht, den Gruß zu erwidern. Es dauert ein paar Sekunden, ehe ich den Kopf zur Seite drehe und Tonjas fragenden und skeptischen Blick sehe.

Ich zucke mit den Schultern und atme tief ein, um die Körperfunktionen wieder zu normalisieren.

»Also … keine Ahnung, was das war«, sage ich.

Nicht, dass Sven mich noch nie angesehen hätte, aber oft nun wirklich nicht. Und dann immer mit der typischen Ich-bin-hundertmal-cooler-als-du-Haltung. Die meisten würden wahrscheinlich selbst das als Gunstbezeugung verbuchen. Für gewöhnlich guckt er einfach durch alle hindurch, die in seiner Welt nicht von Bedeutung sind.

Lukas hat seine Mappe geholt und gesellt sich wieder zu uns. Er scheint null mitbekommen zu haben, was sich hier gerade abgespielt hat. Wahrscheinlich würde er es auch nicht verstehen. Wenn man keinen Blick für so was hat, war nur zu sehen, dass zwei Schüler sich unterhalten haben, was von ein paar Mitschülern beobachtet wurde, und dass die beiden dann auf dem Weg zur Klasse eine weitere Mitschülerin gegrüßt haben, die zufällig dort stand. Nur so blind kann nicht mal Lukas sein, aber wahrscheinlich ist er im Moment nur komplett auf Tonja fixiert. Da stößt Nils zu uns. Er ist gerade erst angekommen, hat noch die Jacke an und den Rucksack auf dem Rücken, aber trotzdem hat er mitbekommen, dass was im Busch ist.

»Habt ihr die beiden gesehen?«, fragt er atemlos. »Sven und Silja?«

Tonja nickt düster.

»Beeil dich, die Stunde fängt an«, sagt Lukas.

Nils schleudert die Jacke in sein Schließfach, schnappt sich seine Mappe und fährt sich mit der Hand durch das vom Wind zerzauste Haar. Lukas legt einen Arm um Tonja, als sie vor uns hergehen. Ob Tonja wohl sauer ist, weil sie eigentlich heute die Sensation hätte sein sollen, denke ich. Heute sollten alle sehen, dass Lukas und sie richtig zusammen sind, und da kommt Silja und stiehlt ihr die Show. Aber das konnte Silja schließlich nicht wissen. Nicht, dass es sie wirklich interessiert hätte, aber trotzdem.

Nils sieht sich um, als wir die Treppe hochgehen.

»Ist Emelie nicht da?«, fragt er.

»Doch«, sage ich. »Das ist schon komisch, oder? Irgendwie denkt man immer, Emelie und Sven wären ein Paar, dabei sind sie gar nicht zusammen. Er macht bei jeder Fete mit einer anderen rum, hab ich gehört.«

»Ja«, sagt Nils und grinst. »Aber wenn er das mit Silja macht, dreht Emelie durch. Ich finde das witzig. Silja geht noch nicht mal eine Woche in unsere Klasse und hat schon die ganze Ordnung zum Wackeln gebracht. Wart's ab, demnächst kommen Leo und Line Hand in Hand in die Schule spaziert.«

Ich lache und sehe ihn an. »Das war nett am Samstag.«

Er lächelt mich an und mir wird ganz warm.

»Du musstest doch den ganzen Abend arbeiten«, sagt er.

»Das hat Spaß gemacht.«

»Du bist ja leicht glücklich zu machen.«

Ich nicke. »Absolut.«

Er zögert kurz.

»Nächstes Mal können wir ja vielleicht was anderes unternehmen«, sagt er. »Wenn du magst.«

Ob ich mag? Manchmal bin ich echt stolz auf mich. Ich hüpfe nicht durch die Gegend wie ein Gummiball und schreie vor Glück oder mache mich sonst irgendwie zum Deppen. Ich glaube, ich werde noch nicht mal sonderlich rot, obwohl mein Herz wild durch meinen Brustkorb galoppiert.

»Klar«, antworte ich. »Können wir machen.«

Silja sitzt wieder neben Line.

Manche Leute können offenbar unmögliche Dinge tun, ohne dass die Welt untergeht. Ich habe das starke Bedürfnis, ihr das zu sagen. Aber da ich nicht bin wie sie und da ich Tonja nicht einfach alleine stehen lassen will, um mit Silja zu reden, jedenfalls nicht ohne eine gute Erklärung, warte ich auf einen günstigen Moment. Der ergibt sich am Ende der Mittagspause, als die Jungs noch mit Oskar auf dem Schulhof sind, Tonja auf die Toilette verschwindet und Silja alleine auf dem Weg zu ihrem Schließfach ist. Da gehe ich zu ihr.

»Aha, Fluchtversuch geglückt?«, fragt sie amüsiert.

»Es können nicht alle so sein wie du«, antworte ich.

»Doch«, sagt sie. »Das habt ihr nur noch nicht kapiert. Es ist gar nicht so schwer, man muss es einfach tun.«

»Sich im Unterricht neben Line zu setzen und die Pause mit Sven zu verbringen?« Ich lache. »Das kann niemand außer dir. Wie hast du das eigentlich mit Sven hingekriegt?«

Silja zuckt mit den Schultern, aber ich sehe das stolze Funkeln in ihren Augen.

»Ich hatte gestern nichts Besseres zu tun, also habe ich

geguckt, wo Sven wohnt und wo er so rumhängt. Als er später aus dem Fitnesscenter kam, habe ich ihn ganz zufällig getroffen. Das war nicht weiter schwierig. Ich hab ihn über die Fitnesskarte ausgefragt und danach sind wir ins Miranda gegangen und haben was getrunken. Mehr war nicht.«

Ich lache.

»Das ist echt strange, wenn du mich fragst! Du benimmst dich … wie im Film. Da macht man solche Sachen. Aber nicht in der Realität.«

»Ach was. Er ist echt süß.«

»Süß? Der bestaussehende und coolste und egoistischste Typ der ganzen Schule, meinst du wohl?«

»Das ist doch nur Fassade. Er spielt seine Rolle genauso, wie ihr eure spielt.«

»Genau das sag ich doch«, wende ich ein. »Das ist ja das Merkwürdige mit dir! Du spielst keine Rolle.«

Silja wird plötzlich ernst.

»Vielleicht tu ich genau das«, sagt sie. »Ich spiele das Mädchen, das sich weigert, an dieser Schmierenkomödie teilzunehmen. Oder … ich spiele das Mädchen, das keine Rolle spielt, weil sie sich nirgends anpassen will.«

Wieder einmal muss ich ihre Worte erst verdauen und versuchen, sie zu verstehen.

»Denkst du oft an deine Mutter?«, frage ich.

Sie schüttelt den Kopf. »Ich weiß nicht.« Und wie bei einem jähen Wetterumschwung strahlt sie mich an. »Ach, übrigens! Am Wochenende passiert in diesem Kaff tatsächlich mal was Spannendes! Am Samstag ist bei Svens Cousin big party. Er hat einen Traumjob in einem IT-Unternehmen in London bekommen und zieht bald weg.«

Ich sehe sie staunend an. Wie viele Leute hat sie in der kurzen Zeit eigentlich schon kennengelernt, seit sie hier wohnt?

»Traumjob?«, sage ich verwirrt. »Wie alt ist der denn? Der Cousin, meine ich? Und woher kennst du ihn?«

Silja schüttelt den Kopf. »Ich kenne ihn ja gar nicht, Sven hat mir gestern von ihm erzählt. Er hat dann abends gleich bei ihm angerufen und gefragt, ob es okay ist, wenn er uns mitbringt.«

Ihre Augen strahlen mich erwartungsvoll an. Zwei schwarze Sonnen vor einer eisgrauen Himmelsscheibe. Mein Hirn hat sich irgendwie verhakt.

»Du und Sven?«

Sie seufzt und verdreht die Augen über mein beschränktes Auffassungsvermögen.

»Ja, Sven geht natürlich hin! Aber ich rede von uns, dir und mir!«

Als ich nicht sofort antworte, wirft sie einen kurzen Blick über meine Schulter.

»Und Tonja«, fügt sie hinzu. »Wenn es sein muss.«

Ich drehe mich automatisch um, aber Tonja ist nirgends zu sehen. Ich wende den Blick wieder Silja zu und versuche einzuordnen, was sie gesagt hat.

»Was meinst du damit, wenn es sein muss?«

»Damit du mitkommst. Wenn du nicht kommst, macht es keinen Spaß.«

Ich mustere sie genau, suche nach einem ironischen Lächeln. Sie nimmt mich auf den Arm, anders kann es nicht sein. Aber ich kann in ihrem Gesicht nichts entdecken, nur die erwartungsvolle Vorfreude in ihren Augen.

»Du meinst das ernst, oder?«, frage ich sie schließlich.

»Natürlich meine ich das ernst«, sagt sie ungeduldig. »Du kommst doch mit, oder? Sag, dass du mitkommst! Du musst.«

»Aber … Svens Cousin … Wie alt ist er denn jetzt? Und wo ist die Fete überhaupt?«

»Das weiß ich doch nicht! Was spielt das für eine Rolle, wo die Fete stattfindet oder wie alt der Typ ist? Oder gehst du nur auf Kinderpartys?«

Sie sieht jetzt richtig genervt aus, und ich fühle mich tatsächlich wie jemand, der bisher noch nie woanders als auf Kinderpartys war, plus ein paar Klassenfeten und dem einen oder anderen runden Familiengeburtstag.

Silja seufzt.

»Ich dachte, du würdest dich freuen«, sagt sie. »Ich hab mich gefreut! Niemand sonst aus der Klasse ist eingeladen. Endlich passiert mal was Cooles, und da guckst du mich an, als würde ich Arabisch reden.«

»Ich … denk drüber nach«, sage ich. »Und rede mit Tonja.«

Da steht Tonja plötzlich neben mir. Ich habe sie überhaupt nicht kommen hören. Sie schaut von mir zu Silja und wieder zu mir.

»Worüber willst du mit Tonja reden?«, fragt sie.

Ich will gerade den Mund aufmachen und mir zurechtlegen, wie ich das Ganze formulieren soll, als das Klingeln die peinliche Stille durchschneidet und Tonja mich am Arm zieht.

»Ich will nicht zu spät zu Chemie kommen!«, sagt sie. »Beeil dich!«

Auf dem Weg zu unseren Schließfächern nimmt sie mich ins Kreuzverhör.

»Worum geht's? Was ist hier eigentlich los?«

»Wir sind zu einer Fete eingeladen«, flüstere ich aufgeregt. »Mit Sven!«

»Was?«

Wir schnappen uns die dunkelblauen Chemiebücher und unsere Kollegblöcke aus den Schränken. Der Aufenthaltsraum leert sich langsam, aber sicher. Wir laufen zum Chemiesaal, und unterwegs versuche ich, ihr das Unerklärliche zu erklären: dass sie und ich zum Abschiedsfest von Svens Cousin eingeladen sind, der nach London zieht. Ich erzähle alles, was ich weiß, was nicht sehr viel ist, und als Björn die Tür zur Klasse aufschließt und wir uns auf unsere Plätze setzen, ist mein Wortstrom versiegt. Ich sehe Tonja an, bin immer noch ganz überwältigt und habe ein Kohlensäurekribbeln im ganzen Körper.

Tonja starrt mich genauso verblüfft an, wie ich Silja vorhin angestarrt habe. Aber ihre Reaktion ist ein wenig anders als meine.

»Leidest du jetzt an kompletter Hirnerweichung?«, fragt sie. »Ist Silja irgendwie ansteckend, oder was?«

Warum ist sie so schnippisch? Silja hat doch nur versucht, was Nettes für uns zu organisieren! Okay, das kommt vielleicht ein bisschen überraschend, sehr überraschend sogar, aber für Silja ist es vielleicht das Normalste von der Welt, auf die Fete eines Cousins eines Mitschülers zu gehen, auch wenn der Cousin ein paar Jahre älter ist. Eine richtige Fete. Keine Zwergendisko. Das ist doch spannend und erwachsen und … vor allen Dingen mal was Richtiges. Nächstes Jahr kommen wir aufs Gymnasium. Da kann es doch nichts schaden, schon mal ein bisschen zu trainieren?

Leider kann ich das alles Tonja nicht mitteilen, weil in Björns Stunden keine privaten Unterhaltungen gestattet sind.

»Das periodische System«, sagt Björn, während der Referendar Emil versucht, den Projektor in Gang zu setzen. »Wir haben ja schon öfter darüber gesprochen, aber in diesem Halbjahr nehmen wir es uns etwas detaillierter vor. Kann einer von euch erklären, was das periodische System ist? Ingela?«

Ingela schaut von ihrem Block hoch, auf dem sie herumgekritzelt hat, schiebt ihr üppiges Haar aus dem Gesicht und antwortet auf die ihr eigene leicht zögerliche, nachdenkliche Art: »Das ist so was wie … eine Liste aller Grundelemente, aus denen sozusagen alles besteht. Wie die Töne in der Musik, ungefähr.«

Björn lächelt. »Wundert mich nicht, dass die Beschreibung von dir kommt, aber das ist kein schlechter Vergleich, Ingela. Im Gegenteil.«

Ich schiele zu Tonja rüber, die verbissen geradeaus starrt, als wäre sie wütend. Aber was für einen Grund gibt es, wütend zu sein, weil man zu einem Fest eingeladen ist? Wenn man keine Lust hat, geht man eben nicht hin. Ich könnte sie ja noch verstehen, wenn sie nicht eingeladen wäre.

Genau das schreibe ich an den Rand meines Blockes und schiebe ihn diskret in ihre Richtung. Sie zieht ihn zu sich rüber und liest, was ich geschrieben habe. Dann nimmt sie ihren Stift und schreibt eine Antwort, die sie gereizt zu mir zurückschiebt.

Darum geht's überhaupt nicht, kapierst du das nicht? Ich finde es nur unglaublich, dass du völlig selbstverständlich davon ausgehst, dass wir da hingehen!

Aha. Jetzt bin ich also die Doofe. Mag ja sein, dass ich schwer von Begriff und komplett blöd bin, aber ich verstehe nicht, wieso man nicht wenigstens in Erwägung ziehen kann, da hinzugehen. Wenn da nur völlig zugedröhnte Junkies rumhängen oder was immer Tonja sich vorstellt, können wir doch einfach wieder abhauen. Was ist daran so schlimm? Will sie das ganze Leben im Sandkasten verbringen? Mit Lukas zu schlafen, war okay, da konnte es ihr gar nicht schnell genug gehen mit dem Erwachsenwerden, aber mit Silja und Sven auf eine richtige Fete zu gehen, ist total undenkbar, oder was?

Ich drücke die Stiftspitze auf das Papier und schreibe eine wütende Antwort, überleg es mir dann aber doch anders. Die wenigen Male, die Tonja und ich uns wegen irgendwas gestritten haben, ging es mir hundsmiserabel. Es endet dann immer damit, dass ich sie anrufe und mich entschuldige, egal, wer recht hat oder nicht. Nichts ist wichtiger als unsere Freundschaft, nichts ist wichtiger, als Tonja zum Reden zu haben. Ihr Lächeln, ihre Umarmungen, wenn man traurig ist, ihre Kommentare und schrägen Ideen. Tonja, die nicht mit Fragen nervt, wenn ich weg muss, weil die grauen Krallen wieder zu scharren beginnen. Tonja, die dem Schmerz schweigend Gesellschaft leistet und wartet, bis er sich verzieht, ohne Erklärungen zu verlangen. Natürlich ist das wichtiger als alles andere. Vergessen wir das Ganze einfach. Silja kann ja trotzdem gehen. Bestimmt haben Sven und sie eine Menge Spaß bei der Fete, zu der sonst keiner aus der Klasse, offenbar nicht einmal Emelie, eingeladen ist.

Ach ja, Emelie.

Ich drehe vorsichtig den Kopf und schiele zu Emelie und Lovisa rüber, die schräg rechts hinter mir sitzen. Sie sind still. Lovisa kaut ein Kaugummi und Emelie schaut verträumt zu Emil, der inzwischen die Technik zum Laufen gebracht hat. Eine Abbildung des Periodensystems füllt die weiße Tafel vorne. Der halbe Schultag ist vergangen, seit Silja und Sven in ihrer intimen Unterhaltung gesehen wurden, aber noch hat Emelie nicht zum Schlag ausgeholt. Will sie Silja ungeschoren davonkommen lassen? Weiß sie etwas von der Fete am Samstag? Sie wird doch im Leben nicht stillschweigend zusehen, dass Sven Silja in eine Fete einschleust, zu der sie nicht eingeladen ist? Das ist unwahrscheinlich. Mehr als unwahrscheinlich. Das wird im Leben nicht passieren.

Sven sitzt schräg vor Emelie. Normalerweise sitzt er immer nach hinten gelehnt auf seinem Stuhl, die Beine lang vor sich ausgestreckt, aber das geht nicht im Chemiesaal, wo die Stühle höher sind und kaum eine Rückenlehne haben. Leo neben ihm hat die Ellenbogen auf den Tisch und das Kinn in die Hände gestützt. Seine Rockermatte hängt ihm vor den Augen. Mir juckt immer die Nasenwurzel, wenn ich Leo angucke. Diese Haare! Vor Sven sitzt Silja. Der Platz neben ihr ist leer. Sie fängt meinen Blick ein und macht eine fragende Geste, die ich mit einem Achselzucken beantworte. Da dreht sie sich um und sagt leise etwas zu Sven, der sich ebenfalls umdreht und mir einen kurzen Blick zuwirft. Ich schaue schnell weg. Das ist definitiv zu viel an ein- und demselben Tag.

Line sitzt wieder alleine ganz vorne an der Seite, an ihrem üblichen Platz. Das leicht gewellte, blassbraune Haar reicht ihr bis knapp über die Schultern, die immer irgendwie hochgezogen und leicht nach vorne gebeugt sind, als würde sie damit rechnen, dass sich jemand von hinten auf sie stürzt. Wo ist Silja? Obwohl Line auf ihrem gewohnten Platz sitzt, sieht sie einsamer aus als je zuvor.

Ich hab keine Lust, darüber zu reden«, sagt Tonja, als wir nach der Schule nach Hause gehen. »Uns geht's doch gut, und jetzt lässt du zu, dass Silja das alles kaputt macht. Ich kapier nicht, was in deinem Kopf vor sich geht!«

Wir schieben unsere Fahrräder auf dem Gehweg. Der Sturm von heute Morgen hat sich gelegt, aber es ist noch immer ziemlich kalt. Das war's wohl mit dem Sommer. Übermorgen fängt der September an. Und am vierten September ist die Fete.

»Wieso macht sie alles kaputt?«, frage ich. »Sie hat doch bloß gefragt, ob wir mit zu der Fete kommen wollen. Und ich finde das spannend. Was ist denn schlimm daran?«

Tonja seufzt demonstrativ. »Mein Gott, Vendela! Erstens: Sind Lukas und Nils auch eingeladen? Nein. Also, warum sollten wir auf eine Fete gehen, wo sie nicht sind? Zweitens: Emelie wird ausrasten und uns in Grund und Boden stampfen, kapierst du das nicht? Und was machen wir dann? Für den Rest des Jahres Uno mit Line spielen? Danach brauchen wir uns auf keinem Klassenfest mehr blicken zu lassen, du blöde Nuss! Ich hab keinen Bock, alles für ein bescheuertes Fest aufs Spiel zu setzen, wo wir keine Sau kennen. Und du bist doch gerade auf einem guten Weg mit Nils. Das wäre doch der Jackpot mit uns vieren. Und das alles scheint dir plötzlich nicht mehr wichtig zu sein. Aber mir schon. Verstehst du eigentlich überhaupt nichts mehr?«

Sie hat ja recht, Tonja hat immer recht. Sie hat manchmal irritierende Ähnlichkeit mit Line. Tonja ist vernünftig, also gerecht, bedacht und vernünftig. Alle Eltern würden sich für ihre Kinder eine beste Freundin wie Tonja wünschen. Mit Tonja besteht kein Risiko, in schlechter Gesellschaft zu landen. Mit Tonja passiert aber auch nichts Spannendes.

Augenblicklich meldet sich mein schlechtes Gewissen wegen meiner Gedanken.

Was ist denn in mich gefahren? Vielleicht hat Tonja auch da recht, vielleicht ist Silja ja wirklich ansteckend. Aber ich kann mir nicht helfen, Silja ist irgendwie lebendiger als wir alle zusammen. Ich will auch leben. Nicht nur existieren, sondern richtig leben. Auch für Anton. Ich denke, dass wir es uns schuldig sind, unser eigenes Leben zu leben, aber wir sind es auch denen schuldig, die nicht mehr da sind. Silja lebt für sich und ihre Mutter Ariadne. Ich lebe für mich und Anton. Deswegen muss man nicht auf Brückengeländern balancieren, aber ein bisschen was riskieren sollte man schon. Sonst ist man nur ein kleiner Dreck, wie Jonathan in den Brüdern Löwenherz sagt. Aber da ging es um seinen Kampf gegen Tengil und nicht darum, dass er auf irgendein Fest gehen wollte. Andererseits, wenn es zum Streit mit Emelie kommt, ist das ungefähr das Gleiche wie ein Kampf gegen Katla.

Ich wünschte, ich hätte den Mut, unter wehenden Fahnen an Siljas Seite zu stehen und Emelies Rache zu trotzen.

Ich werfe einen verstohlenen Blick zu Tonja, die neben mir herläuft, und nehme mir vor, ihr zu sagen, dass ich auf alle Fälle gehen möchte. Aber sofort meldet sich wieder das schlechte Gewissen. Unmöglich. Natürlich geht das nicht.

Vielleicht ändert sie ihre Meinung, wenn ich ihr ein bisschen Zeit zum Nachdenken gebe, damit es sacken kann. Noch sind es ja fünf Tage. Fünf Tage, in denen man es sich anders überlegen kann. Falls Sven nicht plötzlich feststellt, dass er geistig umnachtet gewesen sein muss, und seine Einladung zurückzieht.

Als wir an die Kreuzung kommen, wo Tonja und ich uns jeden Morgen treffen, habe ich immer noch nicht auf ihre langen Vorhaltungen geantwortet. Meine Gedanken springen hin und her und vielleicht rechnet Tonja schon gar nicht mehr mit einer Antwort. Sie steigt jedenfalls auf ihr Rad und fährt los.

»Bis morgen«, sagt sie kurz.

Ziehen im Bauch. Was mache ich hier eigentlich?

»Ja, bis morgen«, nuschele ich.

Ein wirres Knäuel all der Dinge, die ich auf der Stelle sagen sollte oder längst gesagt haben wollte, wirbelt durch meinen Kopf, aber ehe ich einen Ton herauskriege, verschwindet Tonja aus meinem Blickfeld. Und da stehe ich wie der Idiot, der ich wahrscheinlich bin.

Aber immerhin hat sie »bis morgen« gesagt. So sauer kann sie dann ja wohl nicht sein. Oder?

Sobald ich zu Hause bin, schicke ich ihr eine SMS. Eine SMS, in der es um was ganz anderes geht.

Tonja war noch nie nachtragend. Wenn ich die Fete nicht mehr erwähne, wenn ich einfach so tue, als ob nichts gewesen wäre, taut sie sicher bald wieder auf. Bestimmt. Ich muss mich nur zusammenreißen und keine verbotenen Gedanken mehr denken. Der Abend mit Nils im Akropolis zum Beispiel war doch echt schön. Reicht mir das etwa nicht? Und er hat vorgeschlagen, demnächst mal was anderes zu unternehmen. Denkt er dabei an ein Kaffeetrinken im Miranda? Oder hat Lukas ihm erzählt, was er und Tonja am Wochenende gemacht haben, und … Quatsch! Das kann er nicht gemeint haben. Aber so ein bisschen Rumknutschen? Oder wenigstens ein Kuss?

Etwas aufgeräumter steige ich aufs Rad und trampele heimwärts. Bestimmt bin ich Tonja eines Tages unendlich dankbar dafür, dass sie mich von einer kolossalen Dummheit abgehalten hat.

Zu Hause ist alles ruhig, es ist keiner da. Ich schmiere mir ein Brot, schenke mir ein Glas Milch ein und setze mich an den Küchentisch. Wenn das Leben wäre, wie es sein sollte, würde Anton mir gegenübersitzen, auch er wäre gerade aus der Schule nach Hause gekommen. Als ich den Blick hebe, grinst er mich frech an.

»Was meinst du, soll ich zu der Fete gehen?«, frage ich ihn und wundere mich, dass ich das überhaupt noch als Alternative in Erwägung ziehe.

Er zieht die Schultern hoch und beißt in sein Brot. Die Haare fallen vor sein eines Auge und er schüttelt sie mit einer Kopfbewegung weg. Ich schaue aus dem Fenster. Die Fassade gegenüber ist schmutzig gelb und trist, die einzige in der ganzen Korngatan, die noch nicht renoviert wurde.

Sonderlich spannende Leute wohnen da auch nicht gerade. Die einzige Auffälligkeit ist, dass es dort nur Singles zu geben scheint. Keine Familien mit Kindern, keine Kinderwagen oder Alte mit Gehhilfen. Keine Jugendlichen, die abends mit ihren Freunden ein und ausgehen. Nur Einzelpersonen in unbestimmbarem Alter, so um die vierzig. Ich versuche mir mich mit vierzig vorzustellen. Werde ich auch eine von denen sein, die täglich zur Arbeit pendeln und ansonsten zu Hause hocken und fernsehen oder schlafen? In dem Fall möchte ich nicht erwachsen werden. Aber es ist nicht weniger seltsam, wenn ich mir vorstelle, ich habe zwei Kinder im Teenageralter und einen Mann um die fünfzig. Mir schießt durch den Kopf, dass Nils dann wahrscheinlich wie Kostas aussehen wird, was zu einer Lachattacke führt, in der ich den letzten Schluck Milch über den Küchentisch pruste.

Ich gehe in mein Zimmer, klicke die Cardigans auf meinem Laptop an und lege die Englischmappe auf den Schreibtisch, um mich von meinen Grübeleien abzulenken und ein bisschen mit der Argumentation voranzukommen, die Grace bis Mittwoch haben will. Das Thema ist »Nachhaltige Entwicklung«, was sich durch mehrere Fächer zieht. Als Erstes sollen wir auf Englisch argumentieren, warum man sich um die Umwelt kümmern sollte, und mindestens fünf Beispiele dazu nennen. Es bringt sicher Pluspunkte ein, wenn man eine Handvoll unregelmäßiger Verben einbaut.

Um Viertel nach fünf kommt Papa nach Hause. Er pfeift munter vor sich hin und begibt sich direkt in die Küche zu Töpfen und Schneidebrettchen. Ich bin auch ziemlich gut gelaunt. Die Argumentation ist mehr oder weniger fertig und ich finde sie richtig gelungen. Ich könnte Tonja ja eine SMS schicken, ob sie auch schon fertig ist. Nur so als kleinen Test, ob alles wieder im Lot ist. Ich drucke die zwei Seiten aus und gehe zu Papa, der am Herd steht und Zwiebeln und Knoblauch andünstet.

»Kannst du mal durchlesen, was ich für Englisch geschrieben habe?«, frage ich.

Er zieht die hochrandige Pfanne von der Platte und wischt sich die Hände am Geschirrtuch ab.

»Aber sicher«, sagt er. »Gerne.«

Papa sieht immer aus, als würde ich ihm ein wundervolles Geschenk machen, wenn ich ihn bitte, meine Hausaufgaben anzugucken. Ich gebe ihm die beiden Blätter.

»Es eilt nicht«, sage ich.

»Ach was, ich lese es jetzt gleich«, sagt er. »Dann kannst du noch Änderungsvorschläge einarbeiten, falls es welche gibt.«

Ich gehe in mein Zimmer und nehme mein Handy.

Fertig mit der Englischhausaufgabe? <3

Mehr schreibe ich nicht. Am besten tu ich so, als wäre das mit der Fete nicht passiert, lasse es unerwähnt verpuffen. Entschuldigen muss ich mich nicht. Ich habe die Einladung nur weitergegeben und finde nach wie vor, dass ich nichts falsch gemacht habe.

Ich bleibe mit dem Handy in der Hand auf der Bettkante sitzen und warte. Hat sie gerade was anderes zu tun oder zögert sie? Das war ja nun keine sonderlich schwierige Frage, die ich ihr geschickt habe. Nichts, wofür man viel Bedenkzeit bräuchte.

Nach ein paar endlosen Minuten vibriert endlich das Handy.

Telefoniere gerade mit Lukas. Nein, Englisch noch nicht fertig. Du? <3

Ich atme auf. Sie ist nicht mehr sauer auf mich, sie telefoniert nur mit ihrem Freund. Und trotzdem nimmt sie sich die Zeit, mir zu antworten. Dann ist alles wieder gut. Ich schreibe ihr hastig, dass ich schon gut was geschafft habe. Dann stehe ich auf und stelle *Erase/Rewind* auf Repeat, ehe ich mich auf dem Bett ausstrecke. Gibt es ein passenderes Lied für Vendela Wankelmut? Ich grinse still vor mich hin.

Da vibriert das Handy schon wieder, diesmal lang und hartnäckig. Ich antworte, ohne vorher aufs Display zu gucken.

»Hallo, Silja hier.«

»Hallo, wart mal kurz …«

Ich muss aufstehen und die Lautstärke runterdrehen, damit ich sie verstehe. Außerdem brauche ich die paar Sekunden, um mich zu sammeln. Doch, ich habe die richtige Entscheidung getroffen. Tatsache ist doch, dass ich eigentlich gar keine Wahl hatte. Nicht wirklich. Die Welt ist nicht so, wie Silja denkt. Dass sie keine Hindernisse sieht, heißt ja nicht, dass es keine gibt.

»So, ich bin wieder da.«

»Hast du dich entschieden?«

»Ja … Ich komme nicht mit.«

Ein paar Sekunden ist es ganz still.

»Tonja will nicht, oder?«, fragt sie schließlich.

»Ja«, gebe ich zu. »Deswegen könnte ich natürlich trotzdem mitkommen, aber … Ich kenne da doch niemanden …«

»Doch, du kennst mich. Und Sven.«

Ich muss grinsen. »Nein, euch kenne ich auch nicht wirklich. Am wenigsten Sven.«

»Ach.«

»Wie auch immer, ich hab mich entschieden. Ihr könnt euch doch auch ohne mich amüsieren.«

»Ohne dich ist es nicht so lustig.«

»Lässt sich nicht ändern.«

Silja seufzt. »Okay. Sag Bescheid, falls du es dir anders überlegst.«

Erase and rewind
'cause I've been changing my mind
I've changed my mind

»Werde ich nicht. Es mir anders überlegen, meine ich. Ganz davon abgesehen, würden meine Eltern es mir wahrscheinlich gar nicht erlauben.«

»Eltern müssen ja nicht alles wissen«, sagt Silja. »Wir könnten sagen, dass du bei mir eingeladen bist. Oder bei Sven, wenn sie das besser finden.«

Ich lache. »Ja, das würde sie garantiert beruhigen!«

Siljas heiseres Lachen und meins treffen sich im Hörer.

»Was weiß denn ich! Mich kennen sie nicht, aber Svens Vater ist Anwalt, oder? Und die Stadt ist ja nicht allzu groß, vielleicht kennt dein Versicherungsvater ihn sogar.«

»Keine Ahnung, aber ist ja auch egal.«

Erneuter Seufzer im Hörer. »Okay. Wir sehen uns morgen. Mit Betonung auf *sehen*. Ich gelobe hoch und heilig, deine und Tonjas heilige Vibrations nicht mehr zu stören.« Sie lacht wieder. »Sich mit dir zu treffen ist ungefähr so schwierig wie ein Verhältnis mit einem verheirateten Typen!«

Ich schüttele den Kopf. »Du hast sie nicht alle, Silja.«

»Nein, zum Glück! Bis morgen.«

»Hm.«

Ich drehe die Lautstärke wieder hoch und strecke mich auf dem Bett aus.

Das war es. Bedacht und vernünftig. Wie Tonja. Wer nicht hoch fliegt, kann nicht tief fallen. Aussicht hat man dann zwar keine, aber was hat man von der schönsten Aussicht, wenn man platt wie ein Pfannkuchen auf dem Boden liegt?

So where did you see me go
It's not the right way, you know
Where did you see me go
No, it's not that I don't know
I just don't want it to grow
It's not that I don't know
I've changed my mind
I take it back

Ob er wohl eine Freundin hat?«, flüstert Madeleine.

»Und wenn nicht, angelst du ihn dir, oder was?«, fragt Ellen.

Tonja, Madeleine, Ellen und ich sitzen im Biologiesaal um einen Vierertisch, die nur für die Tests auseinandergestellt werden. Weder Tonja noch ich haben die Fete bei Svens Cousin noch einmal mit einer Silbe erwähnt und es fühlt sich fast an wie immer. Kann sein, dass Tonja etwas wachsamer als sonst ist. Als würde sie mir nicht recht trauen. Aber vielleicht bilde ich mir das auch nur ein.

Madeleine schickt Emil, der vorne vorm Whiteboard mit Björn ins Gespräch vertieft ist, einen schmachtenden Blick.

»Quatsch, du bist ja blöd, das interessiert mich einfach«, murmelt sie.

»Natürlich hat der eine Freundin«, sagt Ellen. »So ein Typ läuft doch nicht solo durch die Welt.«

Eigentlich ist Gruppenarbeit über Nervenzellen und das Nervensystem angesagt. Wir sollen mit Hilfe des Buches eine Reihe Fragen beantworten, aber Ellen und Madeleine verbringen mehr Zeit mit der Beobachtung des Referendars als mit der Beantwortung der Fragen.

Die Stunde ist bald zu Ende und Björn wendet sich wieder an die Klasse. »So, gehen wir jetzt die Antworten zusammen durch! Wie funktioniert die Kommunikation zwischen Nerven- und Muskelzellen? Clara?«

Clara starrt auf ihr Blatt, und ihre Lippen bewegen sich in Zeitlupe, als könnte sie nicht lesen, was sie geschrieben hat. Sie sitzt mit Emelie, Lovisa und Camilla an einem Tisch.

»Ein anderer aus der Gruppe?«, fragt Björn ungeduldig, worauf Camilla sich an einer vagen Erklärung über elektrische Impulse und chemische Substanzen versucht.

Emelie sieht unendlich gelangweilt aus und fährt mit ihrem Stift über die Perforation ihres Kollegblocks. Björn gibt sich mit Camillas Antwort zufrieden und fügt selber noch einige Ergänzungen hinzu, denen keiner richtig zuhört. Es ist Nachmittag, alle sind müde und die Stimmung ist ziemlich angespannt. Alle scheinen zu warten. Keiner kann sich auf etwas andres konzentrieren als das Warten.

Sven, Leo, John und Linnéa bilden eine Gruppe und hinter ihnen sitzt eine bunt zusammengewürfelte Gruppe aus Silja, Ingela, Sofia und Line. Als Nils und Lukas vorhin an unserem Tisch vorbeigekommen sind, meinte Nils, die vier wären wie ein Teller mit Hering, Preiselbeermarmelade, Vanillesoße und Pfefferkuchen. Nils und Lukas sitzen an einem Tisch mit Oskar und Paul.

Björn und Emil gehen weiter die Ergebnisse der Gruppenarbeit durch und kommen zum Gehirn und seinen Zellfunktionen. Die erste Frage bezieht sich auf Reflexe, die zweite auf Intelligenz.

»Mit welchem Teil des Gehirns denkt man?«, fragt Björn. »Kannst du das beantworten, Silja?«

Silja sieht ihn verdutzt an. Offensichtlich war sie gerade mit den Gedanken ganz woanders.

»Was?«

»Mit welchem Teil des Gehirns denkt man?«, wiederholt Björn die Frage.

Da hebt Emelie den Blick. »Geben Sie's auf«, sagt sie. »Wie soll man auf Hirnrinde kommen, wenn man keine hat!«

Silja funkelt sie an. »Du musst es ja wissen.«

Vereinzeltes Kichern ist zu hören, aber es traut sich keiner, laut zu lachen, solange nicht klar ist, über wen eigentlich gelacht wird. Jetzt funkelt Lovisa Silja an.

»Deine hohle Birne taugt doch höchstens als Sparschwein!«, faucht sie und Emelie lacht.

»Wahrscheinlich noch nicht mal das«, sagt sie, »weil sie ihre Fotze genauso weit aufreißt wie ihre Klappe.«

»Lieber das, als so ein nach vorne und hinten Dreck verschleuderndes Arschloch zu sein wie du«, kontert Silja schlagfertig.

Björn schlägt mit der flachen Hand auf den Tisch.

»Jetzt reicht es aber!«, brüllt er, auf seinen Wangen leuchten zwei rote Flecken. »Was ist denn in euch gefahren?«

Clara sieht geschockt aus, Lovisa verbissen und Emelies Augen sind zu schwarzen Strichen zusammengekniffen.

»Uiuiui«, flüstert Tonja neben mir. »Silja ist *tot*!«

Die Einsicht landet wie ein bleischwerer, kalter Klumpen in mir. Ich begreife etwas, das meinen Blick auf alles, das sich gerade um mich herum abspielt, total verändert. Wenn es zum offenen Streit unter wehenden Fahnen kommt, steht Tonja auf Emelies Seite, und ich kann nichts daran ändern, egal, was ich sage. Ich sitze da und sehe Tonja an, während die Kälte in meinem Körper bis in die Fingerspitzen ausstrahlt.

Im Flur vor dem Biologiesaal holen Nils und Lukas uns ein.

»Wow«, sagt Lukas begeistert. »Catfight! Lasst uns unten im Aufenthaltsraum ein Schlammbad anlegen. Dort können sie dann aufeinander losgehen!«

Tonja lacht und Lukas legt einen Arm um sie. Nils und ich landen wie gewohnt in ihrem Kielwasser.

»Ich wünschte, mir würde auch so was einfallen«, sagt Nils.

»Was?«, frage ich.

»Solche schlagfertigen Antworten«, erklärt er verlegen. »Na ja, nicht exakt *die* Antworten, aber mir fällt immer erst Stunden später oder mit einem Tag Verzögerung eine gute Entgegnung ein …«

»Kenn ich«, sage ich.

»Emelie ist es nicht gewohnt, dass man zurückschießt«, sagt Nils grinsend.

Ich sehe ihn von der Seite an. Er scheint es gut zu finden, dass sich jemand traut, an Emelies Thron zu rütteln. Das fand ich bis eben gerade auch noch, bis mir das mit Tonja klar geworden ist. Wenn es irgendwann dazu kommen sollte, dass alle sich für eine Seite entscheiden müssen, dann stelle ich mich entweder zu Emelie oder gegen Tonja, und beide Alternativen lösen Panik in mir aus.

»Heute Filmabend bei mir?«, fragt Lukas. »Alle vier? Ich hab jede Menge Filme runtergeladen, die ich noch nicht angeguckt habe.«

»Ich muss unter der Woche um halb zehn zu Hause sein«, sagt Tonja. »Aber bis dahin gerne.«

Nils nickt. »Okay. Ich bring Chips mit.«

Filmabend bei Lukas zu Hause? Was heißt das? Vielleicht inspiriert das Nils ja, wenn Tonja und Lukas auf dem Sofa sitzen und kuscheln. Will ich das überhaupt? Reicht mir das hier nicht vollkommen an Aufregung, ohne dass ich verkrampfe oder Schweißausbrüche kriege?

Als hätte Tonja meine Gedanken gelesen, lächelt sie mich verschwörerisch an.

»Kommst du auch, Vendela?« Ich nicke. »Ich muss nur noch zu Hause fragen, aber die haben bestimmt nichts dagegen.«

Als ich anrufe und Mama frage, ob es okay ist, wenn Tonja und ich heute Abend zu Lukas gehen, um einen Film zu gucken, klingt sie fast erleichtert.

»Aber natürlich, Schatz!«, sagt sie, ohne zu fragen, ob ich vorher noch Hausaufgaben habe. »Wie schön! Wann seid ihr verabredet? Im Gefrierfach ist was für die Mikrowelle, falls du vorher noch was essen willst.«

Genauso mache ich es. Ich wärme mir eine Portion von Papas leckerem Chili con Carne auf, ehe ich dusche und in meinen Kleiderschrank abtauche. Das neue Kleid kann ich nicht schon wieder anziehen, auch wenn Nils gesagt hat, dass er es schön findet. Tonja hat es noch nicht einmal gesehen. Sie würde wahrscheinlich sofort wittern, dass Silja was damit zu tun hat, und es scheußlich finden. Beim Gedanken an den Tonja-Silja-Emelie-Kladderadatsch zieht sich mein Magen zusammen. Ich versuche an was anderes zu denken. Ich lege *Single Ladies* von Beyoncé auf, um auf andere Gedanken zu kommen, während ich nach was Passendem zum Anziehen suche. Es soll nicht zu gewollt wirken, aber gern ein bisschen sexy. Weißes Top und dunkelrotes Oberteil, das so weit ausgeschnitten ist, dass man es unmöglich ohne Top drunter tragen kann. Der hübsche, schwarze Slip mit Spitzenrand. Nicht, dass ich vorhätte, meinen Slip zu zeigen, aber trotzdem. Und enge Jeans. Ich schaue mir das Ergebnis im Spiegel an und ziehe mich obenrum wieder aus, um mit einem Push-up für einen üppiger gefüllten Ausschnitt zu sorgen.

Ich seufze. Frage mich, wie es sich wohl anfühlt, Brüste wie Silja zu haben. Oder wie Tonja. Runde, weiche Brüste, die beim Gehen wackeln, statt meiner kleinen, spitzen Hügel. Kein Wunder, dass Nils nicht in die Puschen kommt. Welcher Junge hat schon schlaflose Nächte wegen meiner Brüste?

Mein Handy gibt zwei Piepstöne von sich. Es ist eine SMS von Tonja.

Ich geh schon mal vor. Bis gleich. <3

Enttäuscht werfe ich das Handy auf mein ungemachtes Bett. Ich verstehe ja, dass sie es eilig hat, zu Lukas zu kommen, aber deswegen hätte sie doch trotzdem auf mich warten können. Wie war das noch gleich mit dem Test, den wir letzte Woche in Spanisch gemacht haben? Estar con mis amigos es más importante que estar con mi novio. Mit meinen Freunden zusammen zu sein ist mir viel wichtiger, als mit meinem Freund zusammen zu sein. Waren wir uns in dem Punkt nicht völlig einig?

Ich sehe mich wieder im Spiegel an und würde am liebsten alles sausen lassen. Bei Lukas anrufen und sagen, dass ich nicht komme. Aber dann denke ich an Nils und sage mir, dass ich Tonja gegenüber etwas großzügiger sein sollte. Sie setzt schließlich alle Hebel in Bewegung, um Nils und mir auf die Sprünge zu helfen.

Ich föhne mir sorgfältig die Haare und male mir mit Kajal feine Linien um die Augen. Noch ein bisschen Lidschatten und Wimperntusche, die schwarze Kapuzenjacke, Fahrradschlüssel, Handy, Headset, und los geht's.

Lukas wohnt nördlich vom Zentrum in einem Viertel mit langen, roten, dreigeschossigen Häuserblocks. Ich war noch nie bei ihm zu Hause, aber Tonja hat mir genau beschrieben, wo er wohnt. Ich habe also keine Probleme, es zu finden. Ich drücke den Klingelknopf. Das Signal ist deutlich hinter der geschlossenen Tür zu hören, aber niemand macht mir auf. Ich klingele noch einmal. Endlich höre ich Schritte, die Klinke wird runtergedrückt. Tonja steht vor mir, rotwangig und mit zerzausten Haaren.

»Hallo«, sagt sie. »Tut mir leid, wir waren grad … beschäftigt.« Sie kichert.

Ich denke genervt, dass sie doch lieber niemanden zu ihrem Filmabend einladen sollten, wenn sie nur an das eine denken können, verkneife mir aber, was zu sagen. Ich gehe in den Flur und ziehe die Schuhe aus. Gleich nach mir kommt Nils. Er hat ein anderes T-Shirt angezogen und duftet nach einem würzigen Deodorant, was meine Laune ein wenig hebt. Immerhin, er hat sich ins Zeug gelegt. Das muss doch was heißen. Ich lächele ihn an, und er lächelt zurück, als hätte er gerade ungefähr das Gleiche über mich gedacht. Kurz darauf sitzen wir alle vier im Wohnzimmer, futtern Chips und versuchen, uns auf einen Film zu einigen. Lukas hat seinen Laptop an den LED-Bildschirm seiner Eltern angeschlossen. Er hat wirklich unglaublich viele Filme auf dem kleinen Computer. Am Ende einigen wir uns auf eine Action-Komödie, die keiner von uns kennt.

Das Dumme ist nur, dass Lukas und Tonja eng nebeneinander auf der einen Sofahälfte sitzen und ich alleine auf der anderen Hälfte. Nils hat es sich in einem der beiden Sessel bequem gemacht, statt sich zu mir zu setzen, obwohl da locker noch Platz für ihn wäre. Irgendwann nehme ich meinen ganzen Mut zusammen und frage ihn, ob er von seinem Platz schräg neben dem Bildschirm überhaupt was sehen kann, wobei ich so demonstrativ an die Seitenlehne rücke, dass er die peinlich offensichtliche Einladung, sich doch endlich neben mich zu setzen, nicht übersehen kann. Aber entweder ist Nils unglaublich schwer von Kapee oder er will schlicht und einfach nicht neben mir sitzen. Jedenfalls versichert er, dass er sehr gut sieht, und bleibt auf seinem Sessel hocken. Ich würde am liebsten auf der Stelle in Grund und Boden versinken. Verzweifelt suche ich Tonjas Blick, aber ihr Gesicht ist halb hinter Lukas' Schulter verborgen, an der ihr Kopf lehnt. Sie küssen sich unentwegt, dass ich mich echt frage, ob sie überhaupt irgendetwas von dem Film mitbekommen. Ganz davon abgesehen, krieg ich auch nichts mit. Ich fühle mich abgewiesen, lächerlich und fehl am Platz. Das Top ist zu eng, das Oberteil zu tief ausgeschnitten und der Push-up total albern. Der Einzige, der zwischendurch lacht, ist Nils.

Mit großer Mühe ringe ich mich dazu durch, sitzen zu bleiben und Interesse zu heucheln, bis der Nachspann kommt. Da halte ich es nicht länger aus.

»Ich muss los«, sage ich. »Wir sehen uns morgen.«

Alle drei sehen mich verdutzt an.

»Jetzt schon?«, sagt Lukas und wirft einen Blick auf die Uhr. »Es ist doch noch nicht mal neun.«

»Ja, ich hab versprochen, nicht so spät zu kommen«, flunkere ich. »Tschüs.«

Bevor ich den Raum verlasse, begegne ich Tonjas fragendem Blick, aber ich kümmere mich nicht darum. Ich steige in meine Schuhe, nehme die Jacke vom Haken und rase die Treppe nach unten zu meinem Rad. Während ich in die Pedale trete, merke ich, wie sich ein paar Tränen aus den Augenwinkeln mogeln und vom Fahrtwind über die Schläfen abgedrängt werden, aber auch das ist mir egal.

Der nächste Tag ist ein Freitag.

In der ersten Stunde haben wir Sozialkunde, wo wir Informationen über verschiedene Energieformen sammeln sollen. Die Ergebnisse werden dann später in einer Energiedebatte vorgetragen. Tonja und ich haben das Thema Windkraft bekommen. Dafür drückt uns unsere Sozialkundelehrerin, Helena Wiik, einen beeindruckenden Stapel Informationsmaterial in die Hand. Auf dem Weg runter zu den Schließfächern merke ich, dass ich meine Unterlagen habe liegen lassen, und laufe noch mal zurück, aber Helena ist schon nicht mehr in der Klasse. Also gehe ich zum Lehrerzimmer, in der Hoffnung, sie dort anzutreffen.

Vor dem Lehrerzimmer ist ein länglicher Raum, der als Garderobe dient und von dem die Toiletten abgehen. Ich will gerade diesen Raum betreten, als Lovisa mir in der Tür entgegenkommt. Sie wirft mir einen hektischen Blick zu, angespannt, fast ängstlich. Dann biegt sie in den Flur ab, wo sie von Emelie und Clara erwartet wird. Clara sagt irgendetwas, und Emelie klopft ihr auf den Rücken und nickt, ehe sie weitergehen, in unseren Garderobenraum vermutlich. Lovisa hat ihre große, schwarze Schultertasche dabei.

Helena steht an der Kaffeemaschine. Sie gibt mir ihren Schlüssel, damit ich meine Unterlagen holen kann. Danach muss ich schnell weiter zur nächsten Stunde.

Silja steht mit Sven und Leo vor dem Klassenraum. Sie hat Leos Kopfhörer aufgesetzt und wippt mit dem Kopf, während Leo seine Playlist durchblättert. Sie lachen und diskutieren. Ein paar Meter hinter Silja steht Line. Eigentlich sieht man sie in den Pausen nie miteinander reden oder etwas zusammen machen, trotzdem hält Line sich beständig im Dunstkreis von Silja auf. Mit etwas mehr Abstand, wenn Silja mit Sven und Leo zusammensteht, näher dran, wenn sie allein ist, aber immer zur Stelle, immer da. Ob Silja überhaupt merkt, dass Line sie sozusagen stalkt, oder hält sie es für einen Zufall, dass Line immer in der Nähe ist, wenn sie sich umdreht?

Tonja will natürlich gleich wissen, wieso ich gestern Abend so überstürzt abgehauen bin, und ich versuche es ihr zu erklären. Sie behauptet weiterhin, dass Nils einfach schüchtern ist, aber ich glaube ihr nicht mehr. Wir haben was zusammen unternommen, uns unterhalten, gelacht und sogar gemeinsam Hausaufgaben gemacht. Er ist nie im Leben so schüchtern, dass er sich nicht traut, sich neben mich zu setzen. Das stimmt hinten und vorne nicht. Die Wahrheit ist offenbar eine andere, peinlich und schmerzhaft. Er ist schlicht und einfach nicht an mir interessiert. Wie ich es schon länger vermutet habe: Wir sind eine Zweckgemeinschaft, nachdem Tonja und Lukas zusammengekommen sind, mehr nicht. Seine Blicke habe ich mir wahrscheinlich nur eingebildet. Aber die dunkelbraunen Augen können einen auch ganz schön aushebeln.

Heute vermeide ich jeden Blickkontakt. Ich merke zwar, dass er zwischendurch zu mir rüberschaut, aber ich will nicht darauf eingehen. Was ich jetzt gar nicht ertragen könnte, ist sein bedauernder, mitleidiger Blick, weil ich so offensichtlich was von ihm will, das er nicht erwidern kann. Bei dem Gedanken wünsche ich mir nur noch ein tiefes Loch im Boden. Warum habe ich so deutlich signalisiert, dass er sich neben mich setzen soll? Wenn er es gewollt hätte, dann hätte er sich von Anfang an neben mich gesetzt. Wie blind und bescheuert kann man eigentlich sein?

Davor waren wir wenigstens Freunde. Jetzt fällt mir schon das Atmen in seiner Nähe schwer. Ich wünschte, er wäre nicht in meiner Klasse, wo ich seinen Hinterkopf jetzt Stunde um Stunde schräg vor der Nase habe. Und in der Kantine ist es noch schlimmer. Wie immer sitzen Tonja und ich mit Lukas und Nils an einem Tisch, und ich weiß nicht, wie ich einen einzigen Bissen von der Lasagne auf meinem Teller runterkriegen soll.

Na ja, freitags ist es nicht so wild, wenn man das Mittagessen auslässt, weil wir direkt anschließend Hauswirtschaft haben, wo es noch mal was zu essen gibt. Hauswirtschaft macht Spaß. Tonja und ich kochen beide gerne. Und der Vorteil ist, dass Nils zwei Herde weiter weg kocht.

Vorher gibt es aber noch eine Einleitung und da sitzen wir an unseren gewohnten Plätzen. Cecilia stellt ein neues Projekt vor: Wir wollen Gerichte aus unterschiedlichen Ländern zubereiten und gleichzeitig etwas über die Kultur und Religion der Herkunftsländer lernen. Sie teilt gerade Kopien aus, als es an der Tür klopft und der Direktor mit Maja, der neuen Schulpsychologin, eintritt.

»Silja Nordh«, sagt Maja mit ernstem Gesicht.

Silja sieht sie überrascht an. »Ja?«

»Würdest du bitte mit uns kommen«, sagt Maja.

Silja sieht sich fragend um, steht dann aber auf und folgt den beiden nach draußen auf den Flur. Ich sehe Tonja an, die mit den Schultern zuckt. Unser Rektor ist so gut wie nie außerhalb seines Büros anzutreffen. Ich kann mich nicht erinnern, dass er schon jemals persönlich einen Schüler aus der Klasse geholt hätte. Cecilia guckt mindestens so verdutzt aus der Wäsche wie wir anderen, sammelt sich aber schnell wieder und setzt ihre Einleitung fort.

Tonja, Madeleine, Ellen und ich haben Glück und bekommen Thailand zugeteilt. Wir lieben asiatisches Essen. Wir gucken uns gleich die Rezepte an. Ingwer, Zitronengras, Kokos, Currypaste ... Die einzelnen Zutaten hören sich schon total appetitlich an. Während wir eine Auswahl treffen und planen, überlegen wir, warum Silja wohl geholt wurde.

»Wahrscheinlich ist irgendwas bei ihr zu Hause passiert«, sagt Madeleine.

»Ein Todesfall in der Familie?«, sagt Ellen.

»Ihre Eltern sind doch schon tot«, sagt Tonja. »Damit macht sie sich ja ständig wichtig.«

»Der Vater nicht«, korrigiere ich sie. »Nur die Mutter.«

»Sie lebt jedenfalls in einer Pflegefamilie«, sagt Tonja. »Er kümmert sich also nicht um sie. Wahrscheinlich säuft er oder nimmt Drogen.«

»Aber tot ist er nicht«, betone ich.

»Doch, jetzt vielleicht«, sagt Madeleine.

»Ach was, sie hat bestimmt irgendwas angestellt«, meint Tonja. »Vielleicht dealt sie ja selber mit Drogen.«

»Hör schon auf«, protestiere ich, aber ihre Worte scheuchen einen ganzen Schmetterlingsschwarm in meinem Bauch auf.

Bei Silja kann man nie wissen.

Es dauert eine ganze Weile, ehe sich wieder was tut. Wir haben den Reis aufgesetzt, das Hähnchenfleisch in Streifen geschnitten und die Gewürze im Mörser zerstampft, als die Tür plötzlich auffliegt und Silja mit der Schulpsychologin auf den Fersen hereinstürmt.

»Das werden wir später klären«, sagt die Psychologin hinter ihr. »Ich glaube wirklich nicht, dass dies der richtige Zeitpunkt ist …«

»Doch!«, sagt Silja wutschnaubend. »Das ist der verdammt richtige Zeitpunkt!«

Sie sieht sich feindselig in der Klasse um, wo alle mit ihren Beschäftigungen innehalten und sie anstarren. Maja entschuldigt sich atemlos bei Cecilia, ehe Silja wieder das Wort ergreift.

»Welcher Idiot behauptet, ich hätte was aus dem Lehrerzimmer geklaut?« Siljas heisere, dunkle Stimme zittert vor Wut.

Keiner antwortet. Ich stehe nah bei ihr und sehe, dass ihre Hände zittern und ihre Augen rot umrändert sind, als hätte sie geweint. Eine Haarsträhne ist ihr vors Gesicht gefallen und sie schiebt sie energisch beiseite.

»Scheiße, wer war das?«, schreit sie.

»Silja, bitte, beruhig dich«, sagt Maja.

»Beruhigen?«, fährt Silja sie an. »Jemand versucht, mich fertigzumachen, und ich soll mich beruhigen?«

»Dann lass mich wenigstens kurz erklären, was los ist«, sagt Maja.

Sie sieht Cecilia fragend an, die nickt. »Ist wohl das Beste«, sagt sie.

»Folgendes«, beginnt Maja und lässt den Blick durch die Klasse schweifen. »Irgendwann im Laufe des Vormittags wurden im Personalraum der Lehrer Wertsachen und Geld aus Taschen und Jacken entwendet. Das könnte theoretisch auch jemand von außerhalb der Schule gewesen sein, aber kurz nachdem der Diebstahl entdeckt wurde, kam der anonyme Anruf einer Schülerin, sie habe Silja in der großen Pause im Personalraum zwischen den Klamotten rumkramen sehen und dass ein Teil des Geldes in Siljas Schrank liege. Wir haben Silja gebeten, ihren Schrank aufzuschließen, und haben dort tatsächlich eine beträchtliche Geldsumme vorgefunden.«

»Das hat irgendein Arschloch durch die Lüftungsschlitze da reingesteckt!«, faucht Silja außer sich.

Maja sieht sie kurz an.

»Es war nicht beabsichtigt, den Vorfall in dieser Form vor euch auszutragen, aber Silja leugnet energisch, dass sie die Sachen gestohlen hat. Sie meint, dass jemand versucht, ihr die Schuld dafür in die Schuhe zu schieben. Jemand, der ihr richtig fies eins auswischen will.«

Maja macht eine Pause. Siljas steht breitbeinig und mit geballten Fäusten da, ihre Fingerknöchel treten weiß hervor. Ihr Brustkorb hebt sich heftig mit jedem Atemzug und ihr Gesicht glüht rot. Wenn sie schuldig ist, spielt sie auf alle Fälle verdammt gut.

Da tauchen plötzlich kurze Erinnerungsfetzen in meinem Kopf auf. Lovisa, die mir aus der Lehrergarderobe entgegenkommt. Ihr angespannter Blick und die schwarze Schultertasche. Emelie und Clara am Ende des Flurs. Das Schulterklopfen und ihr Lachen.

Die Puzzleteile fallen an ihren Platz und ergeben ein gestochen scharfes Bild. Ich kann es nicht glauben. Nicht einmal Emelie kann so infernalisch gemein sein, Silja einen Diebstahl, ein regelrechtes Verbrechen, anzuhängen.

Ich schiele vorsichtig zu Kücheneinheit vier, wo Emelie, Lovisa, Clara und Camilla arbeiten. Das darf doch nicht wahr sein! Und wenn, dann gibt sich derjenige hoffentlich zu erkennen und sagt, das sei nur ein gemeiner Scherz gewesen. Damit das aus der Welt ist.

Maja räuspert sich wieder.

»Ich hoffe, euch ist der Ernst der Situation bewusst«, sagt sie. »Mehrere Lehrer wollen den Diebstahl anzeigen. Falls also einer von euch mehr über den Vorfall weiß, schlage ich vor, es jetzt zu sagen!«

Lovisa sieht sich hektisch im Raum um. Eine halbe Sekunde bleibt ihr Blick an mir hängen. Ich schaue eilig weg und starre die Hähnchenstreifen auf der Arbeitsplatte an. Wenn Emelie rauskriegt, dass ich Lovisa mit der Tasche aus der Lehrergarderobe habe kommen sehen … Mein Herz hämmert und es rauscht in meinen Ohren.

Da scheppert es plötzlich laut. Alle Köpfe drehen sich in die Richtung des Geräusches. Line hat den Bratenwender, den sie in der Hand hatte, ins Spülbecken geworfen.

»Silja war es nicht«, sagt sie. Ganz langsam und sehr deutlich. Wir sind es alle nicht gewohnt, dass Line ohne vorherige Aufforderung etwas sagt. Keiner lacht, keiner verdreht die Augen oder schneidet Grimassen. Alle glotzen sie nur schweigend an. Lines Blick ist auf Maja gerichtet, blass und verbissen starrt sie die Psychologin an, nicht Silja, keinen Mitschüler, nicht Cecilia, nur Maja.

»Aha«, sagt Maja. »Und woher weißt du das?«

Line zögert eine Sekunde, dann holt sie Luft und nimmt Anlauf. »Weil ich sie gesehen habe. Sie war in der großen Pause im Aufenthaltsraum, dann war sie noch mal kurz bei ihrem Schrank. Und auf dem Klo.«

»Hast du sie bis auf die Pipibox verfolgt?«, zieht Lovisa sie auf, aber niemand lacht.

Line rührt sich nicht.

»Nein, aber ich habe sie wieder rauskommen sehen«, sagt sie. »Ich kann natürlich nicht ausschließen, dass es einen Geheimgang vom Klo in die Lehrergarderobe gibt.«

Silja sieht Line an. Sie hat die Hände immer noch zu Fäusten geballt, aber nicht mehr so fest. Maja verschränkt die Arme vor der Brust.

»Es ist nicht sicher, dass es tatsächlich in der langen Pause passiert ist«, sagt sie. »Das ist nur eine Vermutung. Es kann auch irgendwann im Laufe des Vormittags gewesen sein, vielleicht sogar zu Beginn der Mittagspause.«

»Ich habe Silja die ganze Zeit gesehen«, sagt Line. »Sie war es nicht.«

Meine Arme und Beine fühlen sich an wie eingeschlafen, ich muss mich gegen den Tisch hinter mir lehnen. Und da stehe ich und schweige, schreckerstarrt, weil Emelie wahrscheinlich ahnt, dass ich weiß, wer die wahre Schuldige ist; aber die Einzige, die sich traut, etwas zu sagen, ist Line. Sie ist sicher, dass es nicht Silja war, weil sie sie die ganze Zeit im Blick hatte. Wir haben alle mitbekommen, dass sie Silja in den letzten Tagen wie ein Schatten gefolgt ist, also wissen wir auch, dass sie die Wahrheit sagt. Erstaunlich ist nur, dass Line das vor der ganzen Klasse sagt!

Plötzlich kommt ein Geräusch von Silja, eine Art Zischen. Ich kann nicht genau ausmachen, ob es eher ein Schluchzen oder ein Seufzer ist. Sie fährt sich mit den Fingern durchs Haar und sieht sich um, nimmt Emelie ins Visier, die an der Kücheneinheit Nummer vier steht und mit ihren Fingernägeln beschäftigt ist. Wenn ich es nicht mit eigenen Augen gesehen hätte, würde ich es nicht glauben. Wenn ich in der Tür zur Lehrergarderobe nicht Lovisa mit der schwarzen Schultertasche begegnet wäre. Wenn ich nicht das Schulterklopfen beobachtet und ihr Lachen gehört hätte.

Maja legt Silja eine Hand auf die Schulter.

»Geh jetzt zurück in deine Gruppe«, sagt sie. »Ich werde im Sekretariat berichten, wie das Gespräch hier verlaufen ist. Du wirst sehen, das wird sich schon aufklären.«

Der Rest der Stunde verläuft in einem merkwürdigen, mehr oder minder gelähmten Zustand. Das Gericht, das wir kochen, schmeckt nach nichts. Aber vielleicht funktionieren auch nur meine Geschmacksknospen nicht. Sonst ist das Essen in Hauswirtschaft immer extrem lecker und es bleiben nur ganz selten Reste übrig. Heute bleibt viel übrig, obwohl Cecilia meint, dass wir alle richtig gut waren.

»Schade, dass sie es nicht war«, sagt Tonja, als wir spülen und aufräumen.

»Warum das denn?«, sage ich. »Was hast du eigentlich gegen Silja? Hat sie dir irgendwas getan?«

Tonja sieht mich kurz an.

»Sie hält sich für so verdammt cool«, sagt sie. »Solche wie sie wollen immer im Mittelpunkt stehen.«

Ich weiß nicht, was ich darauf antworten soll.

Aber in der Nachmittagspause gehe ich zu Line, die auf

einer Bank in der hintersten Ecke des Aufenthaltsraums sitzt. Sie ist in ihr Spanischbuch vertieft, und als ich vor ihr stehen bleibe, schaut sie zuerst auf meine Füße, ehe sie den Blick hebt und mir ins Gesicht sieht. Wie gewohnt mustert sie mich abwartend und feindselig.

»Das war mutig von dir«, sage ich.

Line sagt nichts, sie zuckt nur kaum sichtbar mit den Schultern.

»Sie war es wirklich nicht«, sagt sie.

Ich schüttele den Kopf. »Das glaube ich auch nicht. Silja ist in Ordnung.«

Line zieht noch einmal die Schultern hoch und schaut wieder in ihr Buch. Ich bleibe noch ein paar Sekunden vor ihr stehen, aber mir fällt nichts ein, was ich noch sagen könnte. Also gehe ich.

»Was wolltest du von Line?«, fragt Tonja auf dem Weg zur Klasse.

Da ziehe ich ebenfalls die Schultern hoch, genau wie Line.

»Nichts«, sage ich.

Nachmittags treffen Tonja und ich uns mit Lukas und Nils im Miranda. Es ist ziemlich voll, aber nur wenige, die wir kennen, sind da. Die meisten sind älter. Plötzlich haben Lukas und Tonja die Idee, ins Kino zu gehen. Nils hat keine Lust, und ich sage schnell, dass ich Kopfschmerzen habe und lieber nach Hause will. Noch so einen peinlichen Abend wie gestern kann ich nicht verkraften. Ganz davon abgesehen, bin ich abgebrannt.

Zu Hause hocke ich eine Weile mit Mama und Papa vor dem Fernseher, ehe ich mich in mein Zimmer verziehe, in meinen Schlafanzug schlüpfe und mich unter die Decke verkrieche. Und das an einem Freitagabend kurz nach neun. Es ist so viel passiert, worüber ich nachdenken muss, allein und ungestört.

Fünf vor halb zehn klingelt mein Handy. Ich nehme an, das ist Tonja. Der Film dürfte inzwischen vorbei sein, wenn sie überhaupt im Kino waren.

Ich schaue aufs Display, das ist weder Tonja noch Silja. Die Nummer ist mir völlig unbekannt. Ich antworte neugierig, wer sich da wohl verwählt hat.

»Hallo Vendela, Sven hier.«

Meine Finger packen das Handy fester, ich setze mich auf. Jetzt bin ich also an der Reihe! Haben Emelie und Lovisa mal wieder einen Doofen gefunden, der mich anruft und behauptet, er sei Sven, damit ich mich am Montag in der Schule komplett zum Affen mache. Das soll wahrscheinlich eine Warnung sein. Lovisa hat Emelie natürlich erzählt, dass ich sie gesehen habe, und jetzt wollen sie mich einschüchtern. Bestimmt fragt der Typ jetzt gleich, ob ich mit ihm gehen will, oder schlägt ein Date in irgendeiner finsteren Seitengasse vor. Aber von denen lasse ich mich nicht vorführen. Ich habe sie nicht angeschwärzt. Und ich bin auch nicht so dämlich, wie sie denken.

»Aha, Sven, hallo«, sage ich.

»Silja hat mir erzählt, dass du nicht mit zu der Fete kommen willst«, sagt die Stimme.

Lichtblitze in meinem Kopf. Woher wissen Emelie und Lovisa das? Dass sie von der Fete erfahren haben und auch, dass Silja eingeladen ist, liegt durchaus im Bereich des Möglichen. Aber woher wissen sie, dass ich nicht gehen will?

»Stimmt, das … passt nicht so gut«, murmele ich verwirrt.

Und wenn das nun tatsächlich Sven ist?

»Das ist echt schade«, sagt die Stimme, die immer mehr wie Sven klingt. »Besonders nach dem, was heute in der Schule passiert ist. Silja könnte eine nette Abwechslung gebrauchen.«

Es fehlt eigentlich nur der arrogante Unterton, ansonsten stimmt alles. Ich strenge mich an, kontrolliert zu atmen und meine Gedanken in den Griff zu kriegen, die mit Lichtgeschwindigkeit durch meine Hirnwindungen rauschen und in jeder Kurve ins Schlingern geraten. Das ist Sven! Hilfe!

»Sie … du …«, stammele ich. »Sie kann doch trotzdem gehen, also ihr, na ja … ohne mich.«

Brillant formuliert, an mir ist echt ein Wortkünstler verloren gegangen. Ein fast verständlicher Satz, wenn man ihn am dringlichsten braucht.

»Wird sie wohl auch, hoffe ich. Aber sie war ziemlich enttäuscht. Ich wollte nur mal hören, ob du es dir vielleicht nicht doch anders überlegt hast. Deine Freundin kann auch mitkommen, wenn sie will.«

Meine Freundin? Sie heißt Tonja. Wir gehen seit Jahren in dieselbe Klasse. Weiß er immer noch nicht, wie wir heißen? Nein, wahrscheinlich nicht. Warum sollte er uns gewöhnliche, unbedeutende, sterbliche Wesen kennen?

»Danke der Nachfrage, aber wir kommen nicht.«

»Okay, schade. Aber ich hab's wenigstens versucht. Das wird garantiert eine geile Party. Sigges Partys sind legendär.«

»Sigge?«

»Mein Cousin«, sagt Sven und klingt, als ob er lacht. »Eigentlich heißt er Martin, ich hab keine Ahnung, wieso alle ihn Sigge nennen.«

»Es gibt Schlimmeres«, sage ich. »Eine Kollegin meiner Mutter wird Kacka genannt, weil sie als kleines Kind ihren Namen nicht richtig aussprechen konnte und sich selbst so genannt hat. Dummerweise hat sie die Geschichte irgendwann mal im Freundeskreis erzählt … So kann's auch gehen.«

Ich staune über die Worte, die da aus meinem Mund fallen. Jetzt packt er mich wahrscheinlich endgültig in die Schublade Schwachmatikerin, aber was soll's.

Doch Sven lacht, alles andere als ein unfreundliches Lachen.

»Das ist mir zum Glück erspart geblieben, ich würde sonst ›Vempi‹ heißen!«

Ich muss lachen. Über den Namen und die absurde Situation. Ich sitze auf meinem Bett und telefoniere gerade mit Sven. Der coole Mister-Universum-Sven aus meiner Klasse plaudert mit mir und macht Witze und verrät mir, dass er sich früher selbst Vempi genannt hat! Das kann nur ein Traum sein, eine Fehlschaltung im Gehirn. So was kann im Schlaf schon mal passieren.

»Aber egal. Sigge wohnt jedenfalls im Speckgürtel der Stadt, Strandvägen 14. Wir treffen uns bei mir und fahren dann mit dem 8-Uhr-Bus raus. Silja will um sieben Uhr bei mir sein – für den Fall, dass du deine Meinung änderst.«

Ja! Ich will! Das wäre absolut toll! Mit Silja und Sven, der hier am Telefon ganz anders ist als in der Schule, auf eine Party gehen, super!

»Ich … ähm … danke«, nuschele ich. »Echt nett. Aber, nein.«

»Schon okay. Ciao.«

»Ciao.«

Er legt auf. Ich halte den Hörer noch eine Weile in der Hand, ehe ich aus dem Bett steige, den Computer anwerfe und die Nummer bei Eniro eingebe.

Sie ist registriert auf den Anwalt Jacob Ernerius, Svens Vater. Das war tatsächlich Sven!

Ohne nachzudenken und mit Brausepulver im Blut drücke ich die Kurzwahltaste von Tonja.

»Rate mal, wer gerade bei mir angerufen hat!«, sage ich aufgeregt, sobald sie abnimmt.

»Hä, wer ist tot?«

»Sven! Sven hat mich gerade angerufen! Kannst du dir das vorstellen?«

Es ist ein paar Sekunden still.

»Nein«, sagt sie. »Kann ich nicht. Wieso sollte er dich anrufen?«

»Wegen der Fete! Er hat angerufen, um uns zu überreden, doch mitzukommen. Der Cousin heißt Sigge. Oder Martin. Und die Fete ist in einer der Villen am Strandvägen! Wollen wir nicht doch gehen, Tonja? Bitte!«

Wieder vergehen einige Sekunden, ehe Tonja etwas sagt. »Ich dachte, das Thema wäre durch. Ich dachte, du hättest verstanden, dass ich das für eine dämliche Idee halte.«

»Aber jetzt wissen wir doch, wo die Fete stattfindet und wie er heißt!«

»Wer?«

»Na der, bei dem die Fete ist! Der Cousin!«

»Und was ist daran so spannend?«

Tonja klingt genervt, und mir wird klar, dass sich aus ihrer Sicht nichts geändert hat. Zu der Fete zu gehen ist für sie noch genauso abwegig wie vorher. Sie wird sich nie überreden lassen. Ich seufze und sacke auf der Bettkante zusammen. Back to reality.

»Was habt ihr für einen Film gesehen?«, frage ich stattdessen, und Tonjas Stimme klingt schon sanfter, als sie antwortet: »Den neuen Harry Potter, der war ziemlich gut. Wir sind gerade aus dem Kino gekommen.«

»Tut mir leid, ich wollte nicht stören.«

»Tust du nicht.«

»Ich bin nur völlig perplex, dass er mich angerufen hat.«

»Das versteh ich.«

»Bis morgen dann.«

»Ja. Umarmung.«

»Umarmung.«

Ich lege auf und krieche zurück unter meine Bettdecke.

Ich träume, dass ich in Siljas Zimmer mit den schwarzen Wänden bin. Wir machen uns gemeinsam fertig, die Luft ist voll gespannter Erwartung. Wir gehen zusammen zu Sven, der uns zur Begrüßung umarmt, als wären wir schon immer beste Freunde gewesen.

Um halb sechs bin ich wach.

Ich will unbedingt zu der Party gehen. Und warum sollte ich nicht? Denkt Tonja etwa, ich hocke alleine zu Hause rum, während sie mit Lukas rummacht?

Ich sehe eine endlose Reihe Samstage vor mir, an denen Tonja ab und zu anruft, um zu hören, wie es mir geht. Oder an denen ich unerträglich einsam in meiner Sofaecke neben den Turteltauben sitze, während Nils uninteressiert in seinem Sessel fläzt und Chips knabbert.

Ich kann ja nachvollziehen, dass sie nicht ohne Lukas auf eine Party gehen will, jetzt, wo es so gut zwischen ihnen läuft. Aber für mich ist das die Chance meines Lebens. Das muss Tonja doch verstehen.

Es ist zu früh zum Aufstehen. Ich drehe mich zur Wand und ziehe die Decke über die Schultern, aber an Schlaf ist nicht mehr zu denken.

Ich will zu der Fete.

Ich gehe zu der Fete.

Ich muss gehen, so einfach ist das.

Die Zeit scheint stillzustehen. Ich steige aus dem Bett

und nehme das Retrokleid aus dem Schrank. Wenn Mama mir noch einmal ihre Schuhe leiht, ich meinen kleinen Busen in einen Push-up zwänge und eine passende Kette finde, ist es perfekt. Cool. Ungewöhnlich. Wie Silja. Wann steht sie samstags wohl auf? Wenn sie ihr Handy nachts auf lautlos stellt, könnte ich ihr jetzt schon eine SMS schicken. Aber das wäre witzlos, weil sie die ja eh erst kriegt, wenn sie wach wird und das Handy wieder umstellt. Okay, also warte ich noch ein bisschen.

Mit aufgeregter Spannung im Körper dusche ich, frühstücke und versuche mindestens eine halbe Stunde, mich auf die Morgenzeitung zu konzentrieren.

Um halb neun halte ich es nicht mehr länger aus und schreibe eine Mitteilung an Silja.

Hallo. Hab es mir anders überlegt. Komme heute Abend mit, wenn das okay ist.

Mein Herz pocht, und meine Finger sind kalt und steif, als ich auf Senden drücke. Ich hab's getan!

Nach nicht einmal einer Minute piepst mein Handy.

Suuuper! Kommst du vorher bei mir vorbei? Gegen sechs?

Das ist ja wie in meinem Traum! Und ich muss nicht allein zu Sven gehen.

Gerne. Bis dann! :D

Danach kann ich nicht mehr still sitzen. Ich lege Rihanna auf und tanze durchs Zimmer, bis Papa an die Tür klopft und mich bittet, die Lautstärke runterzudrehen.

Wir sind im Miranda. Tonja gähnt mit weit aufgerissenem Mund. Es ist kurz nach zwei und ziemlich ruhig im Café. Ich habe mir eine ganze Weile angehört, was für einen schönen Abend Tonja und Lukas gestern hatten, während ich krampfhaft überlege, wie ich ihr am besten sage, dass ich doch zu der Fete gehe. Noch ist mein Kopf völlig leer, aber irgendwie werde ich dieses Problem schon lösen. Ich bin ganz kribbelig vor Vorfreude. Das ist der längste Samstag, den ich seit Langem erlebt habe.

»Machen wir einen Abstecher zur Galeria?«, schlage ich vor.

»Ich dachte, du wärst abgebrannt.«

»Bin ich auch. Aber gucken kostet ja nichts. Wir können doch nicht den ganzen Tag hier sitzen und Löcher in die Luft starren.«

Tonja gähnt.

»Doch, ich hätte da kein Problem. Es ist spät geworden gestern. Heute wollen wir uns einen gemütlichen Filmabend bei Lukas machen. Du kommst doch, oder? Nils wollte auch kommen, wenn er nicht arbeiten muss.«

Das ist meine Chance. Jetzt muss ich es ihr sagen. Los.

»Ich … weiß nicht«, nuschele ich. »Mal sehen.«

»Natürlich kommst du«, sagt Tonja.

Es ärgert mich, mit welcher Selbstverständlichkeit sie

davon ausgeht. Wir stehen auf, winken der blonden Ellinor zu, die fast immer an den Wochenenden im Miranda arbeitet, und gehen nach draußen. Ein ganz leichter Nieselregen hängt in der Luft, aber es ist nicht sonderlich kalt.

In der Galeria ist einiges los. Wir schlendern durch die Läden, hören Musik bei Megahit und gucken uns die neuesten Spiele bei GAME an. Tonja probiert eine Jeans bei JC und danach gehen wir zu Kicks.

Da entdecke ich die Halskette. Eigentlich gar nichts Besonderes. Drei unterschiedlich lange Lederbänder, die mit einem Verschluss im Nacken zusammengefasst werden, und vorne je ein in Silber eingefasster transparenter Stein, einer grün, einer bernsteinfarben, einer orange. Das ist kein teurer Schmuck, die Kette hängt zwischen lauter einfachen Lederbändern mit Delfinanhängern oder Peacezeichen, aber sie würde perfekt zu dem Kleid passen, das ich heute Abend anziehen will, wie gemacht dafür. Ich werfe einen Blick auf das Preisschild: 149 Kronen. Tonja steht gerade vor einem Ständer mit klimpernden Ohrringen. Sie würde mir bestimmt Geld leihen, wenn ich sie darum bitte, aber das kann ich nicht. Ich kann doch nicht Geld von ihr leihen, um mir eine Kette zu kaufen, die ich auf einem Fest tragen will, zu dem ich nicht gehen soll, wenn es nach ihr ginge.

Aber ich muss die Kette haben.

Normalerweise bin ich nicht so drauf, dass ich unbedingt irgendwelche Sachen haben muss. Ich kann warten und sparen, bis ich es mir leisten kann. Aber in diesem Fall kann ich nicht warten. Ich muss die Kette haben, auf der Stelle.

»Tonja«, sage ich. »Ich muss nach Hause. Mir ist gerade eingefallen, dass ich noch was erledigen muss.«

Sie reißt den Blick von dem Ständer mit den Ohrringen. »Was denn?«

»Ich muss was mit Papa bereden.«

»Ruf ihn doch an.«

»Das geht nicht, ich muss persönlich mit ihm sprechen.«

Ich habe vor, mir Geld von ihm zu leihen, von daher ist es nur eine halbe Lüge, trotzdem ist es ein ätzendes Gefühl, nicht ehrlich zu Tonja zu sein. Warum bin ich so feige? Warum sage ich nicht einfach, wie es ist?

Tonja zuckt mit den Schultern.

»Okay. Was sein muss, muss sein. Ich geh dann auch mal nach Hause und schlaf noch ein bisschen vor, damit ich heute Abend nicht beim Film einschlafe. Eine Freundin, die um acht Uhr auf dem Sofa einpennt und schnarcht, ist ja wohl völlig unsexy.«

Ich muss mich anstrengen, nicht erleichtert aufzuatmen. »Klar, tu das«, sage ich. »Ich ruf dich an!«

Ich gehe zurück zum Parkplatz, wo ich mein Rad angeschlossen habe, und strampele nach Hause.

Papa ist nicht zu Hause, aber Mama räumt die Schränke im Schlafzimmer aus und legt die Kleiderstapel auf das Doppelbett.

»Was machst du da?«, frage ich.

Sie lächelt mich an.

»Ich miste aus. Der Schrank ist so voll, dass die Sachen sogar ohne Bügel hängen bleiben.«

Sie zeigt auf einen der Stapel. »Das verschenk ich. Guck nach, ob was dabei ist, das du haben willst, bevor ich es ins Fairkaufhaus bringe.«

»Hundertfünfzig Kronen«, sage ich.

»Was?«

»Du hast mich gefragt, ob ich was haben will.«

»Damit meinte ich aber die Klamotten.«

»Am zwanzigsten kriegst du sie zurück. Versprochen.«

»Der zwanzigste war gerade erst«, sagt Mama. »Was hast du mit deinem Taschengeld gemacht?«

»Vor zwei Wochen«, erinnere ich sie. »Und ich hab mir was zum Anziehen gekauft, was ich dringend brauchte.«

Sie streckt sich und streicht eine lange Haarsträhne aus dem Gesicht. »Und was brauchst du jetzt ganz dringend?«

Ich nehme Anlauf. Lügen ist wirklich nicht meine Stärke. Ich denke schon, dass ich auf die Fete gehen dürfte, wenn ich fragen würde, aber hundertprozentig sicher bin ich mir nicht. Und ich will kein Risiko eingehen.

»Die Neue in unserer Klasse, Silja, macht heute Abend eine kleine Party. Wir wollen erst ins Kino und dann zu ihr. Und unterwegs wollen wir eine Pizza kaufen. Es kann später werden, aber es ist ja Samstag. Ist das in Ordnung?«

Mama sieht mich an, während sie die Information sacken lässt.

»Silja?«, sagt sie. »Wie heißt sie mit Nachnamen?«

»Nordh.«

»Ist Tonja auch da?«

Ich zögere einen Augenblick und beschließe, dass ich nicht mehr als unbedingt notwendig lügen sollte. »Nein, sie ist gerade sehr beschäftigt mit ihrem Freund.«

Mama seufzt mitfühlend und lächelt tröstend.

»Ach Gott, ja, ich erinnere mich noch, wie das war, als die ersten Freundinnen plötzlich Freunde hatten!«, sagt sie. »Natürlich darfst du zu Silja. Reichen hundertfünfzig?«

Ich nicke, mache dabei aber offenbar ein so zögerliches Gesicht, dass Mama mir zwei Hunderter in die Hand drückt. »Sicherheitshalber«, wie sie sagt.

In Windeseile radele ich zurück ins Zentrum. Ich bin mir nicht ganz sicher, wann Kicks am Samstag schließt, wahrscheinlich um vier. Wie angestochen fahre ich Slalom zwischen den Samstagsschlenderern in der Fußgängerzone und kassiere einige bitterböse Blicke und Kommentare.

Die Verkäuferin ist dabei, die Tageskasse zu machen, als ich mit dem Geld in der Hand in den Laden stürme. Es ist noch nicht zu spät.

Als ich mit meiner in einer kleinen Tüte am Lenker baumelnden Beute nach Hause fahre, fühle ich mich unbesiegbar. Nicht, dass ich stolz darauf wäre, Mama angelogen und Tonja nicht die Wahrheit gesagt zu haben, aber es ist ein tolles Gefühl, einmal selbst zu entscheiden, was ich will, mein Leben selbst in die Hand zu nehmen.

Zu Hause schlage ich die Zeit tot, indem ich Mamas Kleiderhaufen durchgehe. Das Meiste ist uninteressant, aber ich finde ein schwarzes Hemd und eine Jeans, die ich noch nie an Mama gesehen habe, ausgestellt und fransig am Saum, weiter oben an ein paar Stellen fadenscheinig und mit Flicken in unterschiedlichen Jeansstoffen. Ich kann mich nicht richtig entscheiden, ob ich sie oberkitschig oder saucool finde, aber es wäre auf alle Fälle schade, sie wegzugeben, bevor ich das rausgekriegt habe.

Mama lacht, als ich ihr sage, dass ich die Jeans nehme.

»Die hat Vivi in den Siebzigern getragen! Ich hab es einfach nicht über mich gebracht, sie wegzutun. Hast du wirklich vor, sie anzuziehen?«

Vivianne ist Mamas ältere Schwester. Ich hab echt Schwierigkeiten, mir Tante Vivi in dieser Jeans vorzustellen. Da muss sie mindestens fünfzehn Kilo schlanker gewesen sein. Dass die Hose ein Original aus den siebziger Jahren ist, schiebt sie eindeutig näher an saucool heran. Mehr finde ich nicht in dem Haufen. Da fällt mein Blick auf die hochhackigen Schuhe, die ich neulich von Mama geliehen habe. Sie stehen mit ein paar anderen Schuhen auf dem Boden.

»Die hätte ich gern«, sage ich. »Zumindest leihweise für heute Abend. Darf ich?«

Mama nickt. »Aber sei vorsichtig, die sind noch ganz neu.«

»Versprochen.«

Ich nehme die Klamotten mit in mein Zimmer und lege mich auf mein Bett. Ich muss mich bald umziehen. Dann fahre ich zu Silja, wo wir uns noch ein bisschen schminken, bevor wir Sven abholen und dann zur Fete fahren. Unfassbar, unglaublich, fantastisch und absolut wahr!

Um halb sechs, ich habe gerade den Reißverschluss des Kleides hochgezogen, ruft Tonja an. Ich habe völlig verschwitzt, ihr eine endgültige Antwort wegen des Filmabends bei Lukas zu geben. Und noch einmal bietet sich eine Gelegenheit, ihr die Wahrheit zu sagen. Aber es kommt so unvorbereitet, dass ich schon wieder keinen Ton sage.

»Nein, ich … Mir geht's nicht so gut«, stammele ich. »Ich hab Kopfschmerzen … Ich glaube, ich kriege eine Erkältung. Lass uns morgen telefonieren.«

»Schade. Nils kommt auch. Bestimmt deinetwegen.«

Ja, bestimmt, denke ich. Als würde er nicht alle Samstage mit Lukas verbringen. Ich versuche, glaubwürdig zu husten.

»Ich kann mir nicht vorstellen, dass er sich anstecken möchte«, sage ich.

Als ob man sich über drei Meter Sicherheitsabstand anstecken könnte.

»Nein, schon klar«, sagt Tonja. »Okay, dann gute Besserung. Ich ruf dich morgen an, sobald ich wach bin.«

»Gut«, sage ich. »Umarmung. Und viel Spaß.«

»Dir auch.« Sie lacht. »Na ja … oder so ähnlich. Erhol dich schön oder was man da sagt.«

Mein Gewissen scharrt mit den Hufen. Es ist echt mies, Tonja so anzulügen. Aber ich will ihr ja alles erzählen. Hinterher.

Ich kann Mama überreden, mir auch noch ihre Tasche und ihre Lederjacke zu leihen. Ich sehe ungewohnt erwachsen aus, als ich mich im Spiegel betrachte, und brauche eine Weile, bis ich mich an den Anblick gewöhnt habe. Papa kommt in den Flur und nimmt mich in Augenschein.

»Oh«, sagt er.

Ich drehe mich zu ihm um. »Cool, oder?«

Er nickt, hat aber so einen merkwürdigen Zug um den Mund. Fast ein bisschen, als wenn er gleich anfängt zu weinen.

»Du siehst Livia unglaublich ähnlich«, sagt er. »Wie sie aussah, als wir uns kennengelernt haben.«

»Deswegen brauchst du doch nicht so gequält zu gucken«, sage ich. »Mama sah doch toll aus.«

»Mama *sieht* toll aus«, korrigiert Papa mich.

»Ja, ja.«

»Die schönste Frau, die ich kenne!«

»Ja, ja. Peinlichkeitsalarm.«

Papa lacht. »Okay. Dann viel Spaß, Schönste-und-wichtigste-Vendela-auf-der-Welt.«

»Äh«, sage ich verlegen. »Aber trotzdem danke.«

Ich suche Rihanna auf dem Handy, stecke die Stöpsel ins Ohr und klackere in Mamas Schuhen die Treppe hinunter.

Minna macht die Tür auf, als ich bei Silja klingele.

»Kann ich mitkommen?«, fragt sie, ehe ich überhaupt Hallo sagen kann.

»Ich glaube nicht«, sage ich.

Louise kommt in den Flur. Sie hat einen Handtuchturban ums Haar geschlungen und ihren schlanken Körper in einen Bademantel mit Blumenmuster gewickelt.

»Hallo, Vendela«, begrüßt sie mich, und ich freue mich, weil sie sich an meinen Namen erinnert. »Und ihr wollt heute also zu einem Mitschüler? Wie nett! Silja ist in ihrem Zimmer.«

Ich habe keine Ahnung, was Silja ihnen erzählt hat, darum nicke ich nur. »Danke.«

»Sagt, wenn ihr was braucht.«

»Hm, ja, danke.«

»Schön, dass Silja ein paar Freunde gefunden hat und sich hier wohl fühlt.«

Ich murmele eine mehr oder weniger verständliche Antwort und sehe zu, dass ich in das schwarz gestrichene Zimmer komme.

Da drinnen herrscht das reinste Chaos. Silja muss alles an Klamotten und Accessoires aus ihrem Schrank und sämtlichen Schubladen gezerrt haben. Schuhe, Taschen, Schmuck, Blusen, Hemden, Röcke, Hosen und BHs sind im ganzen

Raum verteilt. Und mittendrin in dem Durcheinander steht sie in Unterhose und T-Shirt.

»Scheiße! Gut, dass du da bist. Mir passt heute nichts, gar nichts!«

Sie sieht mich an und lächelt überrascht.

»Das ist ja das Kleid, das wir anprobiert haben«, sagt sie. »Wann hast du das denn gekauft?«

»Am gleichen Tag«, sage ich.

»Superschön. Und was für eine tolle Kette!«

»Danke.«

Sie seufzt und sieht sich um. »O Mist, und was zieh ich an? Du musst mir helfen, Vendela!«

Meine Nervosität verfliegt augenblicklich. Ich hätte im Leben nicht geglaubt, dass Silja jemals unsicher ist, dachte, sie wäre bei der Entscheidung, was sie anziehen soll, immer glasklar. Und jetzt bittet sie mich um Hilfe. Mich, Vendela Viktoria Willensstark.

Silja wirft einen Blick in den Flur und sieht sich um. Dann schließt sie die Tür leise hinter sich und winkt mich in den hinteren Teil ihres Zimmers. »Komm!«

Neben dem einen Lautsprecher ihres Computers stehen zwei Gläser und eine Flasche Cola. Silja beugt sich vor, schiebt die Hand hinter den Computertisch und fischt eine flache Glasflasche hervor.

»Wodka«, flüstert sie. »Der ist von Eskil. Wie ich ihn kenne, merkt er nicht, dass was fehlt.«

Sie gießt einen kleinen Schuss in jedes Glas und reicht mir eins.

»Skål, auf einen lustigen Abend!«, sagt sie kichernd.

Dann leert sie ihr Glas, schluckt und verzieht das Gesicht.

»Baah, gut ist was anderes … Aber da müssen wir durch. Und jetzt du!«

Ich zögere einen Augenblick, dann kippe ich die klare Flüssigkeit hinunter. Widerlich! Ich muss die Luft anhalten und mich zwingen, zu schlucken. Das Zeug brennt wie Feuer in meiner Kehle und meine Augen tränen. Ich habe noch nie puren Wodka getrunken, und ich bin sicher, dass ich das auch nie wieder tun werde. Silja lacht und schenkt nach.

»Nein, nein, nicht mehr«, protestiere ich.

Da füllt sie das Glas mit Cola auf.

»So schmeckt es besser«, sagt sie. »Und jetzt hilf mir mit den Klamotten, bevor ich vor Verzweiflung aus dem Fenster springe.«

Sie versteckt die Wodkaflasche wieder hinter dem Schreibtisch und schlagartig sieht alles ganz harmlos aus mit der Flasche Cola und den zwei Gläsern. Mein Magen beruhigt sich schnell, als ich einen Schluck von dem Colamix trinke, und ich merke, wie es mich warm durchströmt. Eigentlich eine glückliche Fügung, dass Tonja nicht dabei ist. Sie hätte Silja spätestens jetzt wegen des Alkohols vorwurfsvoll ins Gewissen geredet und die schöne Stimmung kaputt gemacht. Es ist gemein, so zu denken, aber ist doch wahr. Tonja wäre hier fehl am Platz. Für sie ist eine gelungene Party teenagerharmlos mit Disko, Popcorn und Himbeerbrause.

Ich habe mit einem Mal große Lust, Silja zu umarmen, weil sie mir gezeigt hat, dass es auch anders geht, weil es sie gibt und weil sie mich dazu bringt, Dinge zu tun, die ich mich sonst niemals trauen würde. Aber man fällt Silja nicht einfach so um den Hals. Das geht irgendwie nicht. Also lenke ich meinen positiven Energieüberschuss um und fange begeistert an, in den Kleiderbergen zu wühlen.

»Wie wär's mit dem hier?«, sagt sie und hält ein schwarzes Oberteil mit Silberdruck hoch. »Da weiß ich nur nicht, was ich dazu anziehen soll. Aber Schwarz ist schon mal gar nicht schlecht, oder?«

»Besonders bei dir«, bestätige ich sie. »Schwarz steht dir sehr gut.«

Wir ziehen alle schwarzen Sachen aus dem Durcheinander und Silja probiert ein Teil nach dem anderen an und dreht sich vor mir hin und her. Bei einem der Kleiderwechsel sehe ich ihre Tätowierung zum ersten Mal aus der Nähe, ein Adler mit ausgebreiteten Flügeln. Die Schwanzfedern verschwinden unter dem Sliprand.

»Wann hast du die machen lassen?«, frage ich und streiche mit dem Zeigefinger über die unteren Wirbel.

»Letztes Jahr«, sagt sie und zieht ein neues Oberteil an. »Kurz vor dem Aus mit meiner vorigen Familie.«

»Darf man sich in der Achten so was tätowieren lassen?«

Silja lacht.

»Nicht alle Tätowierer nehmen das mit der Altersgrenze so genau«, sagt sie und setzt ihren Catwalk durchs Zimmer fort.

Wir einigen uns am Ende auf schwarze Leggins und das Oberteil mit dem Silberdruck.

»Und darüber die Lederjacke«, sagt Silja. »Das müsste doch gehen, oder?«

Sie schiebt ein paar Tüten und Jeans beiseite, die auf dem Boden gelandet sind, und findet ein Paar hochhackige Schuhe unter dem Berg.

»Perfekt«, sage ich und sie nickt zufrieden.

An der Wand steht ein Tisch mit Spiegelaufbau, wie in einem Schminkraum im Theater. Silja schaltet die Lichtleiste über den Spiegeln an, zieht den Schreibtischstuhl rüber, damit wir beide sitzen können, und dann schminken wir uns. Das macht total Spaß, und der Abend fühlt sich jetzt schon perfekt an, obwohl er gerade erst angefangen hat. Silja trägt Eyeliner mit dem Pinsel auf, und ich schaue beeindruckt zu, wie sie elegant fein geschwungene Linien um die Augen malt. Als sie meinen Blick sieht, lächelt sie mich im Spiegel an.

»Soll ich dir helfen?«, fragt sie.

Ihre Fingerspitzen sind kühl und die Pinselspitze kitzelt so schön auf der Haut. Der Alkohol rauscht leise durch meine Adern, und ich betrachte ihr Gesicht und ihren konzentrierten Blick, als sie mir, wo sie schon mal dabei ist, gleich noch den Lidschatten mit aufträgt. Sie hat eine dünne, längliche Narbe über der linken Augenbraue, und ich frage sie, woher sie die hat.

»Das ist ewig lange her.« Sie lacht. »Bei einem meiner ersten Gehversuche bin ich gegen einen Kachelofen gefallen. Ich kann mich nicht mehr daran erinnern, Papa hat es mir erzählt. Danach hat Mama mir einen Schaumgummihelm genäht, aus so einer Art Isomatte, du weißt schon.«

Ich pruste los.

»Nicht lachen!«, grinst Silja und malt weiter.

»Du bist schön«, sage ich und staune nicht schlecht, dass ich so etwas einfach sage.

»Das macht der Alk«, sagt Silja. »Ohne bin ich hässlich und schwarzweiß. Wie eine Elster.«

Wir kichern noch hysterischer.

Fünf vor sieben ziehen wir unsere Jacken an, verabschieden uns von Eskil und Louise und gehen raus.

»Kurz vor dem Umzug hierher haben sie mir das Fahrrad geklaut«, sagt Silja. »Nimmst du mich auf dem Gepäckträger mit oder sollen wir laufen?«

»Ich kann fahren«, sage ich. »Wenn du mir sagst, wo Sven wohnt.«

Silja nimmt ihr Handy und blättert in ihrem Adressbuch.

»Liljevägen 3«, sagt sie schließlich. Damit eiern wir los.

Das Villenviertel liegt an der Busstrecke zum See. Wir sind also schon auf dem richtigen Weg, wenn wir später weiter in den Strandvägen wollen.

Ich bin nach der Fahrradtour wieder ziemlich nüchtern, und prompt meldet sich wieder die Nervosität, als ich das Rad vor der gelben Villa an einen Laternenpfahl anschließe. Wenn mir jemand vor zwei Wochen gesagt hätte, dass ich demnächst mein Fahrrad vor Svens Haus abschließe und mit ihm auf eine Fete gehe, hätte ich es als blöden Scherz abgetan.

Silja fährt sich mit den Fingern durchs Haar. Sie hat eine spezielle Technik, um die Locken leicht verfilzt und unzähmbar aussehen zu lassen. Andere Leute versuchen auf Deubel komm raus, ihre Lockenmähnen zu glätten, aber Silja nicht. Ich strecke den Arm aus und fasse in die dunklen Strähnen. Weich und widerspenstig.

»Hast du das Haar von deiner Mutter?«, frage ich.

Sie sieht mich an.

»Wahrscheinlich«, sagt sie nach ein paar Sekunden. »Ich glaube schon.«

Sie wühlt in ihrer Tasche und nimmt ein Paket Stimorol heraus. »Hier, nimm auch eins, gegen die Fahne.«

Ich stecke ein Kaugummi in den Mund, die hellblaue Hülle knackt zwischen den Zähnen. Silja stupst mich in die Seite und lächelt, und ich lächele zurück, ehe wir die breite Eingangstreppe hochgehen und an der Tür klingeln. Drinnen ist ein hohles Dingdong zu hören.

Eine große, blonde Frau öffnet die Tür und begrüßt uns freundlich.

»Hallo, willkommen. Ich heiße Irène. Sven wartet im Partykeller auf euch.«

Wir geben ihr die Hand und ich komme mir unsicher und linkisch vor. Erwartet sie, dass wir die Schuhe ausziehen? Bestimmt. Silja zieht ihre jedenfalls aus. Dann gehen wir die Treppe runter, die Irène uns zeigt, und kommen in einen großen Raum mit schmalen Fensterschlitzen unter der Decke, einer Sofagruppe und einem riesigen Flachbildschirm an der Wand. Aus den in den vier Ecken hängenden Lautsprechern strömt ruhige Musik und Sven beugt sich gerade über den Sofatisch. Er trägt eine dunkelgraue Jeans und ein helles, schmal gestreiftes Hemd. Ich sterbe, denke ich. Aber als er sich aufrichtet und uns anlächelt, ist nichts von der Arroganz zu sehen, die ich aus der Schule von ihm gewohnt bin.

»Hi, ihr beiden«, sagt er. »Ready to party?«

»Absolut«, sagt Silja. »Gehen wir direkt los?«

Er schüttelt den Kopf. »Es ist noch ein bisschen zu früh, denke ich. Mögt ihr was trinken? Mein Alter hat ein Bier für jeden beigesteuert.«

»Wow«, sagt Silja. »Netter Vater. Ist er nicht Anwalt?«

»Ja.« Sven grinst. »Aber er verlässt sich drauf, dass wir ihn nicht verraten.«

Es ist nicht ganz wie in meinem Traum, er umarmt uns nicht, als wären wir beste Freunde, aber dieses freundliche Lächeln finde ich mindestens genauso erstaunlich. Wir machen es uns auf dem Sofa bequem, während Sven Bier in Gläser schenkt, und ich komme mir ungewohnt erwachsen vor. Wir sehen uns mehrere Sekunden in die Augen, und ich bilde mir ein, dort so etwas wie Verwunderung zu entdecken. Ansonsten sind seine Augen unglaublich blau.

»Ich hoffe, ihr mögt House«, sagt er. »Wie ich Sigge kenne, wird den ganzen Abend Techno gespielt. Angello, Laidback Luke, Guetta, Ingrosso … ihr wisst schon.«

»Völlig okay«, sagt Silja, nippt an ihrem Bier und schneidet eine Grimasse. »Was hast du da denn reingetan?«

Sven legt einen Finger an die Lippen. »Psst!«, flüstert er. »Was ich aus der Bar abzapfen konnte. Skål!«

Ich nippe vorsichtig an meinem Bier und stelle fest, dass es entschieden stärker schmeckt als normales Bier. Und Bier ist bisher der einzige Alkohol, den ich probiert habe. Na ja, ich habe schon mal einen Schluck Wein getrunken, aber ich fühle mich wirklich wie frisch der Sandkiste entstiegen, was das angeht. Was für Kindergartenkinder Tonja und ich doch sind!

Bei dem Gedanken an Tonja meldet sich mein schlechtes Gewissen, aber ich schiebe es eilig beiseite. Jetzt wird gefeiert. Das ist neu und spannend und ein bisschen gefährlich. Ich habe meine knittrigen Flügel ausgebreitet, sie müssen noch ein wenig in der Sonne trocknen, aber dann werde ich hoch, höher, am höchsten fliegen.

Gegen acht verlassen wir die Villa und gehen zur Bushaltestelle. Mein Rad lasse ich vor Svens Haus stehen. Mir ist warm und kribbelig vor Vorfreude, und ich muss mich beherrschen, nicht hysterisch über alles zu kichern, was gesagt wird. Es ist dämmrig draußen und im Bus riecht es nach Vanille. Bei einer scharfen Bremsung verliere ich die Balance, und Sven legt einen Arm um meine Schulter, um mich aufzufangen. Svens Arm! Um meine Schultern! Ich atme tief ein und denke, dass mir dieser Moment für immer im Gedächtnis bleiben wird. Immer, immer.

Beim Strandbad steigen wir aus. Bis in den Strandvägen ist es noch ein ziemliches Stück. Wir spazieren an einer luxuriösen weißen Riesenvilla vorbei und weiter parallel zum Wasser. Vor uns liegt eine Reihe erleuchteter Häuser mit privaten Anlegestegen und Sandbuchten.

»Das ist also der Speckgürtel«, erklärt Sven.

Die Villa, die wir ansteuern, übertrifft alle Erwartungen. Sie ist groß und imposant, mit runden Säulen neben dem Eingang. Der Vorplatz ist mit Rädern und Autos zugeparkt, die gekieste Einfahrt entlang brennen Fackeln und aus den Fenstern leuchtet es einladend. An der Fassade ranken Kletterrosen empor, deren Stämme in dicken, hellvioletten Lavendelkissen stehen.

»Mannomann, was für schöne Blumen!«, hauche ich beeindruckt.

Sven nickt. »Meine Tante ist der absolute Pflanzenfreak, kein Wunder also.«

»Ist deine Tante zu Hause?«, frage ich.

»Nein, sie ist irgendwo in der Karibik, glaube ich.«

Ich kenne mich mit der Musik nicht sonderlich aus, aber

als Sven die Tür öffnet, erkenne ich *Break down the house* wieder. Dahinter sind Stimmengewirr und Gelächter zu hören.

»Wow! Hier geht ja schon voll der Punk ab!«, ruft Sven enthusiastisch.

Wir werfen unsere Jacken auf Berge anderer Jacken im Flur. Sven nimmt Siljas Hand, die ihrerseits nach meiner Hand greift, damit wir uns im Gedränge nicht verlieren. Wir landen an einem Tisch mit Knabbersachen und vollen Sektgläsern. Ein ziemlich kurzer Typ mit Brille begrüßt Sven und stellt sich uns als Sigge vor. Er ist vielleicht Mitte zwanzig, hat schmale Schultern, ein weißes Hemd und viel Gel im Haar.

»Yo!«, johlt er, macht ein paar Tanzschritte auf uns zu und reicht uns die Hand. »Hübsche Mädels, gut gemacht, Svenni, das brauchen wir. Ihr seid doch hoffentlich miiindestens siebzehn, oder?«

Silja nickt grinsend. »Klar!«

»Hm, sure, sure. Nehmt euch was zu trinken und fühlt euch wie zu Hause. Viel Spaß!«

Der Sekt ist kühl und erfrischend. Ich denke, dass ich vielleicht etwas vorsichtig sein sollte, als ich schon ein neues Glas in der Hand halte. Unter der Decke dreht sich eine blinkende Scheinwerferanlage und irgendjemand hat die Lautstärke der Musik aufgedreht. Silja bewegt sich selbstsicher zwischen den Leuten, und ich versuche, an ihr dran zu bleiben. Einige Gäste tanzen mitten im Raum, obwohl es so eng ist, dass man sich kaum rühren kann. Da packt Silja mich so überraschend am Arm, dass der Sekt überschwappt und auf mein Kleid spritzt.

»Guck mal, wer da ist!«, ruft sie mir ins Ohr. »Da drüben bei dem Grünzeug.«

Neben einer bis an die Decke reichenden Monstera steht jemand, den wir kennen, Emil, unser Referendar!

»Mist, hoffentlich sieht der uns nicht!«, platze ich heraus.

Aber Siljas Gedanken gehen in die ganz andere Richtung.

»Und ob er mich sehen soll! O Mann, der ist echt unverschämt sexy … Aber lass uns warten, bis er ein bisschen was intus hat. Sag nur nicht, dass das Mineralwasser ist, was er trinkt!«

Sie arbeitet sich näher an ihn ran, ohne entdeckt zu werden, und grinst zufrieden, als sie zurückkommt.

»Whisky, würde ich sagen. Wasser ist das jedenfalls nicht und Wein auch nicht. Komm, sehen wir mal nach, was in der Küche los ist.«

Sie zieht mich durchs Gedränge hinter sich her, gabelt Sven unterwegs auf, und zusammen gehen wir durch einen Flur mit Türen auf beiden Seiten, der am Ende in eine riesige Küche mündet. Hier ist es hell und wie ausgestorben. In der Mitte steht ein hoher Rollwagen von einer Cateringfirma mit Platten voller Köstlichkeiten: Sandwiches, Kanapees, Melone mit Schinken und alle möglichen Käsesorten.

Sven hebt die Plastikfolie an und seine Augen glitzern. »Geniale Idee, Silja!«

Die Flaschenbatterie auf der Kücheninsel neben dem Rollwagen scheint Silja sehr viel mehr zu interessieren.

»Wow, sind das viele verschiedene Sorten«, sagt sie. »Worauf habt ihr Lust? Guckt euch mal das grüne Zeug an! Das sieht aber mordsgiftig aus!«

Sie schraubt den Verschluss auf und schnuppert daran. Ich beobachte sie nervös.

»Aber wir können doch nicht einfach …«, setze ich an.

»Klar können wir!«, sagt Sven. »Ich bin hier sozusagen zu Hause. Bedient euch! Und schenkt mir auch was ein!«

»The Famous Grouse?«, fragt Silja. »Oder Glenfiddich?«

»Egal.«

Er schiebt die Hände unter die Plastikfolie und fischt alle möglichen Fressereien heraus, während Silja wild aus den Flaschen zusammenmixt und ich nervös auf der Stelle trete und zur Tür schiele. So was kann man doch nicht machen. Selbst, wenn man mit dem Gastgeber verwandt ist.

Plötzlich sind Stimmen auf dem Flur zu hören.

»Achtung, da kommt jemand!«, kiekse ich.

Kichernd laufen Silja mit den drei Gläsern und Sven mit einem Pappteller an mir vorbei in den Flur, wo uns ein ganzer Pulk Leute entgegenkommt, einer von ihnen Sigge. Er klopft Sven auf die Schulter.

»Immer vorsichtig mit dem Hochprozentigen, Kleiner!«, sagt er provokant.

»Selber Kleiner«, grinst Sven und streckt sich. Er ist einen halben Kopf größer als sein älterer Cousin.

Sigge lacht und haut ihm noch einmal auf die Schulter.

»Da habt ihr's!«, sagt Sven stolz.

Silja reicht mir ein Glas mit dem blaugrünen Drink, den sie zusammengemischt hat. Er schmeckt stark und ziemlich süß. Lecker. Ich lache, teils, weil das alles so verrückt ist, teils vor lauter Erleichterung, dass keiner sauer auf uns ist.

»Bist du sicher, dass wir das überleben?«, frage ich und nehme noch einen Schluck.

»Na klar«, sagt Silja. »Trink!«

Sven bietet uns was von den Köstlichkeiten auf seinem Pappteller an, und als wir alles aufgegessen haben, stopft er den Pappteller in eine Kiste neben dem Serviertisch und nimmt meine Hand.

»Komm, tanzen wir, Vendela!«, sagt er und zieht mich hinter sich her in die Raummitte.

Tanzen? Ich? Mit Sven? Das träum ich doch nur!

Meine Gelenke fühlen sich weich und merkwürdig an, und in meinem Kopf beginnt es sich zu drehen, als wir uns nach der wummernden Musik bewegen. Der Rhythmus geht unter die Haut, passt sich an den Herzschlag an. Erstaunt sehe ich, wie Sven die blonden Haare hin und her schleudert und richtig tanzt, nicht so auf der Stelle tritt, wie ich das von Jungs sonst kenne.

»Du tanzt ja richtig gut!«, schreie ich, um die Musik zu übertönen.

Er lacht und seine blauen Augen strahlen mich an.

»Meine Mutter hat mich bei Funk for Kidz angemeldet, als ich acht war!«, schreit er zurück. »Das macht total Spaß, echt!«

»Heißt das, dass du immer noch auf die Tanzschule gehst?«

Er nickt, macht ein paar elegante Schritte und wirbelt schnell herum wie die Streetdancer im Fernsehen.

»In der Schule glauben sie, ich mache Teakwondo!«, ruft er. »Das ist im selben Gebäude und am gleichen Wochentag! Ich hab keine Lust auf das Geläster!«

Das Gefühl, zu träumen, verstärkt sich. Warum plötzlich diese Offenheit? Wieso behandelt er mich plötzlich so anders? Was passiert hier eigentlich? Die Musik verwirbelt meine Gedanken genauso schnell, wie sie kommen, sie verdampfen in der Wärme. Ich lache laut und lasse mich vom Rhythmus tragen. So möchte ich immer weitertanzen, in dem Gedränge, zwischen den wogenden Körpern, Teil des Pulses.

Tanzen macht durstig und Silja holt Cola für alle. Da ist was drin, in der Cola, das merke ich, aber was soll's, it's party time, und ein bisschen mehr oder weniger macht ja wohl keinen Unterschied. Wir tanzen weiter und holen was zu trinken, und irgendwann habe ich den Überblick verloren, wie oft wir in der Küche waren und wo wir überall leere Gläser abgestellt haben. Die Absätze von Mamas Schuhen sind plötzlich so wackelig und ich schüttele mir die Schuhe vor einer Wand von den Füßen. Plötzlich tanze ich ganz eng mit Silja, und später sehe ich, dass sie mit Emil tanzt, und muss lachen. Silja macht, was sie will. Ich kann auch machen, was ich will. Ich kann mit dem coolsten Jungen der Schule tanzen, und ich kann ihm in die Augen gucken, ohne zu stammeln und rot zu werden. Emil sieht glücklich aus. Seine Haare sind zerzaust und er hält Silja im Arm. Ich glaube nicht, dass er mich sieht.

Irgendjemand ruft was und die Leute verschwinden von der Tanzfläche, strömen auf die Glastüren zu, die sich auf eine weitläufige Terrasse öffnen. Sven und ich stolpern hinterher, er hat seinen Arm um mich gelegt, keine Ahnung, was das bedeutet, aber ist ja auch egal, jeder liebt jeden auf diesem Fest aller Feste. Draußen knallt es, Raketen fliegen in den Himmel, Farben explodieren und fächern sich in der Luft auf, aber als ich den Kopf in den Nacken lege, gerät die

Welt in meinem Kopf ins Schwanken und ich kippe fast um. Sven hält mich noch fester und lacht. Und plötzlich sind seine Lippen an meiner Wange und an meinem Ohr.

»Du bist total süß, wenn du beschwipst bist«, sagt er.

Meine Wange wird feucht, als er mich küsst, ich muss mich an seinem Arm festhalten, weil sich die Welt um mich heftiger zu drehen beginnt, so heftig, dass mir schlecht wird. Sehr schlecht.

»Mir geht's nicht gut«, jammere ich.

»Komm, wir gehen ein Stück«, sagt Sven. »Das hilft meistens.«

Mir schießt durch den Kopf, dass ich keine Schuhe anhabe, aber er merkt das gar nicht, und ich habe nicht die Energie, was zu sagen, aber was soll's. Wir gehen von der Terrasse runter, meine Beine fühlen sich an wie Gelee und die Übelkeit schwappt gegen mein Zwerchfell. Die Gäste bejubeln das Feuerwerk, das gar nicht mehr aufhört. Am hinteren Ende des Gartens zeigt Sven mir ein Loch in der Hecke und plötzlich sind wir am Wasser. Die Geräusche vom Haus sind nur noch gedämpft zu hören, meine Ohren pfeifen nach der lauten Musik. Das Wasser bewegt sich leicht, geräuschlos, reflektiert das Licht der Straßenlaternen und des Feuerwerks.

»Geile Party!«, sagt Sven. »Hast du Silja gesehen? Die war voll dabei, Emil anzubaggern!«

Ich versuche, ihn direkt anzusehen, aber er gleitet immer wieder aus meinem Blickfeld. Und plötzlich schießt die Übelkeit nach oben, ich kann den Würgereflex nicht länger unterdrücken. Ich winde mich aus Svens Umarmung und lande auf allen vieren.

Die erste Kaskade begräbt ein paar Zweige und einen Kiefernzapfen unter sich. Das kam so unvorbereitet, dass mir die warme Brühe aus der Nase läuft. Tränen schießen mir in die Augen, das ist so widerlich, so unbeschreiblich ekelig. Die nächste Kaskade trifft meine eigene Hand, aber ich ziehe sie nicht weg, aus Angst, dass ich dann der Länge nach mit dem Gesicht in der widerlichen, grünschleimigen Kotze lande. Meine Arme zittern und ich kann mich kaum noch halten.

Aus dem Augenwinkel sehe ich Svens Füße verschwinden und ich versteh ihn nur zu gut. Ich hab alles kaputt gemacht, Drama-Queen, abstoßend, bodenlos missraten und jämmerlich. Geschieht mir recht, dass ich hier auf allen vieren hocke und zittere, geschieht mir recht, dass sich ein spitzer Stein in mein Knie bohrt und ich mich nicht traue, die Hand aus meiner eigenen Kotze zu nehmen, geschieht mir recht, dass mir die Schminke durchs Gesicht läuft und mir so gnadenlos, grauenvoll schlecht ist. Mein Magen versucht immer noch, seinen Inhalt nach draußen zu pressen, obwohl da nichts mehr ist, und ich heule wie verrückt und kann nicht mehr aufhören.

Da spüre ich plötzlich etwas Kühles, Feuchtes, Raues in meinem Gesicht, ein Handtuch, ein nasses Handtuch. Sven ist zurückgekommen. Er wischt mir übers Gesicht und hilft mir auf die Beine. Mir ist zu schlecht, um die Hilfe abzulehnen, und weil es mir so todpeinlich ist, dass er mich so erlebt, schließe ich einfach die Augen, um sein Gesicht nicht sehen zu müssen. Er spült das Tuch im Wasser aus und kommt zurück. Das ist angenehm kühl, Wasser läuft meinen Hals hinunter, in den Ausschnitt, und ganz allmählich legt sich die Übelkeit. Sven zieht mich ein Stück zur Seite aufs weiche Gras. Er wischt meine Hand ab und spült noch einmal das Handtuch aus.

»Vendela?«, sagt er. Seine Stimme klingt besorgt. »Geht's wieder besser?«

Ich traue mich nicht, die Augen zu öffnen, ihm ins Gesicht zu sehen, und will nicht riskieren, dass der Schwindel mich wieder packt, aber ich nicke vorsichtig. Etwas besser geht's mir, dank ihm.

»Du blutest am Knie«, sagt er. »Warte.«

Und wieder verschwinden seine Arme, wieder kommt das feuchte Handtuch, diesmal am Bein.

»Entschuldige«, nuschele ich. »Entschuldige, entschuldige, entschuldige.«

»Wofür? Das war einfach ein bisschen zu viel. Glaubst du, ich hätte nicht auch schon mal in irgendwelche Büsche gekotzt? Kannst du gehen?«

Noch nicht. Ich muss noch eine Weile im Gras sitzen bleiben. Mit Sven neben mir. Irgendwann höre ich auch wieder das Glucksen der Wellen. Ich werde nie mehr Alkohol trinken. Nie mehr. Keinen Tropfen.

»Dumm gelaufen, was«, sage ich, als ich wieder einigermaßen verständliche Sätze herausbringen kann. »Da gehst du mit der hübschen Silja auf ein Fest und landest mit einer kotzenden Vendela am Strand, während Silja den Referendar aufreißt.«

»Ach«, sagt Sven. »Du bist schon okay. Ganz anders, als ich dachte.«

Ich öffne die Augen einen Spaltbreit und sehe ihn an, obwohl es in meinem Kopf dabei hämmert und dröhnt. Das

Haar hängt ihm in die Augen und sein Hemd ist halb aufgeknöpft und ziemlich nass.

»Musst du gerade sagen!«, rufe ich, nehme mich aber sofort zurück, weil mein Kopf zu platzen droht, wenn ich so laut rede.

Sven lacht. »Ich muss schließlich an mein Image denken.«

»Meinst du damit, dass du den taffsten, bestaussehenden und coolsten Typen nur spielst?«

»Was heiß hier spielen?« Sven grinst. »Ich bin der bestaussehende und coolste Typ an der ganzen verdammten Schule!«

Ich kichere. »Klar, *Vempi*!«

Er schubst mich in die Seite und ich lege die Hände an den Kopf und wimmere vor Schmerz. Da fasst er mich wieder an den Schultern.

»Meinst du, du kannst jetzt aufstehen? Ich frier mir den Arsch ab.«

Ganz, ganz langsam stehe ich auf. Die Welt dreht sich immer noch und ich klammere mich fast an Sven.

»Ich kann nicht wieder da rein, so, wie ich aussehe«, sage ich mit dünner Stimme.

»Stimmt, ganz so hübsch wie bei deiner Ankunft bei mir siehst du nicht mehr aus«, sagt er. »Aber das kriegen wir schon wieder hin. Komm!«

Er führt mich an den Wassersaum, und während die Wellen über meine nackten Füße spülen, hilft er mir, das Gesicht zu waschen, die Schminkreste mit dem Handtuch abzuwischen und die Frisur notdürftig zu richten. Wie durch ein kleines Wunder ist nichts auf meinem Kleid gelandet. Sven ist nach den vielen Spülgängen mit dem Handtuch noch nasser als ich. Mein Blick bleibt an der braunen Haut über dem Schlüsselbein hängen, und wenn mir nicht so schlecht wäre, würde ich meine Hand genau dahin legen, in diesem Moment, wo er versucht, sein Hemd wieder zuzuknöpfen, aber mir ist wirklich zu schlecht, als dass mehr daraus wird als ein flüchtiger Gedanke.

Auf weichen Beinen folge ich Sven zum Haus. Die Musik, die ich vorhin noch so magisch und rhythmisch fand, ist jetzt nur noch ein quälendes Hämmern. Ich halte nach Silja Ausschau, kann sie aber nirgendwo entdecken.

»So kannst du nicht nach Hause«, flüstert Sven in mein Ohr. »Mir geht's auch nicht berauschend. Komm, lass uns ein Plätzchen suchen, wo wir uns ein bisschen ausruhen können.«

Meine Gedanken sind im Schmerzsumpf stecken geblieben. Ich klammere mich weiter an Sven, als er mich durch die Eingangshalle führt, in einen kurzen Flur und eine Treppe hinauf. Hinter einer Tür steht ein Bett und ich lasse mich einfach fallen. Sven streckt sich neben mir aus, ganz dicht an meinem Körper. Sein Atem riecht nach Alkohol und mir wird wieder schlecht, aber dann denke ich, dass mein Atem auch nicht gerade nach Rosen duftet.

»Achtung, ich stinke«, murmele ich.

»Du riechst gut«, sagt Sven. »Okay, aus dem Mund vielleicht gerade nicht … aber am Hals und im Haar. Scheiße, dass ich so viel getrunken habe, ich könnte noch nicht mal mit dir schlafen, wenn ich wollte.«

Trotz Übelkeit durchrieselt es mich heiß und ich muss kichern und im nächsten Moment fast losheulen.

»Stimmt es, dass du in Nils verliebt bist?«, murmelt Sven unvermittelt.

Ich versuche, mich zu konzentrieren und mich zu erinnern, dass es auch noch eine andere Welt gibt. Die gewohnte Welt, in der ich in die Schule gehe und in der Tonja meine beste Freundin ist. In der Welt lebt Nils mit den braunen Augen. Nils, der in der Klasse drei Meter von mir entfernt sitzt.

»Ich glaube schon«, sage ich. »Aber er ist nicht in mich verliebt.«

Sven schweigt.

»Idiot«, sagt er schließlich.

Dann reißt er den Mund auf und gähnt, Alkoholdunst streicht über mein Gesicht und zwingt mich, den Kopf etwas zur Seite zu drehen. Bleierne Müdigkeit macht sich in mir breit und mein Kopf wird schwer und ist ganz leer. Ich fühle mich, als würde ich in Zeitlupe in einen Abfluss gesaugt, in einem langsamen Wirbel in die Dunkelheit.

Unbarmherzig grelles, schneidendes Licht spaltet meinen Schädel in der Mitte. Ich drehe mich weg von dem Schmerz. Mein Herz schlägt panisch, ein ekelig fahler Geschmack im Mund, meine Zunge trocken und geschwollen. Ich muss die Augen aufmachen. Vorsichtig, ganz vorsichtig blinzele ich in das Licht und sehe eine weiße Tapete mit lila Muster, Blattranken. Die Tapete habe ich noch nie in meinem Leben gesehen. Ich brauche Wasser, ehe meine Zunge zerbröselt. In meinem Gehirn findet eine Kernschmelze statt, jede Bewegung tut furchtbar weh, aber irgendwie schaffe ich es, mich so zu drehen, dass ich auf den Knien vor dem Bett sitze. Ein spitzer Schmerz im rechten Knie veranlasst mich, die Augen noch ein winziges bisschen weiter zu öffnen. Schorf? Wenigstens blutet es nicht mehr. Ich hebe den Blick. Da liegt jemand auf dem Bett und schläft mit offenem Mund. Blondes Haar. Sven! Scheiße! Was ist eigentlich passiert?

Langsam und zittrig stehe ich auf und schwanke zur Tür. Wo sind all die Gäste? Wo ist Silja? Und wo ist Sigge? Weiß er, dass wir hier sind?

Zwei Türen weiter finde ich eine kleine Gästetoilette ganz in Weiß, surreal weiß, als hätte jemand vergessen, diesen winzigen Ausschnitt Welt zu streichen. Über dem Handwaschbecken hängt ein Spiegel. Ich traue mich nicht, hineinzugucken, beuge mich über den Wasserstrahl und trinke, spritze mir Wasser ins Gesicht und trinke noch etwas. Ein Königreich für eine Kopfschmerztablette. Ein Kontinent für zwei. Die ganze Erdkugel für einen so harten Schlag auf den Kopf, dass ich nie mehr aufwache.

Ich kann nicht klar denken und pfeife auf meine gute Erziehung und durchwühle das Hängeschränkchen über der Toilette mit dem roten Kreuz auf der Tür. Und richtig, da sind Medikamente. Ein längliches Röhrchen mit Brausetabletten sieht gut aus, ich schaue auf das Etikett: ASS und Koffein. Die Hände zittern, und die Finger fummeln ungeschickt den Verschluss ab, dann schütte ich drei Tabletten in einen weißen Plastikbecher, der sicher als Zahnputzbecher gedacht ist, und fülle ihn mit Wasser auf. Während die Tabletten sich sprudelnd auflösen, nehme ich all meinen Mut zusammen und werfe einen Blick in den Spiegel.

O Scheiße.

Scheiße, Scheiße.

Meine Augen sind nur noch Schlitze, so verquollen sind sie, und mein Gesicht ist rot gefleckt und aufgedunsen. Aber am schlimmsten ist der Schmerz in meinem Kopf. Ich nehme den Plastikbecher und trinke in großen Schlucken. Da zieht sich mein Magen unvermittelt und ohne jede Vorwarnung zusammen und gibt alles wieder von sich. Ich kann mich nicht einmal zur Kloschüssel umdrehen, sondern kotze direkt ins Waschbecken. Zum Glück kommt nur Wasser, vermischt mit Brausetablettenkrümeln und Galle, was schnell im Abfluss verschwindet. Ich stütze mich mit den Ellbogen auf das Porzellan und stöhne gequält.

Nie wieder.

Nie, nie wieder.

Nach einer Weile zwinge ich mich wieder in die Senkrechte, spüle den Mund ein paar Mal aus und torkele aus der Toilette. Wo bin ich noch gleich hergekommen? Hinter welcher Tür liegt Sven? Ich weiß es nicht, aber es ist auch egal, weil sich plötzlich ein ganz anderer Gedanke wie ein scharfes Messer in meine Gehirnwindungen bohrt.

Mama und Papa! Oh, verdammt!

Wie spät ist es? Wo ist meine Tasche? Mein Handy? In dem Schlafzimmer? Zwei Türen, war es nicht so? Ich mache ganz vorsichtig eine Tür auf. Ja, hier war's. Sven schläft noch immer. Ich schleiche hinein und sehe mich um. Auf dem Boden ist nichts, weit und breit keine Tasche. Das Bett ist gemacht, wir haben auf dem Bettüberwurf geschlafen. Im Vergleich mit dem Chaos in meinem Innern wirkt das Zimmer absurd aufgeräumt. Nur Sven sieht unaufgeräumt aus. Strubbeliges Haar, verknitterte Klamotten. Ich muss jetzt sofort meine Tasche finden.

Mit den Fingerspitzen an der Wand, wie um den Kontakt zur Wirklichkeit nicht zu verlieren, taste ich mich durch den Flur die Treppe runter. Da ist der Eingangsbereich, daran erinnere ich mich, aber jetzt liegen da längst nicht mehr so viele Schuhe und Jacken. Meine Tasche auch nicht. Ich gehe weiter ins Wohnzimmer. Leere und halb volle Gläser, Flaschen und Scherben auf dem Boden. Auf dem Sofa vor der Wand schläft jemand. Licht flutet durch die Fenster und Glastüren. Die Sonne schleudert schräge Strahlen auf die Oberfläche des Sees und weiter in meine geplagten Augen. Da, an der Wand. Eine Uhr. Fünf vor halb sechs! Und was für ein Tag ist heute? Sonntag.

Hoffentlich denken sie, dass ich bei Silja übernachte. Ich hab sie ja vorgewarnt, dass es spät werden könnte. Vielleicht hab ich ja Glück und sie sind einfach schlafen gegangen und vermissen mich noch gar nicht.

Ich gebe mir wirklich Mühe, mich damit zu beruhigen, ohne nennenswerten Erfolg. Sie schlafen nicht. Das ist so sicher wie die Tatsache, dass sie mir das niemals verzeihen werden.

Die Tasche ist weg. Ich muss irgendein anderes Telefon finden. Im Flur vielleicht? Ich gehe zurück. Auf dem Weg durch den schmalen Gang zur Küche sehe ich etwas, das mir bekannt vorkommt. Mamas Sandale! Aber nur eine. Ich hebe sie auf und sehe mich um. Es ist unheimlich still im Haus. Wo ist der zweite Schuh? Von meinem Platz in dem Gang kann ich in die Küche gucken und da sehe ich auch meine Tasche. Sie liegt unter einem Küchenstuhl. Offen. Mist, bestimmt hat jemand mein Handy geklaut! Mit der Sandale in der Hand gehe ich in die Küche und bücke mich. Prompt schießen weiße Schmerzblitze durch meinen Schädel, aber ich kriege den Riemen zu fassen, um die Tasche auf eine weniger quälende Ebene zu heben. Ich versuche, den Blick auf das Innere der Tasche zu fokussieren, umsonst, also kippe ich den Inhalt zwischen all den Flaschen auf dem Tisch aus. Schminke purzelt heraus, das kleine Portemonnaie mit dem Fünfzigkronenschein und das Handy! Es fehlt nichts! Ich gucke aufs Display.

Siebenunddreißig verpasste Anrufe.

Siebenunddreißig! Mein Magen zieht sich krampfartig zusammen, als mir klar wird, dass Mama und Papa einen Panikanruf nach dem anderen gemacht haben. Gallegeschmack im Mund. Ich hasse mich. Ich hasse mich so sehr, dass ich mir die Haut aufritzen möchte, ganz tief, und Zitronensaft in die offenen Wunden träufeln.

Ich zittere am ganzen Körper, als ich die Schnellwahltaste drücke. Nach ein paar Sekunden setzen die Signale ein. Eins, zwei, drei ... Ich warte, aber es antwortet keiner. Der Anrufbeantworter springt an.

»Hallo, Sie sind mit dem Anrufbeantworter der Familie Ek verbunden. Im Moment können wir leider nicht rangehen, aber hinterlassen Sie doch bitte eine Nachricht, vielleicht rufen wir ja zurück. Biiieeep.«

»Hallo, ich bin's«, fange ich an, gerate dann aber ins Stocken.

Was soll ich sagen? Wo sind sie?

In dem Augenblick schrillt die Türklingel. Einmal. Ich stehe wie angewurzelt da. Macht irgendjemand auf? Nein, es ist alles still. Kurz darauf klingelt es wieder, dreimal in schneller Folge. Gleich darauf wird die Tür aufgerissen und eine wohlbekannte Stimme ruft laut und deutlich: »Vendela! Bist du hier irgendwo?«

Papa! Das ist Papa!

Ich schwanke, fange mich aber schnell wieder, laufe aus der Küche, durch den Flur und das Wohnzimmer in den Eingangsbereich.

Da steht er wie aus einer anderen Welt neben dem langen schmiedeeisernen Haken an der Wand. Mit aufgerissenen, rot geränderten Augen, und als er mich sieht, stößt er einen unartikulierten Laut aus, einen Ausruf der Erleichterung oder des Entsetzens, ich weiß es nicht, aber in der nächsten Sekunde liege ich in seinen Armen, und er drückt mich ganz fest an sich, so fest, dass es fast schon wehtut und ich keine Luft mehr kriege, und die Tränen laufen mir übers Gesicht, als würde er sie mit seinen Armen aus mir rausquetschen.

»Verdammtes, dummes Mädchen!«, presst er heraus.

Ich glaube, es ist das erste Mal, dass ich ihn fluchen höre.

»Die Schuhe«, wimmere ich, als er mich hinter sich her zur Tür zieht. »Mamas Schuhe! Und die Tasche!«

»Setz dich ins Auto! Sofort! Ich hole sie!«

»Die findest du nie!«

Papa hält meinen Arm fest umklammert, als würde ich mich, wenn er loslässt, vor seinen Augen in Luft auflösen, aber ich stemme mich dagegen. Ich kann nicht ohne die Schuhe und die Tasche nach Hause kommen. Am Ende überrede ich ihn, mit mir in die Küche zu gehen, wo ich die auf dem Tisch verteilten Sachen wieder in die Tasche schaufele. Papas Blick schweift über die Essensreste und Flaschen.

Der zweite Schuh ist unauffindbar. Ich murmele, dass Mama gesagt hat, ich soll gut auf die Schuhe aufpassen, und dass wir ihn finden müssen, aber Papas Geduld ist am Ende. Er will mich auf der Stelle aus diesem Haus haben, was er gesehen hat, scheint ihn zutiefst zu schockieren. Er schleppt mich regelrecht durch den Eingangsbereich und die Auffahrt hinunter. Das Auto steht mit laufendem Motor am Straßenrand. Mama ist auch da. Sie steigt aus, als sie uns kommen sieht, rennt auf uns zu und schüttelt mich.

»Was fällt dir ein, Vendela!«, schreit sie so laut, dass mir fast der Kopf platzt.

Ich fange an zu heulen und muss mich wieder übergeben, obwohl kaum noch was kommt. Papa legt eine Hand auf Mamas Schulter.

»Sie ist nicht nüchtern, Livia. Sie muss erst ihren Rausch ausschlafen, ehe wir darüber reden können.«

Ich will protestieren, ich habe schließlich geschlafen, aber ich kriege kein Wort heraus, habe vollauf damit zu tun, nicht auseinanderzufallen. Ich friere, und in irgendeiner Ecke meines Hirns ist mir klar, dass er recht hat. Ich dürfte nicht sehr lange geschlafen haben und bin alles andere als nüchtern. Bis ich einen vernünftigen Satz zustande bringe und die Gedanken in meinem Kopf entwirrt habe, stelle ich mich lieber tot. Ich rolle mich auf dem Rücksitz zu einer Kugel zusammen und kämpfe mit geschlossenen Augen gegen die Übelkeit an.

Ich kann nicht schlafen.

Aber ich liege mit dem Gesicht zur Wand, die Augen geschlossen, zusammengekrümmt wie ein vertrocknetes Blatt, dabei fühle ich mich bleischwer und unförmig und zugleich so zerbrechlich.

Die Gedanken ziehen in einer Endlosschleife durch meinen Kopf, immer im Kreis, sie kommen und gehen, unzusammenhängend und zäh. Sven, meine Jacke und eine Sandale sind noch in dem Haus. Wohin ist Silja verschwunden? Woher wussten Mama und Papa, wo ich bin? Wann hört die Übelkeit endlich auf? Hassen mich jetzt alle?

Mama kommt in mein Zimmer. Ich höre an den Schritten, dass sie es ist. Etwas Hartes landet auf meinem Nachtschrank.

»Trink was«, sagt sie. Ihre Stimme klingt sonderbar fremd. »Schläfst du, Vendela?«

Nein, ich schlafe nicht. Aber ich antworte nicht, verbleibe im Dunkeln. Ich brauche noch ein bisschen Zeit, ehe ich mich in der Lage fühle, ihnen unter die Augen zu treten.

Ich habe keine Ahnung, wie viel Zeit vergeht. In der Küche klappert es, Essensduft zieht in mein Zimmer, irgendwer spült ab. Ich höre ihre gedämpften Stimmen, ohne zu verstehen, was sie sagen. Das Telefon klingelt mehrmals und Papa antwortet kurz angebunden. Mein Handy vibriert auch ein paar Mal, aber ich gehe nicht ran. Langsam gleite ich durch die Stunden des Sonntags, bis meine Blase so voll ist, dass ich aufstehen muss, ob ich will oder nicht. Vorsichtig drehe ich den Kopf zur Seite und schaue auf die Uhr. 17:48.

Der hämmernde Kopfschmerz ist zu einem dumpfen Mahlen geworden. Ich *muss* aufstehen. Ob ich es unbemerkt zum Klo und zurück schaffe?

Nein, natürlich nicht. Ich bin gerade auf dem Flur, als Mama aus der Küche kommt.

»Sieh an, aus dem Dornröschenschlaf erwacht?«, sagt sie spitz.

Ich verschwinde wortlos im Bad und schließe hinter mir ab, pinkele und wasche mein Gesicht, trinke Wasser, fahre mir mit der Bürste durchs Haar und stelle mich meinem rot unterlaufenen Blick im Spiegel. Ich tue alles, um Zeit zu schinden. Aber nach einer Weile klopft Papa an die Tür.

»Vendela? Alles in Ordnung bei dir?«

»Hm.«

»Kommst du bitte raus! Du hast uns eine Menge zu erklären.«

Eine Minute später sitze ich im Wohnzimmer auf dem Sofa. Mama läuft im Zimmer auf und ab und Papa sitzt mir auf einem Stuhl gegenüber. Warum ausgerechnet auf einem Stuhl, wir haben zwei Sessel und einen Fußhocker, auf denen er sitzen könnte. Und mehr als das halbe Sofa. Oder hat er Angst, sich bei mir anzustecken? Ich weiß, dass ich kein Recht habe, sauer zu sein. Aber ich bin sauer. »Hallo, ich bin's, Vendela, erkennt ihr mich nicht wieder? Ich bin kein Einbrecher, den ihr auf frischer Tat ertappt habt. Ich bin's, eure Tochter!«, würde ich am liebsten rufen.

»Vielleicht bin ich ja hoffnungslos naiv, Vendela, aber ich habe mich auf dich verlassen«, sagt Papa. »Ich hätte nie gedacht, dass so etwas jemals passieren könnte. Ich habe nicht damit gerechnet, dass ich dich einmal die halbe Nacht suchen und betrunken bei fremden Leuten abholen muss. Verstehst du?«

Ich nicke. Ich verstehe. Ich bin nicht die, für die sie mich immer gehalten haben. Ich bin ein Bluff. Eine lebende Lüge.

»Wie konntest du nur?«, sagt Mama aufgebracht. »Wie konntest du uns anlügen und einfach zu dieser Orgie bei wildfremden Leuten fahren? Wie kann man nur so unsäglich dumm sein? Dir hätte sonst was passieren können! Die hätten dir Drogen unterjubeln, dich vergewaltigen, dich umbringen können! Und wie viel hast du eigentlich getrunken? Man kann an Alkoholvergiftung sterben, Vendela! So sind schon viele Jugendliche gestorben! Wo hast du deinen Kopf gehabt? Oder ist dir das alles scheißegal? Sind wir dir egal? Sag schon, sind wir dir so egal? Kannst du dir vorstellen, was wir für eine Nacht gehabt haben?«

Ich muss nicht antworten, Mama lässt gar keinen Raum für Antworten. Erst als Papa eine beruhigende Geste in ihre Richtung schickt und sie nach Luft schnappt, bricht der Wortstrom ab.

Woher wissen sie überhaupt, dass ich nicht mit Drogen vollgepumpt oder vergewaltigt worden bin? Für den Bruchteil einer Sekunde schießt mir der Gedanke durch den Kopf, dass ich ja sagen könnte, ich hätte nur Cola getrunken und dass mir jemand was ins Glas gemischt haben muss, aber es bleibt bei dem Gedankenblitz. Das würde alles noch viel schlimmer machen.

»Hast du uns nichts zu sagen?«, fragt Papa. »Gar nichts?«

»Woher … wusstet ihr, wo ich war?«, murmele ich heiser.

»Ich habe acht Leute mit dem Nachnamen Nordh angerufen«, sagt Papa. »Um zwei Uhr nachts! Aber keiner von denen kannte eine Silja. Da hab ich Tonjas Eltern geweckt und mit ihrer Unterstützung die Telefonnummer von Siljas Pflegeeltern rausgefunden, die Sundström heißen. Aber Sundströms wussten auch von nichts, wie sich zeigte! Also habe ich noch mal Tonjas Vater angerufen, damit er Tonja weckt, und sie hat dann von dem Fest erzählt, zu dem du sie mitnehmen wolltest. Und morgens ist es mir dann gelungen, Anwalt Ernerius und seine Frau aus den Federn zu klingeln. Sie haben seelenruhig geschlafen und sich anscheinend nicht gewundert, dass ihr Sohn nicht nach Hause gekommen ist!«

»Weil das Fest bei seinem Cousin war.«

»Und diesen Cousin werde ich mir vorknöpfen, sobald ich mich wieder etwas beruhigt habe!«, sagt Papa. »Es ist ein ernsthaftes Vergehen, Jugendlichen Alkohol zu trinken zu geben! Aber sein unverantwortliches Benehmen schmälert dein Verhalten nicht im Geringsten, Vendela! Wie konntest du nur? Was hast du dir dabei gedacht?«

»An uns hast du jedenfalls nicht gedacht!«, platzt Mama heraus. »Als ob wir so nicht schon genug Sorgen hätten. Glaubst du, wir wollen auch noch das einzige Kind verlieren, das uns geblieben ist?«

Ich wusste, dass das kommen würde. Darum geht es schließlich die ganze Zeit. Das ist es, worum sich alles dreht.

»Wisst ihr eigentlich, wie es mir damit geht?«, frage ich und merke, wie mir die Tränen kommen. »Glaubt ihr, für mich wäre es immer nur einfach? Tut mir schrecklich leid, dass nur ich euch geblieben bin, und entschuldigt bitte, dass ich überlebt habe! Darf ich deswegen keinen Spaß mehr haben oder spannende Dinge unternehmen, bin ich für den Rest meines Lebens immer nur die, die übrig geblieben ist? Darf ich nichts anderes mehr tun, als noch am Leben zu sein? Für euch am Leben zu sein?«

Sie sehen mich ein paar ewigkeitslange Sekunden an, und zwischen uns schiebt sich ein Schweigen, ein Abstand, ein klaffender, offener Abgrund.

»Aber Vendela …«, sagt Papa schließlich.

»Ihr denkt immer nur an euch!«, würge ich heraus, jetzt ist kein Halten mehr. »Ihr geht herum in eurer verdammten heiligen Trauer, aber ich bin auch noch da, ich lebe auch in dieser Trauer, und ich bin ein Mensch, der noch einen Haufen Leben vor sich hat!«

»Du weißt nicht, wie das ist«, sagt Mama.

»Und ob ich das weiß!«, schreie ich. »Ganz genau weiß ich das! Wie es sich anfühlt, wenn jemand gestorben ist! Wenn jemand einem fehlt! Das ist das Einzige, was ich vom Leben weiß, wie es ist, wenn jemand tot ist!«

»Du warst doch noch so klein«, sagt Mama. »Wie glaubst du wohl, ist es für eine Mutter, ihren kleinen Sohn zu verlieren? Das kannst du nicht verstehen, Vendela, bilde dir das nicht ein!«

»Nein, vielleicht kann ich das nicht! Aber ich will nach vorne schauen! Man muss doch irgendwie weiterleben!«

Das tut so weh. Die scharfen Krallen kratzen mich von innen auf bis aufs Blut. Sehen sie denn nicht, dass ich blute? Muss das hier sein?

Mama macht ein paar Schritte, dann geht sie auf mich zu und sieht mich mit weit aufgerissenen Augen an.

»Es geht nicht«, sagt sie, und ihre Stimme klingt, als hätte sie ihre Stimmbänder kaputt gebrüllt. »Es geht nicht, was die Leute sagen, das ist alles Schwachsinn, es *geht* nicht! Ich bin nicht mehr ich, Vendela. Ich bin nur noch die Frau, die ihr Kind verloren hat! Egal, wo ich hingehe, wem ich begegne, bin ich immer nur die, deren Kind plötzlich zusammengebrochen und gestorben ist! Keiner sieht mich mehr ganz gewöhnlich an, niemand redet mehr mit mir, ohne vorher zu überlegen, was er sagen kann, darf, soll. Man behandelt mich nicht mehr wie einen normalen Menschen!«

Papa steht auf und will sie in den Arm nehmen, aber sie stößt ihn weg.

»Livia«, sagt er, »es gibt genügend Leute, die nichts davon wissen. Ich habe dir schon so oft gesagt, dass du irgendwas Neues anfangen solltest, einen Kurs oder …«

»Du hast doch auch nichts verstanden!«, fährt Mama ihn an. »Nerv mich nicht mit Aquarellseminaren und solchem Scheiß! Was soll ich da? Was ändert das? Menschen zu begegnen, die es nicht wissen, ist fast noch schlimmer! Da komm ich mir heuchlerisch vor, als ob ich eine Rolle spiele, immer in der Angst, irgendwann entlarvt zu werden!«

»Aber …«, setzt Papa an, doch Mama fällt ihm ins Wort.

»Ich kann mich über nichts mehr freuen«, sagt sie, »weil ich bei jedem Lachen ein schlechtes Gewissen habe, weil ich weiß, dass es eigentlich nichts mehr für mich zu lachen gibt! Und es wird nicht besser, wenn du die ganze Zeit um mich kreist und mich mitleidig anguckst!«

Ich sitze still und reglos auf dem Sofa und starre meine

Eltern an. Es ist, als wäre ich gar nicht mehr im Raum. So habe ich sie noch nie miteinander reden hören. So offen und unüberwindbar hat der Dämon Schmerz noch nie zwischen uns gestanden.

»Und was bitte soll ich machen?«, fragt Papa verzweifelt. »Ich habe doch alles für dich getan! Ich habe versucht, für dich da zu sein, Tag und Nacht, dich zu stützen, aber ich kann dir Anton nicht zurückbringen! Es dreht sich alles immer nur um *deine* Trauer! Glaubst du denn, dass ich nicht trauere? Glaubst du, das würde mich nicht jede Stunde, jeden Tag und jede Nacht begleiten? Anton war auch mein Kind! Aber immer dreht sich alles nur um dich, Livia! Immer nur um dich!«

Jetzt hat er auch Tränen in den Augen. Mama weint bereits. Ich kann nicht mehr, halte das nicht länger aus. Ganz langsam stehe ich vom Sofa auf und gehe zur Tür. Ich rechne damit, dass sie mich zurückhalten, aber das tun sie nicht. Ich schaffe es bis in mein Zimmer, zurück in mein Bett, erst dann kommt Papa hinter mir her. Er setzt sich auf meine Bettkante, fasst mich an den Schultern, zieht mich hoch und nimmt mich in die Arme, drückt mich an sich, ganz fest. Ich bohre mein Gesicht in seine Halsbeuge, und er duftet nach Papa, warm und weich, obwohl seine Arme ganz fest um meinen Rücken geschlungen sind.

»Geliebte Vendela«, murmelt er. »Das ist unverzeihlich. Wir lieben dich so sehr, so sehr, mein kleiner Schatz …«

Ich nicke. Und befreie mich vorsichtig aus seiner Umarmung.

»Ich weiß«, flüstere ich. »Eigentlich weiß ich das. Geh wieder zu Mama.«

Er nickt auch, streichelt mir vorsichtig übers Haar und lächelt müde.

»Wie kann man so jung und dumm und so erwachsen und klug zugleich sein?«, fragt er. »Ruh dich aus. Wir sind da.«

Papa steht auf und lässt mich allein. Ich stelle leise *The Cardigans* an, strecke mich aus und schließe die Augen. Und mich überfällt eine enorme Müdigkeit, aber ich bin sicher, dass ich nie wieder schlafen kann. Ist morgen wirklich Schule, ein ganz gewöhnlicher Montag, einer von vielen, die noch kommen werden? Das kann ich mir im Augenblick absolut nicht vorstellen. Im Moment sitze ich vor einem großen Scherbenhaufen.

Sick, tired and sleepless

In dem Lied geht es zwar um was ganz anderes, aber die Worte passen trotzdem gut, treffen voll ins Schwarze.

Symptoms are so deep
something here's so wrong
nothing is complete
nowhere to belong

Mag sein, dass dies ein gewöhnlicher Montag neben anderen gewöhnlichen Montagen ist.

Alle stehen auf wie gewohnt, ziehen sich an, begeben sich zur Schule oder Arbeit, alle meine Mitschüler kommen gähnend und verschlafen zur ersten Stunde, wie gewohnt. Nur ich bin nicht die Gewohnte, so jedenfalls fühlt es sich an. Als wäre ich mit dem falschen Drehbuch auf die Bühne geschubst worden. Ich glaube, ich habe die Rolle schon mal gespielt, aber ich habe meinen Text komplett vergessen, weiß nicht mehr, worum es geht. Ich kann nicht so tun, als ob nichts gewesen wäre, ich bin entlarvt. Ich bin nicht die, für die alle mich gehalten haben. Vielleicht nicht einmal ich selbst. Aber wer bin ich dann?

Als ich durch den grauen Nebel radele, bin ich mir nicht sicher, ob Tonja wie üblich an der Kreuzung auf mich wartet. Und wenn sie nicht da ist, weiß ich nicht, ob ich auf sie warten soll. Das letzte Stück bis zur Kreuzung lege ich in Zeitlupe zurück. Möchte ich, dass sie dort ist, oder nicht? Nicht einmal das kann ich sagen.

Sie ist nicht da. Ich sehe mich unsicher um, aber es ist schon so spät, dass ich nach einer halben Minute weiterfahre. Mein Herz hämmert, als ich mein Fahrrad in dem Ständer vor dem Schulhof abstelle. Tonjas rosa Rad steht schon dort. Neben Lukas' blauem Moped. Die Ahornblätter rascheln leise und unheilschwanger über meinem Kopf, aber ich rücke die Schultasche zurecht und gehe auf das backsteinrote Schulgebäude zu. Ich habe nicht wirklich eine Wahl. Ich muss da rein.

Alles ist so überdeutlich. Als wären die Konturen mit einem extra schwarzen Filzstift nachgezogen worden. Die herumschwirrenden Schüler, das Stimmengewirr und die Rufe, die Schließfächer und die grauen Bodenfliesen.

Line sitzt auf einer Bank. Ich grüße sie und sie schaut verdutzt hoch. Ein Stück von uns entfernt, neben Lukas' Schließfach, steht Tonja. Lukas ist auch da. Ich gehe zuerst zu meinem Schließfach, öffne es, hänge Tasche und Jacke auf, nehme meine Schwedischmappe heraus und schließe wieder ab. Dabei suche ich verzweifelt nach einer Erklärung, die Tonja sicher von mir erwartet, aber mir fällt nichts ein.

Da bleibt jemand neben mir stehen. Ein paar Skaterschuhe. Das darf nicht wahr sein! Mit einem flirrenden Unwirklichkeitsgefühl im Körper stecke ich den Schlüssel in die Tasche, hebe den Kopf und schaue in Svens blaue Augen. Er lächelt und wirft die Haare aus der Stirn.

»Hi. Wo warst du plötzlich?«

»Ich … Mein Vater ist da aufgeschlagen und …«

Ich sollte mich nicht umsehen, aber ich kann es mir nicht verkneifen. Wie viele Leute sehen, dass Sven sich gerade mit mir unterhält? Tonja? Ich weiß, es ist total bescheuert, jetzt daran zu denken, kindisch, aber ich kann nichts daran machen. Und wo sind Emelie und Lovisa?

Sven nickt.

»Meine Eltern haben erzählt, dass er ziemlich früh bei uns angerufen hat.«

»Tut mir leid.«

»Da kannst du doch nichts dafür.«

Er sieht die Mappe in meiner Hand. »Bist du fertig?«

Ich nicke und in der Fortsetzung des Traums, in dem ich offenbar gelandet bin, spazieren wir nebeneinander an Tonja und Lukas und etlichen anderen vorbei die Treppe hinauf. Sven redet weiter, als wäre es das Selbstverständlichste auf der Welt, dass er und ich zusammen in die Klasse gehen.

»Sigge hat erzählt, dass Silja mit Emil abgezogen ist!«, sagt er leise. »Kannst du dir das vorstellen? Was, glaubst du, haben die gemacht?«

»Ich weiß jedenfalls, was sie gern gemacht hätte«, sage ich und muss kichern.

Svens Augen strahlen mich an. »Die ist doch nicht ganz bei Trost!«

»Nein«, sage ich lächelnd. »Und du offenbar auch nicht. Das kann nicht gut für dein ›Image‹ sein, mit mir durch die Schule zu spazieren.«

Er lacht. »Quatsch!«

Dann legt er plötzlich den Arm um meine Schulter. »Ganz davon abgesehen, kann es nicht schaden, wenn Nils bewusst wird, was er verpasst, oder? Außerdem bin ich gerne mit dir zusammen.«

Sein Arm brennt auf meinen Schultern, schwer und deutlich schickt er vibrierende Hitzewellen durch meinen Körper. Er lässt ihn dort liegen, bis wir vor der Tür zur Klasse stehen, wo die Hälfte unserer Mitschüler uns mit ungläubigen Gesichtern anstarrt. So etwas passiert nicht im wirklichen Leben, denke ich. Gleich hinter uns kommt Leo. Er nickt mir kurz und möglicherweise einen Hauch verdutzt zu, schließt sich uns aber an, ohne zu fragen. Als Emelie, Lovisa und Clara durch den Flur auf uns zukommen, setzt mein Herz vor Schreck aus. Jeder von uns hat Emelie gegenüber wahrscheinlich seine persönliche Strategie. Einige würden sonst was dafür tun, ihre Aufmerksamkeit auf sich zu lenken. Ich habe immer alles dafür getan, ihren Blick möglichst nicht auf mich zu ziehen. Weil ich davon ausgehe, dass nichts Positives dabei für mich rausspringt. Und jetzt stehe ich hier und Emelie fixiert mich mehrere Sekunden mit ihren schwarz umränderten Augen. Was hat das zu bedeuten? Bin ich die nächste Kandidatin, die vom Rektor aus der Klasse geholt wird? Angeklagt für irgendein anderes Vergehen?

Da kommen Tonja, Lukas und Nils und direkt hinter ihnen Britt mit dem Schlüsselbund. Das erspart mir für den Moment eine Erklärung. Britt hat gerade die Tür aufgeschlossen, als Silja atemlos und zerzaust um die Ecke biegt und uns breit anlächelt.

»Morgen!«, keucht sie. »Ich hätte nicht gedacht, dass ich das noch schaffe. Mein Wecker hat heute Morgen nicht geklingelt! Das war echt der Hammer am Samstag!«

Sven lächelt mich an.

»Die meiste Zeit jedenfalls«, sagt er und ich nicke zustimmend.

In der Klasse sitze ich wie gewohnt neben Tonja. Sie starrt zuerst geradeaus, aber bevor sich der Lärm gelegt hat und der Unterricht beginnt, dreht sie den Kopf zur Seite und sieht mich an.

»Und?«, sagt sie. »Bist du jetzt mit Sven zusammen, oder was?«

Ich schüttele den Kopf. »Nein, wir sind nur Freunde.«

Das hört sich so bescheuert an, wie es ist; das Wort »nur« passt zu überhaupt nichts, was mit Sven zu tun hat, aber ich weiß einfach nicht, was ich sagen soll. Es ist so viel passiert am letzten Wochenende, dass ich es selber kaum fassen, geschweige denn Tonja erklären kann. Sie sieht mich ein paar Sekunden schweigend an, dann wendet sie den Blick hastig nach vorn. In diesem Augenblick kommt es mir schier unmöglich vor, jemals wieder an sie heranzukommen.

Britt erzählt etwas von einer Videoübung. Unser nächstes Referat sollen wir vor laufender Kamera halten und uns hinterher die Aufnahme ansehen und überlegen, was wir verbessern können. Ich finde es schrecklich, mich auf Video zu sehen. Ich gucke zu Nils, der wie gewohnt schräg vor mir sitzt. Hat er mich mit Sven gesehen? Er ist ja ziemlich spät gekommen. Aber selbst, wenn er uns nicht gesehen hat, gehört hat er bestimmt was. An dem Tag, als Silja mit Sven abgezogen ist, hat die Neuigkeit wie der Blitz die Runde gemacht. Ich bilde mir natürlich nicht ein, auch nur annähernd so interessant zu sein wie Silja, aber immerhin hat er seinen Arm um meine Schulter gelegt. Interessiert Nils das überhaupt? Oder hat er erleichtert aufgeatmet?

Ich schaue wieder unsicher zu Tonja. Die Prinzessin der hundert Lächeln lächelt nicht einmal ansatzweise, ihr Blick ist stur auf Britt gerichtet. Wenn sich etwas so einfach zwischen uns schieben kann, wenn unsere Freundschaft nicht mal einen Fehltritt wie den meinen aushält, was ist das dann für eine Freundschaft? Hat Silja vielleicht doch recht? Bin ich nur Tonjas treudoofes Anhängsel?

Quatsch, natürlich nicht. Oder doch?

Und was soll ich jetzt tun? Mich entschuldigen, was sonst. Das wäre nun wirklich mal ein Grund, mich zu entschuldigen. Ich habe Tonja angelogen. Wäre es anders, wenn ich offen mit ihr geredet hätte? Wenn ich ihr ehrlich gesagt hätte, dass ich zu dem Fest gehe, obwohl sie dagegen war und selber nicht hinwollte? Wäre sie jetzt weniger sauer auf mich? Ich bin mir nicht sicher. Aber wissen würde ich es schon gern.

Während Britt Beurteilungsbögen für unsere Aufsätze zur »Nachhaltigen Entwicklung« verteilt, riskiere ich, dabei erwischt zu werden, wie ich einen Brief an Tonja schreibe.

Entschuldige, dass ich dich angelogen habe. Ich wollte so schrecklich gerne zu der Fete. Hätte es was geändert, wenn ich dir am Samstag gesagt hätte, dass ich auf alle Fälle gehe?

Tonja liest den Zettel, schreibt mit großen Buchstaben NEIN darauf und legt ihn zurück auf meinen Tisch.

Okay.

Jetzt weiß ich es wenigstens.

Ich versuche, nicht daran zu denken. Was soll ich machen, wenn Tonja wirklich nichts mehr von mir wissen will? Wenn ich akzeptieren muss, dass sie und ich nicht mehr zusammengehören? Kann ich noch hier auf meinem Platz sitzen wie immer? Keine Ahnung. Aber ich will es auch gar nicht wissen. Ich will nicht darüber nachdenken.

Einen Moment überlege ich, einen neuen Brief zu schreiben, dass mir wirklich leid tut, was passiert ist, aber dann lasse ich es. Ich habe mich schon bei ihr entschuldigt. Warum soll immer ich angekrochen kommen, wenn wir uns gestritten haben? Nicht, dass wir uns oft gestritten hätten, aber hin und wieder kam das im Laufe der Jahre schon vor. Und jedes Mal war ich diejenige, die angekrochen kam, bis Tonja mich in Gnaden wieder aufgenommen hat. Immer habe ich als Erste klein beigegeben, weil ich es nicht ohne Tonja aushalte.

Tut mir leid, Tonja, dass ich nicht so perfekt bin wie du! Tut mir leid, dass ich Fehler mache. Gewöhnliche Menschen machen Fehler. Du natürlich nicht. Nicht die unfehlbare, großartige, gerechte und verständige Tonja Källberg.

Britt hat eine untrügliche Nase für Tagträumer. Sie entdeckt jeden in Gedanken versunkenen Schüler sofort und schießt eine Frage auf ihn ab. Aber heute habe ich mehr Glück, als ich verdiene, denn plötzlich ist die Stunde vorbei, von der ich nur sehr vage etwas mitbekommen habe.

Silja holt mich auf dem Flur ein. Mit ihr durch die Schule zu laufen ist wahrscheinlich so gesund wie ein Sonntagsspaziergang über ein Minenfeld, aber ich freue mich trotzdem. Ich begleite sie zu ihrem Schließfach und warte dort, bis Tonja ihre Unterlagen verstaut hat und wieder weg ist, bevor ich zu meinem Fach gehe. Als ich mich umdrehe, steht Silja mit Sven und Leo vor mir. Sind wir jetzt das neue Quartett? Geht das so schnell?

Wir sind auf dem Weg zur nächsten Unterrichtsstunde, als Lovisas Stimme hinter uns ertönt.

»Da kommt ja unser kleines, todesmutiges Rettungsboot!«, sagt sie höhnisch.

Offenbar war Line auch gerade auf dem Weg in die Klasse, wie immer in Siljas Nähe, aber jetzt haben Lovisa, Emelie und Clara sich in einer Reihe zwischen sie und uns geschoben. Line steht abwartend da, ohne etwas zu sagen. Lovisa, Emelie und Clara haben uns ihre Rücken zugewandt. Ich werfe Silja einen nervösen Blick zu und wünsche mich ganz weit weg. Jetzt muss Line offenbar dafür büßen, dass sie letzten Freitag das Komplott gegen Silja vereitelt hat.

Clara und Lovisa gehen zu Line, während Emelie stehen bleibt und zusieht, wie Clara Line die Bücher aus der Hand schnappt.

»Die brauchst du doch nicht«, sagt sie. »Du bist auch so schon schlau genug.«

Line weicht ein paar Schritt nach hinten aus, aber Lovisa folgt ihr und nimmt ihr das blaue Federmäppchen weg, lässt es auf den Boden fallen und stellt den Fuß drauf.

»Und das hier auch nicht, oder?«, sagt sie und verlagert ihr Gewicht, dreht die Ferse hin und her, bis es unter der Sohle knirscht und knackt.

Da stürmt Silja los und schubst Lovisa gegen den Brustkorb.

»Verdammt, was soll das, ihr hirntoten Landeier!«, sagt sie wutentbrannt.

Lovisa taumelt rückwärts gegen die Schrankreihe der Siebtklässler, gewinnt aber die Balance wieder. Emelie stellt sich vor Silja und sieht ihr tief in die Augen.

»Das war sehr unklug von dir«, sagt sie. »Sehr unklug. Misch dich nicht in Dinge ein, die dich nichts angehen. Um dich kümmern wir uns auch noch, keine Sorge!«

Silja ballt die Hände zu Fäusten, und einen Augenblick sieht es so aus, als wollte sie zuschlagen, aber Sven kommt ihr zuvor.

»Beruhigt euch, Mädels!«, sagt er.

Jetzt richtet Emelie ihren schwarz umrahmten Blick auf ihn. »Sorry, Hübscher, aber in diesem Rennen hast du aufs falsche Pferd gesetzt. So kann's gehen, wenn man mit dem Schwanz denkt.«

»Hör schon auf, Em!« Sven lacht. »Silja ist in Ordnung. Lass sie in Ruhe.«

Er scheint wirklich zu glauben, dass man Emelie mit Worten zur Vernunft bringen kann. Dass er die Macht hat, ihr zu sagen, was sie tun oder lassen soll. Wäre ich nicht vor Schreck wie gelähmt, fände ich das Ganze äußerst faszinierend. An Selbstbewusstsein mangelt es Sven zwar nicht, aber er hat nicht Emelies scharfe Zunge. Sie macht einen Schritt auf ihn zu, bis sie ganz dicht vor ihm steht, und sieht ihm ins Gesicht, als ob sie ihn küssen wollte.

»Silja wird noch bereuen, dass sie geboren wurde«, sagt sie mit samtweicher Stimme. »Wenn ich mit ihr fertig bin, wird sie in die Gebärmutter ihrer toten Mutter zurückkriechen wollen. Und wer weiß, vielleicht willst du sie ja begleiten?«

Damit macht sie auf dem Absatz kehrt und tritt ab. Lovisa schaut von Sven zu Line, zieht eine enttäuschte Grimasse und folgt Emelie zu den Schränken. Clara beeilt sich, den Anschluss nicht zu verlieren. Lina bückt sich und hebt ihr Federmäppchen auf.

»Was für Schlampen«, faucht Silja, den Blick auf die drei Rücken geheftet.

»Komm«, sage ich. »Wir brauchen nicht noch mehr Probleme.«

In der Mittagspause sitze ich mit Sven, Leo und Silja an einem Tisch. Sie beziehen mich immer wieder in ihr Gespräch ein. Zwischendurch vergesse ich fast, wie absurd es ist, dass ich hier zusammen mit ihnen sitze, aber die meiste Zeit ist mir das nur allzu bewusst. Ich sehe Sven und Leo an, registriere, dass alle, die eine Position an dieser Schule haben, die beiden grüßen, wenn sie an dem Tisch vorbeigehen, wie die Mädchen aus der Siebten Sven heimlich beobachten. Und ich registriere die fragenden Blicke etlicher Schüler aus der Neunten. Was hat die denn da zu suchen? Ich weiß es ja selbst kaum.

Ein paar Meter hinter mir an einem andern Tisch sitzen Lukas, Nils und Tonja. Der vierte Stuhl am Tisch ist leer, und ich bin froh, dass ich mit dem Rücken zu ihnen sitze, damit ich nicht die ganze Zeit den leeren Platz vor Augen habe und mich fragen muss, worüber sie wohl reden. Lästert Tonja über mich? Als ob Silja meine Gedanken liest, nickt sie unauffällig in Tonjas Richtung.

»Ist sie sauer?«, fragt sie.

Ich nicke. »Ich hab sie angelogen und bin zu der Fete gegangen, ohne dass sie es wusste.«

»Sie wollte doch nicht mit.«

»Stimmt, aber sie hat nicht damit gerechnet, dass ich trotzdem gehe.«

Silja schnauft. »Albern. Lass sie schmollen. Das geht auch vorüber.«

»Da bin ich mir nicht so sicher.«

Sie sieht mich forschend an mit ihren grauen Augen.

»Bist du traurig?«, fragt sie.

Ich ziehe die Schultern hoch und weiche ihrem Blick aus. Es kommt mir falsch vor, mit jemand anderem über Tonjas und meine Beziehung zu reden.

Nach dem Essen sitzen wir auf einer Bank in der Spätsommersonne. Es bläst ziemlich kalt über den asphaltierten Streifen zwischen den Gebäuden und Leo zieht seine blassen Arme in das ausgewaschene AC/DC-Shirt. Der braun gebrannte Sven mit seinen eher hellen Klamotten und Leo mit seiner durchsichtigen Blässe und dem immer schwarzen Outfit sind wirklich ein ungleiches Paar. Wo hat Leo sich wohl vor dem sonnigen Sommer verkrochen?

Es sind noch zwanzig Minuten bis zur nächsten Stunde, als wir uns auf den Weg machen. Aus dem Musiksaal sind Geigenklänge zu hören. Eine Polka. Silja bleibt stehen und lauscht.

»Das ist Ingela«, kläre ich sie auf. »Sie übt immer, wenn der Raum frei ist.«

»Oh«, sagt Silja beeindruckt. »Sie ist ja richtig gut! Können wir da rein?«

»In den Musiksaal? Das … ich denke schon.«

Ich werfe Sven einen fragenden Blick zu, der mit den Schultern zuckt.

»Klar«, sagt er. »Wir kommen mit.«

Er sieht mich amüsiert an, und ich denke, dass es ihm wahrscheinlich Spaß macht, mich verwirrt zu sehen, weil er sich plötzlich von einer ganz anderen Seite zeigt als der, die ich bisher kannte. Oder ich habe ihn vorher einfach falsch eingeschätzt. Vor einer Woche hätte er mich noch nicht mal gegrüßt, wenn wir uns in der Stadt über den Weg gelaufen wären. Das kann ich mir jetzt gar nicht mehr vorstellen.

Ich weiß, dass ich mich für einiges, was mit dem Fest am Samstag zu tun hat, schämen sollte, aber an manche Sachen denke ich trotzdem mit einem kribbeligen Glücksflattern im Bauch. Die Technomusik, mein im Rhythmus pulsierender Körper, mit welcher Begeisterung er getanzt und wie er mich mit seinen blauen Augen angestrahlt hat. Seine warme Hand, mit der er mich durch das Gedränge manövriert hat. Und selbst bei den Erinnerungen, die mir innerlich die Schamesröte ins Gesicht treiben, gibt es Momente, die ich nicht missen möchte. Zum Beispiel, als ich, peinlich, peinlich, auf allen vieren im Sand hocke und meinen Mageninhalt von mir gebe und denke, jetzt verdrückt er sich angeekelt, und er kurz darauf mit einem Handtuch zurückkommt, um mir zu helfen. Das hätte ich ihm niemals zugetraut. Wirklich nicht.

Und wir haben sogar zusammen in einem Bett gelegen. Unter widrigen Umständen und einer unappetitlichen Dunstglocke aus Alkohol und Kotze, aber immerhin. Da war auch Nähe und Wärme.

Aber im Grunde genommen weiß ich herzlich wenig über Sven, bis auf eins. Bis jetzt dachte ich, Sven würde sich und sein cooles Image todernst nehmen, auch dass er nichts tun würde, was seinen Ruf ankratzen könnte, so wie Emelie nicht im Traum daran denken würde, Line ihren Lippgloss zu leihen. Aber so ist er nicht, das weiß ich jetzt. Für Sven scheint das Ganze ein Spiel zu sein. Vielleicht verstehen er und Silja sich deshalb so gut. Vielleicht hat sie ihm gezeigt, dass noch mehr aus dem Spiel herauszuholen ist, als er bisher dachte, dass man sich fast alles erlauben kann. Die beiden passen wirklich gut zusammen. Silja und Sven. Äußerlich und innerlich.

Ich schiele unauffällig zu ihnen rüber, als wir durch die Glastüren gehen und in den ersten Flur rechts abbiegen, in dem der Musiksaal liegt. Wenn Sven und Silja zusammenkommen und ich mit Silja befreundet bin, gehöre ich indirekt ja auch dazu. Das würde mir gefallen, zu seinem Freundeskreis zu zählen.

Jetzt ist die Volksmusik deutlich zu hören, trotz geschlossener Doppeltür. Ich drücke die Türklinke runter und ziehe die Tür vorsichtig auf. Silja guckt über meine Schulter, ehe wir alle hineinschlüpfen.

Der Musiksaal ist ansteigend und hat halbrund angeordnete Stuhlreihen mit Klappsitzen. Ingela steht an der vorderen Kante des halbkreisförmigen Podiums und spielt konzentriert auf ihrer Geige. Sie bemerkt uns erst, als Leo beim Hinsetzen aus Versehen den Sitz neben sich hochklappen lässt. Sie bricht mitten im Takt ab und sieht uns verwundert an, der Bogen liegt noch immer auf den Saiten. Die Sonne scheint durch die hohen Fenster und bringt ihr widerborstiges Haar zum Leuchten, das wie immer in alle Richtungen absteht. Ich bin mir nicht ganz sicher, ob es nicht zu bändigen ist oder ob Ingela sich einfach nicht darum schert.

»Ist es okay, wenn wir zuhören?«, frage ich.

»Ja, klar …«, sagt Ingela verdutzt. »Aber ich übe nur.«

Sie zögert ein paar Sekunden, dann spielt sie weiter. Als die Melodie verklungen ist, applaudieren wir. Ingela sieht verlegen und etwas nervös aus. Die Situation ist für sie genauso ungewohnt wie für uns.

»Schade, dass du nur so 'n Gedudel spielst«, sagt Leo. »Sonst könntest du in unserer Band mitspielen. Bei vielen Rocksongs passt Geige super.«

Ingela lächelt unsicher. Dann spielt sie das Intro von *The Final Countdown*. Sven klatscht begeistert und lacht und Leo springt vom Stuhl auf.

»Warte!«, ruft er und läuft nach vorne, stöpselt das Kabel von dem schwarzen Keyboard des Musiklehrers ein und spielt mit der rechten Hand das Intro mit, während er mit der linken den Ton justiert.

Dann spielt er plötzlich einen ganz anderen Rocksong. Ich kenne ihn, komme aber nicht drauf, wie er heißt. Ingela hört ein paar Sekunden zu, dann steigt sie problemlos ein. Leo erhöht das Tempo und grinst breit, als Ingela die Führung übernimmt und improvisiert, bis er wieder einsteigt. Ich sehe Silja an, sie ist genauso beeindruckt wie ich. Leo am Keyboard in seinem schwarzen T-Shirt mit den Lederarmbändern und den Nieten sieht total cool aus. Wie ein echter Rockstar. Als sie Minuten später aufhören zu spielen, schüttelt er sich das Haar aus dem Gesicht und sieht Ingela an, als sähe er sie zum ersten Mal.

»Du spielst verdammt gut!«, sagt er. »Aber warum spielst du nur Volksmusik?«

»Weil mir die besser gefällt«, antwortet Ingela aufrichtig. »Aber das hier macht auch Spaß. Es ist immer lustiger, mit anderen zusammen zu spielen.«

Sie wirft einen Blick auf die Uhr an der Wand.

»In fünf Minuten fängt Mathe an«, sagt sie und verstaut die Geige in dem schwarzen Futteral, das sie immer an einem breiten, bunten Gurt auf dem Rücken trägt.

Wir holen unsere Bücher und gehen zur Klasse. Leo und Sven bleiben unterwegs stehen und unterhalten sich mit ein paar Jungs aus der 9A. Silja und ich gehen weiter.

»So würde ich auch gerne spielen können«, sagt Silja neidisch. »Spielst du ein Instrument?«

Ich schüttele den Kopf. »Nö. Aber ich stell es mir auch toll vor.«

»Ja, oder? Das ist doch voll cool, wenn man seine Geige oder Gitarre auspackt und einfach loslegt. Hast du Ingelas Bogen gesehen, wie der über die Saiten gewischt und gehüpft ist, als wäre es das Einfachste auf der Welt? Wie ein Profi!«

»Ich glaube, sie spielt, seit sie vier ist«, sage ich.

»Cool.«

Ich sehe Silja von der Seite an. Ihre dunklen Haare hängen ihr wie ein lockiger Vorhang halb ins Gesicht und über den Hals, die Schultern und den Rücken. Die Nase ist leicht geschwungen und die Lippen sind füllig. Ihre Brüste wippen leicht beim Gehen, und die Nägel ihrer Finger, die das Mathebuch halten, sind rosa lackiert.

»Stimmt es, dass du das Fest mit Emil verlassen hast?«, frage ich.

Silja lächelt. »Ja. Wir sind zu ihm gegangen.«

Zum ihm nach Hause? Ich sehe sie an. Nimmt sie mich auf den Arm? Scheint nicht so.

»Ernsthaft?«, frage ich trotzdem.

Sie nickt. »Er hatte ziemlich viel getrunken. Aber er war trotzdem total süß.«

»Aber … Was habt ihr gemacht?«

Siljas Augen glitzern.

»Was glaubst du wohl?«, fragt sie amüsiert.

Ich wundere mich, dass mich das so plättet. Und geplättet bin ich, fast ein bisschen schockiert.

»Du bist ja verrückt«, sage ich.

»Warum? Findest du nicht, dass er saugut aussieht? Wie ein Hollywoodstar. Und er ist echt nett und süß. Warum also nicht?«

»Kriegt er keine Probleme, wenn das rauskommt?«

»Und warum sollte das rauskommen?«

»Jetzt zum Beispiel weiß ich es.«

»Und gehst du zum Rektor und erzählst es ihm?«

»Nein, natürlich nicht!«

»Na also.«

Aha. Na also. Komplizierter ist das offensichtlich nicht für Silja. Man tut, wozu man gerade Lust hat, was einem gerade in den Sinn kommt. Ich denke an Emil. Er ist noch kein fertiger Lehrer, aber er ist erwachsen. Ein ziemlich junger Erwachsener, klar, aber trotzdem.

»Und jetzt?«, frage ich. »Wollt ihr euch weiter treffen? Oder war das nur ein One-Night-Stand?«

Silja lacht.

»Das weiß ich nicht«, sagt sie. »Wir haben keinen Vertrag unterschrieben.«

Am Ende der Nachmittagspause merke ich plötzlich, dass ich mein Handy nicht dabeihabe. Ich gehe zurück durch den Flur und gucke in der Klasse nach, wo wir zuletzt Spanisch hatten, kann das Handy aber nicht finden. Ich hab es erst vor wenigen Monaten von Mama und Papa zum Geburtstag bekommen, ein recht teures Modell. Und jetzt muss ich ihnen womöglich beichten, dass ich es verloren habe.

Aber unmittelbar vor der letzten Stunde kommt Camilla zu mir.

»Ist das deins?«, fragt sie. »Ich hab es auf dem Boden im Schulflur gefunden.«

Ich sehe sie überrascht an und schließe die Finger mit einem erleichterten Seufzer um das Gerät. »Danke! In welchem Flur? Ich habe überall danach gesucht!«

Camillas Blick flackert unsicher. »Ähm … Vor der Spanischklasse, glaube ich.«

»Komisch«, sage ich. »Da hab ich auch nachgeguckt. Offenbar hab ich's übersehen. Tausend Dank!«

Ich bin so froh, dass Handy wiederzuhaben, dass ich eine kurze Versöhnungs-SMS an Tonja schicke, obwohl ich beschlossen habe, dieses Mal nicht zu Kreuze zu kriechen. Sie sitzt auf dem Platz neben mir und liest sie, antwortet aber nicht.

Das ist mies, nicht zu antworten.

Eins von Tonjas Mottos ist, lieber nichts zu sagen, wenn man nichts Positives zu sagen hat. Aber da bin ich nicht ihrer Meinung. Einfach zu schweigen ist gemein. Das ist herablassend. Als wäre man den Gedanken nicht wert.

Ich gebe Tonjas Nummer noch einmal ein und schreibe »Zicke!«, schicke es aber nicht ab. Ich gucke mir das Wort eine Weile auf dem Display an, ehe ich es lösche. Wenn ich so eine SMS abschicke, verspiele ich auch noch die letzte Chance auf Versöhnung.

Wenn es dafür nicht ohnehin zu spät ist.

Mama ist zu Hause, als ich in die Wohnung komme. Sie liegt unter dem karierten Plaid auf dem Sofa, den Unterarm über der Stirn. Ihr Hals sieht so weiß und zart aus und in der Luft hängen noch die Schatten der gestrigen Auseinandersetzung. So vieles, was unerwartet herausgekommen ist. Alle die Worte, die sich mit einem Mal gelöst haben und mit spitzen Flügeln im Raum herumgeflattert sind und alte und neue Wunden aufgerissen haben.

»Bist du krank?«, frage ich vorsichtig.

Sie hebt den Arm und sieht mich mit zusammengekniffenen Augen an. »Oh, hallo … nein, ich hab nur Kopfschmerzen. Bin etwas früher von der Arbeit nach Hause gegangen.«

»Das gestern … tut mir leid«, sage ich.

Mama zögert einen Moment.

»Wir haben wohl alle drei Dinge gesagt, die wir nicht so meinten«, sagte sie schließlich. »Das muss dir nicht leidtun. Entschuldige dich lieber für Samstag!«

»Entschuldigung.«

Sie seufzt. »Das tust du nie wieder, Vendela, hast du verstanden? Und wälz die Schuld nicht auf uns oder Anton oder wen auch immer ab.«

Ich nicke stumm.

»Wir sind verantwortlich für das, was wir tun, egal, was wir vorher erlebt oder durchgemacht haben«, sagt Mama.

»Ich finde es furchtbar, dass Menschen Morde begehen oder ihre Kinder schlagen und es dann auf eine schwere Kindheit schieben. Das kann *eine* Erklärung sein, aber absolut keine Entschuldigung.«

Sie setzt sich auf und schiebt ein paar Haarsträhnen aus dem Gesicht.

»Ich habe auch keine Entschuldigung dafür«, sagt sie, »dass ich eine schlechte Mutter für dich gewesen bin.«

Ich schüttele den Kopf. »Das warst du nicht.«

Mama drückt die Fingerspitzen an die Schläfen und schließt die Augen. Ich stehe in der Tür, betrachte sie und denke an das, was sie gestern gesagt hat, dass sie nie mehr etwas anderes sein kann als die Frau, die ein Kind verloren hat. Die personifizierte Trauer. Und ich begreife, dass sie das auch hier bei uns zu Hause ist, für mich und Papa. Natürlich gibt es einen Alltag, natürlich reden wir miteinander und streiten uns und lachen wie andere Familien auch, aber über Mama hängt immer der Schatten des Geschehenen, auch für uns lebt sie immer unter diesem Schatten. Wenn ich sie sehe, kriege ich ein schlechtes Gewissen, weil ich noch da bin. Ich empfinde es als meine Lebensaufgabe, sie glücklich zu machen, und ich glaube, Papa geht es ähnlich. Damit gehören wir auch zu denen, die sie eingrenzen und für immer in die Trauer sperren.

Aber trägt sie nicht selber auch ihren Teil dazu bei? Oder ist es ungerecht, so zu denken?

Sie öffnet die Augen, steht auf und legt die Decke zusammen.

»Magst du ein Brot?«, fragt sie.

»Ich mach mir selber was«, sage ich. »Bleib ruhig liegen.«

»Nein, nein, es ist schon wieder besser.«

Eigentlich habe ich keinen Hunger, aber ich esse trotzdem ein Käsebrot und trinke ein Glas Milch dazu, ehe ich in mein Zimmer gehe und den Computer anschalte. Die Sonne ist hinter Wolken verschwunden, es sieht aus, als wollte es jeden Moment anfangen zu regnen. Ich bin gerade am Suchen, was für Musik ich hören will, als mein Handy zwei kurze Pieptöne von sich gibt.

Hat Tonja sich beruhigt und will nun doch wieder Kontakt aufnehmen? Ich nehme das Handy und öffne die Mitteilung.

> Mir ist langweilig. Und außerdem hab ich noch ein paar Sachen, die dir gehören. Wo wohnst du? Darf ich vorbeikommen?/Sven

Die Zeit steht still, als ich auf das Display starre. Dann hebe ich den Blick und sehe mich um. Hierher? Zu mir? In mein Zimmer? Das Bett ist ungemacht, getragene Slips liegen auf dem Boden verstreut, im Regal stehen noch meine alten Kinderbücher … und sogar My Little Pony, rosa und mit gelber, zerrupfter Plastikmähne!

Und wie sehe ich aus? Ich muss Nein sagen. Alles andere wäre Wahnsinn. Aber Wahnsinn scheint ja gerade meine neue Charaktereigenschaft zu sein. Ich klicke auf Antworten und schreibe:

> Korngatan 28, dritter Stock. Aber ich muss noch was erledigen. In einer halben Stunde?

Ich lese die Mitteilung mehrmals durch. Wenn ich sie abschicke, kommt er hierher. Dann ist Sven in einer halben

Stunde in meinen vier Wänden. Unfassbar. Ich weiß nicht einmal genau, ob ich das eigentlich will. Bestimmt findet er mein Zimmer kindisch, hässlich, ungemütlich … Warum unternimmt er nichts mit Leo? Oder simst Silja, dass er sie in ihrem schwarz gestrichenen, supercoolen Zimmer besuchen will?

Vielleicht hat Silja aus irgendeinem Grund keine Zeit und Leo hat schon was anderes vor. Und da langweilt Sven sich so sehr, dass er mich fragt? Unmöglich. Er könnte jeden aus der Schule fragen. Warum also ausgerechnet mich? Ich denke schon wieder zu viel. Die Spezialistin für totale Gedankenverknotung meldet sich zum Dienst. So bin ich, ich denke zu viel und handele zu wenig.

Ich schicke die SMS ab und mache mich daran, das schlimmste Chaos in meinem Zimmer zu beseitigen, ein Teil landet auf dem Boden im Schrank. Dann ziehe ich die Decke auf dem Bett zurecht, meinen Pullover aus und einen Push-up an (was erwarte ich eigentlich?), dann das weiße Top, nein, das rote. Eine dünne Bluse darüber? Oder lieber ein langärmeliges Baumwollshirt? Hilfe, gleich ist die halbe Stunde rum! Warum habe ich eine halbe Stunde geschrieben? Die Tapeten sind wirklich hässlich, aber in zehn Minuten kann man nicht neu tapezieren, nicht dran denken. Wenn ich mich beeile, schaffe ich es vielleicht noch, mich ein wenig zu schminken. Also, im Schweinsgalopp ins Bad. Das wäre peinlich, ein Auge fertig, das andere nicht! Schminke abwechselnd links und rechts. Hoffentlich sagt Mama nichts Peinliches! Womöglich hält sie eine Moralpredigt über den Alkoholkonsum auf Festen! Ich muss dafür sorgen, dass ich vor ihr an der Tür bin!

Rotwangig und atemlos stehe ich hinter der Wohnungstür, als ich unten die Haustür höre. Schritte auf der Treppe. Warum nimmt er nicht den Fahrstuhl? Vielleicht ist das ja der Nachbar von oben. Der nimmt immer die Treppe, wegen der Bewegung. Ich beuge mich vor und gucke durch den Spion in das merkwürdig verzerrte und in die Breite gezogene Treppenhaus. Da kommt er. Es ist nicht der Nachbar von oben. Es ist Sven. Mit Mamas Jacke und der vermissten Sandale in der Hand.

Auch wenn das definitiv uncool ist, öffne ich die Tür, bevor er überhaupt geklingelt hat. Wahrscheinlich in der Hoffnung, ihn in mein Zimmer zu schmuggeln, ehe Mama merkt, dass jemand gekommen ist.

»Hallo«, sagt er lächelnd und hält mir den Schuh und die Jacke entgegen. »Schon vermisst?«

Dieses Lächeln löst einen akuten Blutdruckabfall und feuchte und kalte Handflächen aus. Aber immerhin bringe ich ein »Hallo« heraus und eine verständliche Beschreibung, in welcher Himmelsrichtung mein Zimmer liegt. Das heißt, ich nicke mit dem Kopf und stammele irgendetwas, in dem ein »da« und möglicherweise ein »dort« zu verstehen ist.

Und da steht er jetzt, genau da, wo ich ihn mir vor einer halben Stunde vergeblich versucht habe vorzustellen, leibhaftig. Als sein stahlblauer Blick durch mein Zimmer schweift, sehe ich, dass My Little Pony auf dem Regalbrett verräterische Spuren im Staub hinterlassen hat und dass ich einen Strumpf unter dem Schreibtisch übersehen habe.

»Gemütlich«, sagt er.

Ich kann keinen Hohn und keine Ironie aus seiner Stimme heraushören.

Dann sieht er mich an. »Und, waren deine Eltern sehr sauer?«

Ich muss mich anstrengen, Ordnung in die Worte in meinem Mund zu bekommen, sie in einer begreiflichen, logischen Reihenfolge zusammenzusetzen. »Nein, oder doch, oder … Sie haben sich Sorgen gemacht, als ich nicht nach Hause gekommen bin. Ja.«

Er nickt. »Kann man ja verstehen.«

»Darf ich dir was anbieten?«, frage ich und überlege hektisch, ob ich überhaupt was anzubieten habe und was er eventuell erwartet.

»Nö, ich hab grad gegessen. Es gab Woknudeln mit Garnelen und jeder Menge Knoblauch. Soll ich dich mal anhauchen? Falls du erkältet bist, bist du danach garantiert wieder gesund – wenn du's überlebst. Aber du magst ja Nils, da magst du vielleicht auch Knoblauchduft?«

Ich lache. »Zumindest habe ich nicht wirklich was dagegen.«

Sven setzt sich auf meinen Schreibtischstuhl und dreht ein paar Runden, ehe er anhält und mich ansieht. »Bist du sicher, dass er rafft, dass du ihn magst?«

»Ich glaube schon.«

»Du glaubst es?«

»Sonst wäre er wirklich dumm.«

»Okay …«

Er scheint darüber nachzudenken. Dann wischt er die blonden Haare aus dem Gesicht und sieht meinen Computer an. »Hast du irgendwelche netten Spiele?«

»Garantiert nichts für deinen Geschmack. Ich spiele nicht so viel.«

Mann, lahmer geht's wohl nicht! Warum habe ich nicht für Fälle wie diesen ein paar coole Reservespiele runtergeladen? Als Reserve für was? Dass Sven eines Tages bei mir klingelt und fragt, ob ich irgendwelche netten Spiele habe?

»Ich eigentlich auch nicht«, sagt er mitten in mein Gedankenwirrwarr. »Leo und ich spielen manchmal online.«

»An welchen Abenden tanzt du eigentlich?«, frage ich.

Er lächelt, als wäre er überrascht, dass ich mich daran erinnere. Bestimmt hätte er mir niemals davon erzählt, wenn er nüchtern gewesen wäre.

»Dienstags, in der alten Vegaschule. Street, Hip-Hop, Jazz, wir trainieren alles Mögliche. Das macht echt Spaß. Willst du mitmachen?«

Ich schüttele den Kopf. »Aber vielleicht kann ich ja mal zum Zugucken vorbeikommen?«

»Klar. Morgen? Dann können wir hinterher noch ins Miranda gehen.«

Ist das ein Date? Einfach so? Wow. Sven und ich zusammen im Miranda! Wer hängt da am Dienstagabend rum? Albern, jetzt daran zu denken.

»Klar, gerne.«

Da klopft es und Mama schiebt den Kopf zur Tür rein.

»Hab ich doch richtig gehört, dass jemand gekommen ist«, sagt sie. »Hallo.«

Ihre Überschwänglichkeit lässt nach, als ihr klar wird, wer mein Besuch ist, aber Sven steht auf und streckt ihr die Hand hin.

»Hallo.«

Falls Mama vorhatte, eine Moralpredigt, das Fest betreffend, zu halten, bringt Svens Lächeln und die freundliche

Begrüßung sie erst einmal aus dem Konzept. Wahrscheinlich hat sie wie die meisten Mütter eine Schwäche für gut erzogene Oberschichtsöhne. Nachdem sie gefragt hat, ob wir irgendwas brauchen, und wir beide verneint haben, zieht sie sich zurück.

Svens Blick bleibt an zwei verstaubten Controllern hängen, die in einem Fach unter dem Computertisch liegen.

»Was ist das? Buzz?«

»Äh«, sage ich verlegen. »Das ist ein PlayStation2-Spiel, das eigentlich Tilde gehört, Tonjas kleiner Schwester, *Dino Den*. Jeder kämpft mit seinem persönlichen Dinosaurier. Frei ab drei.«

»Spielen wir?«

Nimmt er mich auf den Arm? Nein, scheint nicht so. Ich werfe meine alte Playstation an, in der Dino Den schon seit Monaten steckt. Ich wische den ärgsten Staub von den Controllern und reiche einen an Sven weiter. Meine Fingerspitzen streifen dabei seinen Handrücken.

Sven will das blaue Pteranodon sein, ich wähle den orangefarbenen Triceratops, und danach schmeißen wir gegenseitig unsere Dinosaurier aus dem Wasser, bewerfen Höhlenmenschen mit faulen Eiern und bestehen andere abenteuerliche Herausforderungen. Am Anfang finde ich es noch ziemlich peinlich, aber dann vergesse ich alles und bin genauso engagiert wie er. Wir schreien und lachen und kämpfen, als ginge es um unser Leben. Am Ende habe ich vor Lachen fast einen Krampf in den Bauchmuskeln, und wahrscheinlich ist meine Schminke verschmiert, aber das beunruhigt mich gar nicht. Sven sieht völlig zerzaust aus und hat rote Wangen und seine Augen funkeln blauer denn je.

»Wasser?«, frage ich.

»Ja, gern, ich bin völlig am Ende!« Er lacht. »Ich hatte keine Chance gegen dich!«

»Kindergartenspiele sind meine Stärke.«

»Das habe ich gemerkt.«

In der Küche fülle ich zwei große Gläser mit Wasser und gehe zurück in mein Zimmer. Sven steht vor dem Spiegel und fährt sich mit den Fingern durchs Haar. Er sieht mich an und lächelt und mein Herz setzt mindestens zwei Schläge aus. Seine Nähe wirkt sich definitiv gesundheitsgefährdend auf mich aus.

»Musik?«, frage ich.

Er nickt. »Hast du Spotify? Ich hab gestern eine neue Band entdeckt, vielmehr Leo hat sie mir gezeigt. Die haben total schöne Stücke, willst du hören?«

Wir verbringen eine ganze Weile damit, uns unsere Lieblingsstücke vorzuspielen, Songtexte im Netz zu suchen, Cover zu vergleichen und uns über Gott und die Welt zu unterhalten. Meine Schüchternheit ist vergessen. Es ist alles ganz leicht, das Gespräch zwischen uns fließt ganz selbstverständlich. Ich kann es nicht fassen. Klar lernt man immer neue Leute kennen, klar hat man zu manchen Menschen einen engeren Draht als zu anderen, das ist es nicht, aber ausgerechnet Sven, von allen völlig undenkbaren Menschen auf dieser Welt! Zwischendurch muss ich innehalten und ihn angucken, um sicherzugehen, dass er es auch wirklich ist. Und jedes Mal bin ich aufs Neue überrascht. Und ganz erfüllt. Am liebsten würde ich das Fenster aufreißen und laut und glücklich in den Spätsommerabend hinausschreien, was ich natürlich nicht tue.

Um halb zehn steht er auf.

»Jetzt muss ich aber nach Hause«, sagt er und klingt, als hätte er eigentlich gar keine Lust. »Papa hat nach dem Wochenende nicht die allerbeste Laune. Wenn ich nicht spätestens um zehn zu Hause bin, krieg ich wahrscheinlich Hausarrest forever.«

»Weil mein Vater ihn im Morgengrauen aus den Federn geklingelt hat?«

»Na ja, das hat die Sache sicher nicht begünstigt. Aber er hatte wohl noch andere Informationsquellen auf Sigges Party, jedenfalls wusste er, dass ich dort meinen Rausch ausschlafen musste.«

Mein Gesicht fängt an zu glühen, als ich daran denke, dass wir dicht nebeneinander im gleichen Bett in dem fremden Schlafzimmer geschlafen haben. Und als ob Sven gerade das Gleiche denkt, streckt er eine Hand aus und berührt ganz leicht meinen Hals.

»Ich hab noch immer deinen Duft in der Nase«, sagt er.

»Kotze«, sage ich.

Er lacht. »Das auch. Aber das meine ich nicht. Dein Haar duftet speziell. Wie … Erdbeeren.«

Ich nicke verlegen. »Das ist das Shampoo. Mein Shampoo ist genauso kindisch wie *Dino Den*. Auf der Flasche ist *Shrek* drauf.«

»Na, ein Glück, dass du nicht grün wirst, wenn du dir die Haare wäschst.«

Ich grinse. »Magst du etwa keine Sumpfmonster?«

»Nicht im Bett.«

Ich starre auf seinen Mund. Diese Lippen haben meine Wange geküsst. Die Erinnerung ist zwar in Nebelschleier,

Schwindel und laute Musik gehüllt, aber trotzdem bin ich ganz sicher, dass es tatsächlich passiert ist. Ich spüre noch ganz deutlich den Abdruck seiner Lippen auf meiner Wange, den kleinen, feuchten Fleck, während der Himmel über uns in einem funkelnden Feuerwerk explodierte. Ziemlich weit hinten, nah am linken Ohr, sitzt das Gefühlsgedächtnis.

»Vielleicht kann ich dir ja helfen«, sagt Sven. »Mit Nils, meine ich. Wenn du willst.«

»Wie das denn?«

Er zuckt mit den Schultern. »Ich kann versuchen rauskriegen, ob er wirklich nicht interessiert ist, was ich nicht glaube. Und wenn er interessiert ist, trete ich ihm in den Hintern, damit er endlich in die Pötte kommt. Nils ist echt nett, ganz bestimmt, aber ein Womanizer ist er nicht gerade.«

»Willst du die gute Fee spielen?«, frage ich lächelnd.

»So was in der Art. Ich wollte dich nur vorher fragen. Falls du plötzlich feststellen solltest, dass du mich eigentlich viel lieber magst oder so.«

Ich sehe ihn an. Macht er Witze? Ja, klar macht er Witze. Typischer Sven-Jargon, bestimmt.

»Ich habe Tonja auch schon auf Lukas angesetzt, aber die beiden haben offensichtlich Besseres zu tun. Ganz davon abgesehen, bin ich nicht sicher, ob Lukas und Nils sich überhaupt über so was unterhalten.«

Sven sieht mich amüsiert an und ich ziehe verlegen die Schultern hoch.

»Woher soll ich wissen, worüber Jungs reden, wenn sie unter sich sind«, sage ich.

»Ich kümmer mich drum«, sagt er. »Bis morgen.«

Ich nicke, und als er aufsteht und mein Zimmer verlässt, gehe ich hinterher, um ihm zuzuschauen, wie er die Schnürsenkel zubindet und sich lässig die Jacke anzieht. Wie die blonden Strähnen vor sein Auge rutschen, als er den Kopf dreht und mich anlächelt.

»Tschüs«, sagt er.

»Tschüs.«

Unglaublich, wie schwer schlafen ist.

Als hätte ich vergessen, wie man das anstellt. Gestern wusste ich es noch, aber jetzt nicht mehr. Die Bilder des Abends spulen in meinem Kopf vor und zurück, und ich ertappe mich mehrmals, dass ich mit einem dämlichen Grinsen im Dunkeln daliege.

Dabei müsste ich eigentlich beunruhigt und niedergeschlagen sein, weil ich mich noch immer nicht mit Tonja versöhnt habe und damit rechnen muss, dass diese Versöhnung auch nie stattfinden wird. Aber es gelingt mir, das alles erfolgreich aus meinem Bewusstsein zu verdrängen. Natürlich habe ich ein schlechtes Gewissen, natürlich habe ich mich ihr gegenüber mies verhalten, und selbstverständlich will ich nicht, dass sie böse auf mich ist, aber die kribbelige Spannung und überschäumende Freude in mir lassen keinen Platz für quälende Gedanken, die ich eigentlich haben sollte.

Und ich war noch nie wacher in meinem Leben.

Ich gehe in Gedanken alles immer wieder durch. Jedes Detail. Dinge, die er gesagt und wie er sie gesagt hat, sein Lachen und Lächeln und das Funkeln in seinen Augen. Schon merkwürdig, dass er sich um Nils kümmern will, denke ich. Was immer er da vorhat. Er ist wirklich witzig und nett. Und hübsch. Okay, hübsch ist nicht unbedingt der passende Ausdruck für einen Jungen, aber Sven ist hübsch.

Auf eine maskuline Art. Sein Blick, sein Lächeln, wie er sich bewegt. Und morgen guck ich ihm beim Tanzen zu, danach spaziere ich dann an seiner Seite durch die Stadt ins Miranda. Und selbst, wenn das zu seiner Hilfsaktion gehört, Nils eifersüchtig zu machen, scheint er sich doch aus unerfindlichen Gründen in meiner Gesellschaft wohl zu fühlen. Hat er sich eigentlich verändert oder ich? Können Menschen sich von einem Tag auf den anderen so ändern?

Es wird zwei und drei Uhr und ich bin hoffnungslos wach. Bestimmt schlafe ich eine halbe Stunde vorm Weckerklingeln ein und darf mich dann todmüde und verquollen zur Schule quälen. Aber als der Wecker um Viertel vor sieben bimmelt, bin ich immer noch hellwach und ich stehe problemlos auf.

Papa sitzt mit einer Tasse Kaffee und der Morgenzeitung am Küchentisch. Glücklicherweise sind wir morgens alle keine Plaudertaschen. Morgenmuffel sind wir auch nicht direkt, einfach nur etwas nach innen gewendet. Deswegen bin ich auch ziemlich erstaunt, als Papa die Zeitung zusammenfaltet und weglegt, als ich mich auf meinen Platz setze. Er räuspert sich, als wollte er eine Rede halten. Aber wahrscheinlich ist es nur ungewohnt für ihn, so früh zu sprechen.

»Der Junge, der dich gestern besucht hat, das war Sven Ernerius, oder?«

Ich nicke abwartend.

»Du weißt, dass Mama und ich uns normalerweise nicht einmischen, mit wem du befreundet bist. Bislang gab es dazu ja auch keinen Anlass, aber im Moment machen wir uns doch etwas Sorgen. Erst Silja, die in einer Pflegefamilie wohnt, und dann der Sohn von Ernerius, der euch beide mit zu dieser Alkoholorgie bei einem viel älteren Typen geschleppt hat …«

»Der sein Cousin ist«, schiebe ich ein. »Und das war keine Alkoholorgie! Okay, ich hab zu viel getrunken, das war saudämlich, und ich werde das nie wieder tun, aber da hingen nicht nur besoffene Randalemacher rum, wenn du das denkst.«

»Das Haus sah aus wie ein Schlachtfeld!«, blafft Papa.

»Da waren auch wahnsinnig viele Leute da! Natürlich hinterlässt das Spuren. Aber es hat keiner Randale gemacht und es ist nichts zu Bruch gegangen. Ich glaube noch nicht mal, dass drinnen geraucht wurde.«

»Auf alle Fälle war das kein Fest für Minderjährige und das werde ich dem Gastgeber auch noch sagen! Seit wann bist du überhaupt mit den beiden befreundet? Was ist mit Tonja?«

Papa versucht, ruhig und beherrscht zu bleiben, aber die roten Flecken an seinem Hals verraten, wie aufgebracht er in Wirklichkeit ist.

»Ich wollte einfach schrecklich gerne zu dem Fest«, sage ich ehrlich. »Aber Tonja wollte nicht mitkommen.«

»Sehr vernünftig«, sagt Papa.

»Ich weiß«, sage ich spitz. »Die zum Kotzen vernünftige Tonja.«

»Vendela!«, ermahnt Papa mich. Aber ich sehe die Andeutung eines Lächelns in seinen Mundwinkeln, auch wenn er sich redlich Mühe gibt, es zu verbergen.

»Und diese Silja«, sagt er. »Was weißt du über sie?«

Ich denke nach. Das Wenige, was ich über Silja weiß, würde ihn wahrscheinlich nicht unbedingt beruhigen.

»Sie ist nett«, sage ich. »Und mutig. Sie verteidigt ein Mädchen aus unserer Klasse, die gemobbt wird. Line.«

»Line Jensen?«, fragt Papa. »Die wird gemobbt?«

Ich sehe ihn an. Ist die Erde rund? Geht die Sonne morgen wieder auf? Wird man nass, wenn man ins Wasser fällt? Es gibt so viel, wovon Eltern keine Ahnung haben.

»Sie ist schon immer gemobbt worden«, sage ich.

»Das hast du nie erzählt.«

Ich zucke mit den Schultern. »Nein, hab ich nicht. Warum sollte ich? Man gewöhnt sich dran. Aber Silja ist neu dazugekommen und wusste nichts davon.«

»Man gewöhnt sich dran?«, sagt Papa. »Glaubst du, Line hat sich auch dran gewöhnt?«

»Ja«, sage ich. »Das glaube ich. Sie wird schon so lange gemobbt, dass sie gar nicht mehr weiß, wie es anders ist.«

»Meine Güte! Wer mobbt sie denn? Doch nicht du und Tonja?«

Ich denke nach. Im ersten Moment scheint mir die Antwort klar. Natürlich haben Tonja und ich Line nicht gemobbt. Aber mein Gewissen sagt mir sehr schnell, dass das nicht ganz der Wahrheit entspricht. Wir haben nämlich auch nicht direkt versucht, etwas dagegen zu unternehmen, und da ist man mitschuldig. Es sind nicht nur die Dinge, die man getan hat, mit denen man für immer leben muss, sondern auch die, die man nicht tut. Und vielleicht liegt darin ja die Parallele zu dem Fest: Man ist sowohl für das, was man tut, als auch für das, was man nicht tut, verantwortlich, und manchmal ist es vielleicht ganz lehrreich, was falsch zu machen, als gar nichts zu tun. Aber ich weiß nicht, wie ich das Papa verständlich machen soll.

»Nein«, sage ich stattdessen. »Tonja und ich nicht.«

»Ich hätte mir auch nichts anderes vorstellen können. Tut mir leid, dass ich überhaupt daran gedacht habe. Aber nach diesem Wochenende weiß ich nicht mehr so recht, wie gut ich dich eigentlich kenne, wenn du verstehst, was ich meine. Wir verschweigen Dinge voreinander, die erst rauskommen, wenn's zwischen uns kracht. Das ist gar nicht gut.«

Er wirft einen Blick auf die Uhr und steht auf.

»Lass uns später weiterreden«, sagt er. »Ich habe versprochen, heute früh bei der Arbeit zu sein.«

»Musst du Sigge wirklich anrufen?«, frage ich. »Ich verspreche auch hoch und heilig, dass ich so was nie wieder mache!«

»Sigge?«, fragt Papa verwirrt.

»Der Cousin. Bei dem das Fest war. Es wäre mir oberpeinlich, wenn du da anrufst, verstehst du das nicht?«

Papa schüttelt den Kopf. »Du bist fünfzehn, Vendela. Es ist dein Job, alles oberpeinlich zu finden, was ich sage oder tue. Aber ich bin zweiundvierzig und dein Vater, und es ist mein Job, dafür zu sorgen, dass dir nichts passiert, und gegen Leute vorzugehen, die dir und anderen Jugendlichen Alkohol spendieren. So ist das nun mal.«

Ich seufze. Es hat keinen Sinn zu quengeln. Sven wird mich hassen. Oder nein, wahrscheinlich nicht, aber er wird denken, dass mein Vater ein kleinkariertes Arschloch ist.

Aber noch hat er ja nicht angerufen. Noch kann es ein guter Tag werden. Ich esse ein Käsebrot und ein Schälchen Müsli und gehe ins Bad, studiere mein Gesicht in dem Spiegel über dem Waschbecken. Ein leicht überraschter Blick. Was ich ja auch bin, zutiefst überrascht. Ich male feine Kajalstriche um die Augen und lege ein wenig graulila Lidschatten auf. Es soll nicht zu angepinselt und nicht nach mehr »Arbeit« als sonst aussehen, was es aber ist. Ich brauche viel länger als üblich, und irgendwann klopft Mama an die Tür und sagt, dass ich gleich losmuss und dass sie auch irgendwann mal ins Bad möchte.

In der Schule sind Sven und Silja die Ersten, die ich sehe. Sie sitzen auf einem der Tische im Aufenthaltsraum, der seinen Namen eigentlich nicht verdient hat, weil der Schlauch zwischen dem Raum mit den Schließfächern und dem Treppenhaus nach oben so ungemütlich ist, dass man so schnell wie möglich wieder gehen möchte.

Und wieder denke ich, was für ein schönes Paar Sven und Silja doch abgeben würden. Sie dunkel und er hell, beide gut aussehend, stark und selbstbewusst. Es zieht in meinem Bauch, als ich daran denke. Bin ich neidisch? Nicht darauf, dass sie sind, wie sie sind. Ich wünschte nur, ich wäre ein bisschen wie sie.

Da ertönt hinter mir plötzlich ein »Hallo«. Ich drehe mich um. Es ist Leo. Rocker-Leo grüßt mich auf dem Weg zu Sven und Silja, scheint davon auszugehen, dass ich auch dorthin unterwegs bin, jedenfalls bleibt er stehen und guckt, ob ich mitkomme. Unglaublich. Die letzten Tage ist es richtig cool, ich zu sein. Ich nehme meine Englischmappe und den Kollegblock und schließe den Schrank ab.

Sven sieht mich an und lächelt. Ich muss dringend trainieren, mich nicht jedes Mal von diesem Lächeln aushebeln zu lassen, ein paar Sperren errichten, damit die Gegenwart bestimmter Menschen nicht meinen ganzen Körper lahmlegt und zum Totalkollaps im System führt.

Silja lächelt auch und sieht mich aufgeregt an.

»Ich muss mit dir reden«, sagt sie und fasst mich am Arm.

»Worum geht's?«

Silja sieht Sven entschuldigend an. »Sorry, girl's talk, wir sehen uns oben bei Englisch!«

Sie zieht mich hinter sich her.

»Ich hab mich gestern mit Emil getroffen«, flüstert sie. »Nüchtern.«

»Oh … und mit Treffen meinst du …?«

Sie kichert. »Na ja, in der Stadt können wir uns ja wohl schlecht verabreden! Ich hatte keinen Bock mehr zu warten, bis er sich bei mir meldet, also bin ich auf gut Glück zu ihm gegangen. Zuerst hat er gesagt, dass das nicht geht und dass es eine Katastrophe wäre, wenn das rauskommt, aber ich würde mal sagen, er ist nicht sehr charakterfest. Jedenfalls war es nicht schwer, ihn umzustimmen!«

»Mein Gott«, flüstere ich, mindestens so beeindruckt wie schockiert.

Silja seufzt. »Ich weiß, aber er ist einfach zu scharf! Und er weiß wenigstens, was er tut. Jungs in unserem Alter sind so ungeschickt und tollpatschig im Bett.«

Ich ziehe die Schultern hoch.

»Nicht alle, oder?«, sage ich und denke, dass ich ja nun wahrlich keine Spezialistin auf diesem Gebiet bin.

Sie sieht mich an. »Hast du schon mal einen einzigen erlebt, der nicht ungeschickt und tollpatschig ist?«

»Nein«, antworte ich wahrheitsgemäß.

Wenn sie mit *Erleben* Sex haben meint, brauche ich überhaupt nicht zu zählen. Mit wie vielen Jungs hat Silja schon geschlafen? Sie kommt mir unglaublich erfahren vor.

Tatsache ist, dass ich es noch nicht mal bis zum Petting gebracht habe. Ein bisschen erfolgloses Gegrabbel mit einem Jungen in dem Sommerlager zwischen der Sechsten und Siebten, ein paar nicht gerade umwerfende Küsse mit Oskar nach dem Klassenfest im Herbst in der Achten, und am Samstag mit Sven, wo wir gar nichts gemacht haben. Das war's auch schon. Jämmerlich, erbärmlich und traurig, aber leider wahr.

Manche Freundinnen küssen sich. Emelie und Lovisa zum Beispiel, auf einem Klassenfest. Mit Zunge und allem. Das haben Tonja und ich nie gemacht. Wir umarmen uns, klar, aber das ist nicht das Gleiche. Umarmen tut man auch seine Eltern und Geschwister und Freunde.

Mitten in dieser niederschmetternden Revue meiner defizitären Erfahrungen klingelt Siljas Handy. Sie nimmt es aus der Tasche und antwortet.

»Wie bitte?«, sagt sie, nachdem sie ein paar Sekunden zugehört hat. »Nein, hab ich nicht. Was? Natürlich bin ich sicher! Ja. Okay, alles klar. Tschüs.«

Sie drückt das Gespräch weg und sieht mich an.

»Irgendein Verrückter, der behauptet, ich wollte ein iPhone verkaufen. Auch noch ein iPhone4! Als ob ich das verkaufen würde, wenn ich eins hätte.«

»Verwählt, wahrscheinlich«, sage ich. »Und was ist jetzt mit Emil? Trefft ihr euch weiter?«

»Ich weiß es nicht. Hoffentlich.«

Ein bisschen naiv ist das aber schon, denke ich. Keine Frage, Emil sieht gut aus und ist echt sexy, aber so eine Beziehung ist doch von vorneherein zum Scheitern verurteilt. Sie dürften sich nie öffentlich zusammen sehen lassen, jedenfalls nicht, bis Silja mit der neunten Klasse fertig ist. Dagegen hätte sie eine reelle Chance bei Sven, und mir fallen genügend Mädel ein, die alles dafür geben würden.

Tonja, Lukas und Nils stehen schon oben vor der Klasse. Tonja und Lukas stehen eng umschlungen da und sehen verliebter aus denn je. Als Silja und ich näher kommen, wird Tonja ganz steif und klammert sich noch fester an Lukas, um mich nicht ansehen zu müssen. Nils wirft einen Blick in meine Richtung, aber wohl eher aus Versehen, weil er im nächsten Moment auf den Boden vor seinen Füßen starrt. Offenbar herrscht Sippenhaft. Weil Tonja sauer auf mich ist, traut er sich auch nicht, mich anzusehen. Ich bleibe ein ganzes Stück entfernt stehen, Silja auch. Sie sieht von Tonja zu mir und wieder zurück.

»Soll ich mit ihr reden?«, fragt sie leise.

Ich schüttele den Kopf. »Danke, das würde auch nichts nützen.«

»Ich verstehe das nicht«, sagt Silja. »Ich habe ihr doch überhaupt nichts getan. Sie hat von Anfang an beschlossen, mich nicht zu mögen.«

»Du bringst hier alles durcheinander«, erkläre ich. »Und wenn man gerne möchte, dass alles so weitergeht, wie es immer war, mag man dich nicht. Außerdem finden Lukas und Nils beide, dass du gut aussiehst, was Tonja nicht glücklicher macht.«

Silja lächelt. »Haben sie das gesagt?«

»Komm, tu nicht so, als würdest du nicht merken, wie die Jungs dich abscannen.«

Sie zuckt mit den Schultern und will gerade etwas sagen, als ihr Handy schon wieder klingelt. Nach einem kurzen

Gespräch, ähnlich dem letzten, stellt sie das Handy auf lautlos und steckt es zurück in die Tasche.

»Noch so ein Idiot, der mein iPhone kaufen wollte«, sagt sie. »Shit, das ist unheimlich!«

»Offenbar haben sie in der Annonce eine falsche Nummer angegeben.«

»Blöd für denjenigen, der das iPhone verkaufen will!«

Grace kommt mit schwingenden Hüften auf hohen Absätzen angeklappert.

»Good morning, everybody!«, trompetet sie und schließt die Tür auf.

Danach folgt eine weitere lange, anstrengende Unterrichtsstunde neben einer schweigenden Tonja, die so tut, als wäre ich Luft. Ich kriege Atemnot neben ihr, sie erdrückt mich unter einer schweren Decke aus Vorwürfen, obwohl sie keinen Ton sagt. Wenn wir wenigstens neutral freundlich miteinander umgehen könnten. Ich habe mich doch schon bei ihr entschuldigt, verdammt! Zu allem Überfluss hat es Grace heute mehr als sonst auf mich abgesehen. Sie bombardiert mich öfter als üblich mit Kontrollfragen, um zu sehen, ob ich nicht mit den Gedanken abschweife. Provozierend antworte ich mit so britischem Akzent, wie ich nur kann. Daraus kann sie mir wenigstens keinen Strick drehen.

Nach der Stunde gehen Silja und ich mit Sven und Leo runter zu den Schränken, um die Sozialkundebücher zu holen. Da kommt plötzlich der Rektor auf uns zu, diesmal in Begleitung eines Deutschlehrers, der Mattsson heißt. Sie bleiben vor Silja stehen und Mattsson hält ihr eine aufgeschlagene Zeitung unter die Nase.

»Wie, bitte, erklärst du das?«, fragt er aufgebracht. »Diesmal brauchst du mehr als eine verlogene Mitschülerin, um deinen Hals aus der Schlinge zu ziehen.«

Silja sieht fragend von Mattsson zum Rektor. »Was ist das? Wovon reden Sie?«

Der Lehrer tippt gereizt auf eine Anzeige auf der aufgeschlagenen Seite.

»Stell dich nicht dumm! Du bietest ein teures Telefon zum Kauf an. Mein Telefon! Mein neues iPhone! Dachtest du, du kommst damit durch?«

Silja sieht sich die Anzeige an. »Darum rufen also dauernd Leute bei mir an und fragen nach dem iPhone! Ich habe die Anzeige nicht aufgegeben. Da muss jemand aus Versehen meine Nummer angegeben haben!«

Mattsson schnauft wütend und schiebt seine schwarzrandige Brille hoch.

»Schluss jetzt mit dem Theater!«, fährt er Silja an. »Siehst du das? Unter der Annonce stehen deine Handynummer und die Nummer des iPhones, also meine Nummer! Für wie dumm hältst du mich eigentlich? Diesmal gibt es eine Anzeige. Diesmal kommst du nicht davon!«

Der Rektor räuspert sich.

»Führen wir das Gespräch doch in meinem Büro weiter«, sagt er. »Kommst du bitte mit, Silja?«

Silja dreht den Kopf zur Seite und sieht mich verzweifelt an. Sie ist kreidebleich.

»Komm mit, Vendela! Bitte! Ich war das nicht!«

Ich bekomme keinen Ton heraus, aber zumindest kriege ich ein Nicken zustande. Mattsson funkelt mich an, aber dann nickt er auch.

»Dann komm halt mit«, brummt er.

»Wir auch«, sagt Sven hinter meinem Rücken, aber der Rektor wimmelt ihn ab.

»Nein, das reicht!«, sagt er bestimmt.

Die beiden Männer setzen sich in Bewegung. Mattsson hält Silja am Arm fest, als würde sie sonst türmen. Mein Herz hämmert panisch. Was ist hier los? Das kann doch kein Zufall sein. Bestimmt steckt Emelie dahinter. Emelie oder Lovisa. Das ist so hinterfotzig, dass ich es mir kaum vorstellen kann, aber wie soll es sonst gewesen sein? Emelie hat gesagt, Silja würde es noch bereuen, dass sie geboren wurde. Da hatte sie die Annonce wahrscheinlich schon aufgegeben. Aber wie ist sie an Siljas Handynummer gekommen?

Die ist wahrscheinlich kein großes Geheimnis. Ich nehme an, Sven hat sie, ich habe sie und …

Plötzlich schießt mir durch den Kopf, dass ja gestern nach dem Essen mein Handy verschwunden war und Camilla irgendwann gekommen ist und meinte, sie habe es im Flur gefunden. Kann es sein, dass sie mein Handy geklaut haben, um an Siljas Nummer ranzukommen und die Annonce aufzugeben?

Die Erkenntnis detoniert wie eine Bombe in meinem Kopf. Klar, so ist es gewesen.

Und jetzt hängt alles von mir ab.

Jetzt muss ich sagen, dass ich Lovisa letzten Freitag mit einer Tasche aus dem Lehrerzimmer habe kommen sehen, sonst ist Silja dran. Jetzt habe ich keine Wahl mehr.

Das Büro des Rektors ist in hellen Grüntönen gehalten, der Schreibtisch ist aus Birkenholz und sein Schreibtischstuhl mit schwarzem Leder bezogen. Man hat nicht das Gefühl von Schule, eher von einer oberen Chefetage in einem Unternehmen oder so. Vor seinem Schreibtisch stehen drei weinrote Stühle mit Chrombeinen. Der Rektor setzt sich und fordert uns auf, ihm gegenüber Platz zu nehmen. Aber Mattsson ist zu aufgebracht, um still zu sitzen. Nach wenigen Sekunden springt er auf, als hätte er sich den Hintern verbrannt.

»Da gibt es nur eins«, sagt er. »In solchen Zusammenhängen muss man energisch und mit Nachdruck auftreten! Wie sollen die Schüler lernen, respektvoll mit dem Eigentum anderer umzugehen, wenn wir ihnen nicht ganz deutlich zeigen, dass Diebstahl an dieser Schule nicht toleriert wird?«

»Natürlich, Gunnar«, sagt der Rektor beruhigend. »Aber ich möchte erst einmal hören, was Silja zu der Sache zu sagen hat, ehe wir weitere Schritte unternehmen. Setz dich wieder hin!«

Mattsson setzt sich widerstrebend, Silja sitzt in der Mitte, ich auf dem dritten Stuhl. Ich muss es sagen. Aber was, wenn sie mir nicht glauben? Wenn ich auch als »verlogene Mitschülerin« abgestempelt werde? Line hat die Wahrheit gesagt, mutig, vor allen anderen, obwohl keiner sie gezwungen und sie keinerlei Vorteil davon hatte. Und hier bin ich nun, zitternd, feige und jämmerlich. Nicht, weil ich Angst vor Mattsson oder dem Rektor hätte. Aber mir wird eiskalt bei dem Gedanken, dass Emelie und Lovisa spitzkriegen, dass ich sie angeschwärzt habe.

»Ich war das nicht«, sagt Silja. »Ich schwöre, ich hab nichts damit zu tun! Da will mir jemand eins auswischen, kapieren Sie das nicht?«

»Das hast du letztes Mal auch behauptet«, sagt der Rektor. »Da haben wir beschlossen, dir zu glauben, dank der Zeugenaussage deiner Mitschülerin. Aber diesmal sieht es nicht gut aus für dich, das musst du selber zugeben.«

Silja breitet die Arme aus. »Für wie bescheuert halten Sie mich denn, dass ich eine Anzeige für ein gestohlenes iPhone aufgebe und meine eigene Handynummer darin angebe? Und auch gleich noch die Nummer des iPhones! Das ist unverschämt!«

»Immer mit der Ruhe«, sagt der Rektor. »Und mäßige dich bitte in deiner Ausdrucksweise!«

»Wo ist mein iPhone?«, mischt Mattsson sich ein. »Hast du es mit in die Schule gebracht oder ist es bei dir zu Hause? Ich will es auf der Stelle wiederhaben.«

»Verdammte Scheiße, ich hab das Ding nicht!«, schreit Silja.

Der Rektor schlägt mit der flachen Hand auf die helle Tischplatte.

»Ruhe! Jetzt beruhigen wir uns! Sonst rufe ich die Polizei, damit die sich darum kümmert! Ist das klar?«

Silja legt die Hände auf ihre Knie und lehnt sich zurück.

»Sie glauben mir nicht, weil ich aus einer Pflegefamilie komme«, sagt sie. »Sie glauben, ich bin eine Unruhestifterin und kriminell, weil ich nicht bei meinen Eltern lebe, stimmt's?«

»Das alles hat absolut nichts mit deiner sozialen Situation zu tun«, sagt der Rektor.

»Drück jetzt bloß nicht auf die Tränendrüse«, sagt Mattsson. »Das macht es nur noch schlimmer für dich.«

Der Rektor hüstelt, drückt die Fingerspitzen aneinander und mustert Silja nachdenklich.

»Gehen wir es anders an«, sagt er beherrscht. »Wer, glaubst du, versucht dir auf diese Weise eins auszuwischen? Warum sollte jemand dir das antun wollen?«

»Na ja«, sagt Silja, »es gibt einen Grund, warum ich das glaube. Aber da ich es nicht beweisen kann, will ich auch niemanden anklagen.«

Ich sehe sie an und hole tief Luft. Jetzt. Muss. Ich.

»Darf ich was sagen?«, melde ich mich mit piepsiger Stimme zu Wort.

Drei Augenpaare richten sich auf mich. Verdutzt, als hätten sie vergessen, dass ich auch hier bin.

»Ich weiß … wer es war«, sage ich. »Und ich glaube, ich weiß auch, wie es abgelaufen ist.«

Silja blinzelt überrascht und der Rektor rutscht auf seinem Stuhl nach vorn.

»Ah ja?«, sagt er.

Ich nicke. Ich werde mir eine neue Identität zulegen und die Stadt verlassen müssen, aber ich muss das hier jetzt durchziehen. Ich kann nicht zulassen, dass Silja unschuldig verurteilt wird.

Und so erzähle ich. Von Anfang an. Wie mir am letzten Freitag auf dem Weg ins Lehrerzimmer Lovisa mit einer großen Tasche über der Schulter entgegengekommen ist und ziemlich angespannt und nervös auf mich gewirkt hat, ehe Emelie und Clara sie mit Schulterklopfen und zufriedenem Lachen auf dem Flur in Empfang genommen haben.

»Ich habe nicht weiter darüber nachgedacht«, sage ich. »Aber als Sie und Maja dann Silja aus dem Hauswirtschaftsunterricht abgeholt haben und wir erfahren haben, was los war, da ging mir einiges auf …«

Der Rektor beugt sich über den Schreibtisch und sieht mich interessiert an. »Und warum hast du das nicht gleich gesagt, wenn ich fragen darf?«

Mir schießt das Blut ins Gesicht. Mein Herz hämmert so heftig, dass ich kaum noch Luft kriege. Bestimmt sehe ich aus, als würde ich lügen, aber ich kann doch nicht mehr tun als die Wahrheit sagen. Oder was soll ich sonst tun, dass sie mir glauben?

»Ich dachte … Line hatte ja gesagt, dass sie Silja die ganze Zeit gesehen hat und dass sie es nicht gewesen sein kann, und da dachte ich, dass es nicht mehr nötig ist, dass ich was sage. Jeder weiß, dass Line Silja überallhin folgt und dass sie, was das betrifft, die Wahrheit sagt.«

»Hm, hm«, sagt der Rektor. »Aber Line konnte nur bestätigen, dass Silja es nicht getan hat, während du offenbar gewusst hast, wer den Diebstahl tatsächlich begangen hat. Stimmt das?«

Worauf will er hinaus? Will er damit sagen, dass ich mitschuldig bin, weil ich nichts gesagt habe? Ich schaue Hilfe suchend von einem zum anderen.

»Ich … war mir nicht sicher«, versuche ich es. »Ich kann doch niemanden anklagen, wenn ich mir nicht sicher bin.«

»Du hast es gewusst!«, sagt Silja plötzlich. »Verdammt, Vendela! Du hast gewusst, dass sie das waren!«

Ich nicke und merke, wie mir die Tränen in die Augen schießen. Ich hasse es, vor anderen Leuten zu weinen, aber jetzt ist kein Halten mehr.

»Tut mir leid«, schluchze ich. »Das war feige von mir, ich weiß …«

Silja sieht den Rektor an. »Emelie hat in unserer Klasse das Sagen. Sie regiert wie eine Königin und trampelt auf jedem herum, der ihr quer kommt, und alle haben Schiss vor ihr. Ich habe mir einen Spaß daraus gemacht, sie zu provozieren, indem ich nicht nach ihrer Pfeife getanzt habe, und darum hat sie mich von Anfang an gefressen. Sich so was auszudenken passt zu ihr. Ich habe die ganze Zeit gedacht, dass sie das gewesen sein muss, aber ich hatte keine Beweise.«

Mattsson seufzt genervt.

»Vendela ist Siljas Freundin«, sagt er zum Rektor. »Natürlich denkt sie sich die Geschichte aus, um ihre Freundin zu retten! Es ist allgemein bekannt, dass Emilie Kvarnström dominant in ihrer Klasse ist, aber das geht dann doch etwas zu weit, oder?«

Der Rektor beißt sich auf die Unterlippe, den Blick weiter auf mich gerichtet. Ich versuche, den Tränenfluss zu stoppen, fahre mit den Fingern unter meinen Augen lang und habe schwarzen Kajal an den Fingerspitzen. Was bin ich für ein Weichei. Ich kann gut verstehen, wenn Silja nichts mehr von mir wissen will. Und Sven auch nicht.

»Gestern war mein Handy verschwunden …«, fange ich an.

»Aha«, fällt Mattsson mir ins Wort. »Bestiehlt Silja jetzt auch schon ihre Freunde?«

»Gunnar!«, weist der Rektor ihn zurecht. »Lass Vendela bitte ausreden.«

Ich nicke und kreuze kurz Mattssons spitzen Blick. Er ist noch nicht einmal mein Lehrer, von ihm lasse ich mich nicht ausbremsen.

»Ich dachte, ich hätte es verloren«, greife ich den Faden wieder auf. »Aber nachmittags kam Camilla plötzlich damit an und meinte, sie habe es im Flur gefunden. Als ich nachgehakt habe, wo, konnte sie es mir nicht so genau sagen. Aber ich war einfach nur froh, dass ich mein Handy wiederhatte …«

»Und was bitte hat diese Geschichte mit meinem iPhone zu tun?«, fragt Mattsson ungeduldig. »Die Tatsache, dass Silja dein Handy offenbar nicht gestohlen hat, beweist ja wohl kaum …«

»Camilla ist mit Emelie befreundet!«, sage ich. »Möglicherweise haben sie mein Handy geklaut, um an Siljas Nummer zu kommen! Also, die Anzeige kam heute, einen Tag nachdem mein Handy weg war. Und Emelie hat Silja gedroht, dass es ihr noch leidtun würde, dass sie geboren wurde! Gestern. Sven und Leo haben es auch mitbekommen. Und Line wahrscheinlich!«

»Eine unschöne Geschichte ist das.«

»Ich bleibe dabei, das ist ein Fall für die Polizei«, sagt Mattsson.

»Ich schlage vor, wir verabreden zuerst einmal einen Gesprächstermin mit euch und Emelie Kvarnström und eventuell mit dieser Lovisa, die möglicherweise den Diebstahl begangen hat«, sagt der Rektor. »Wer ist euer Klassenlehrer? Britt Lundström?«

Ich sehe ihn an, während in mir Panik aufsteigt, kalt, zäh und unsichtbar. So fühlt es sich also an, sein Todesurteil verkündet zu bekommen.

Obwohl ich sicher keine Hilfe von Siljas Seite verdient habe, unternimmt sie einen Versuch zu meiner Rettung. Sie setzt sich aufrecht hin, schiebt eine lange Haarsträhne aus dem Gesicht und sieht den Rektor an.

»Sie können sich nicht vorstellen, wie ätzend das ist«, sagt sie. »Sie haben ja gesehen, was Emelie mit mir macht! Und da wollen Sie, dass sie mitbekommt, dass Vendela sie und Lovisa angeschwärzt hat? Können Sie die beiden nicht zur Rede stellen, ohne zu sagen, wer sie gesehen hat?«

»Anonyme Zeugenaussagen sind nicht viel wert«, sagt der Rektor. »Und wenn es sich tatsächlich so verhält, wie ihr sagt, ist es höchste Zeit, Fräulein Kvarnströms Rachefeldzug ein Ende zu bereiten, meint ihr nicht?«

Aus seinem Mund klingt das so einfach. Was glaubt er denn? Dass er Emelie mal kurz beiseitenimmt und es mit einem »Pfui, pfui, so was tut man aber nicht« getan ist, und dann ist alles wieder gut?

»Ich melde mich bei euch«, sagt der Rektor. »Geht jetzt zurück in den Unterricht.«

»Wollen Sie sie schon wieder davonkommen lassen?«, fragt Mattsson aufgebracht. »Wir sollten doch wenigstens überprüfen, ob sie das Telefon mit in die Schule gebracht hat!«

Der Rektor schüttelt den Kopf.

»Es gibt keinen Anlass, Taschen und Schränke zu durchsuchen«, sagt er. »Erst einmal müssen wir aufklären, was eigentlich passiert ist, dann sehen wir weiter.«

Wenige Sekunden später stehen wir im Flur vor dem Sekretariat. Silja ist blass und ich fühle mich wie von einer Dampfwalze überrollt.

»Tut mir leid«, nuschele ich.

»Was tut dir leid?«, sagt sie. »Du hast mir da drinnen grad das Leben gerettet!«

Sie macht einen Schritt nach vorn und nimmt mich fest in die Arme. Ich lege meine Arme auch um sie. Sie duftet nach Moschus und ihr Haar fühlt sich widerspenstig weich an meiner Wange an.

In der Mittagspause gehen Sven, Leo, Silja und ich in die Stadt.

Wir berichten den Jungs, was passiert ist, und als Silja erzählt, was ich im Büro des Rektors gesagt habe, klingt das mutig und stark, obwohl ich mich bis zuletzt feige gedrückt habe. Ich sehe sie an und staune über das, was sie sagt. Inhaltsmäßig stimmt alles, aber aus ihrem Mund hört es sich an, als hätte ich gar nicht eher agieren können, weil ich ja nicht alle Puzzleteile zusammen hatte.

Aber hauptsächlich reden wir über Emelie.

»Bitch«, sagt Leo. »Wieso sind es immer die Mädchen, die solche Intrigen spinnen?«

»Weil Intrigen ein gewisses Intelligenzniveau erfordern«, sagt Silja. »Ihr tretet euch stattdessen in die Eier.«

Sven lacht.

»Leg dich nicht mit Silja an, Leo!«, sagt er. »Sie macht dich platt.«

»Wenn jemand plattgemacht wird, dann ja wohl ich?«, sage ich. »Wenn Emelie spitzkriegt, dass ich …«

»… wird sie gar nichts gegen dich unternehmen«, sagt Sven. »Wir sind ja auch noch da!«

Als wir damals die Liste gemacht haben, Tonja, Lukas, Nils und ich, haben wir, ohne zu zögern, Sven und Emelie als König und Königin an die Spitze gesetzt, ebenbürtig und gleich stark. Emelie würde niemals Sven angreifen oder umgekehrt. Die beiden waren von allen am leichtesten zu platzieren gewesen. Da haben wir nicht mal drüber geredet. Und knapp zwei Wochen später ist das alles gar nicht mehr so selbstverständlich. Ein »zufälliges« Treffen zwischen Silja und Sven vor dem Fitnesscenter hat genügt, dass er sich Emelie zur Feindin macht.

So brüchig ist das vermeintlich Selbstverständliche, so leicht verrückbar das vermeintlich Unverrückbare. Dass Sven mir verspricht, mich gegen Emelie in Schutz zu nehmen, schmeichelt mir zwar, beruhigt mich aber nicht wirklich. Wie hätte er zum Beispiel das »Attentat« gegen Silja verhindern können? Wenn Line nicht wie eine Klette an Silja hängen würde und wenn ich an dem Vormittag nicht zufällig meine Unterlagen in der Klasse vergessen hätte, wäre die Falle hinter Silja zugeklappt. Ich kann wirklich nicht behaupten, dass ich mich sicher fühle. Jetzt stehe ich also tatsächlich unter den wehenden Fahnen neben Silja im offenen Kampf gegen den Drachen. Aber ich bin nicht allein. Auch das ist anders als vorher. Hätte vor zwei Wochen jemand Emelie den Fehdehandschuh vor die Füße geworfen, wäre er hoffnungslos alleine in den Kampf gezogen, egal, wie viele Freunde er oder sie gerade noch hatte.

Silja bleibt vor dem Lindex-Schaufenster stehen und sieht sich die Schaufensterpuppen mit der neuen Herbstmode an.

»Der Pullover sähe viel besser zu dem Rock aus«, sagt sie und zeigt von einer Puppe zur anderen. »Und zu der Wolljacke würde viel besser was Glänzendes oder Leder passen. Was für Trottel dekorieren denn hier die Schaufenster?«

»Du solltest Designerin oder so was werden«, sage ich. »Du hast echt einen Blick dafür, Sachen zu kombinieren.«

Silja grinst mich abenteuerlustig an.

»Was kriege ich, wenn ich da reingehe und umdekoriere?«

»Eine Anzeige vom Ladenchef«, schlägt Leo vor.

»Und eure Bewunderung und ewigen Respekt?«, fragt Silja.

»Ja«, sagt Sven. »Unbedingt.«

Silja nickt zufrieden und schaut wieder in das Schaufenster. Man sieht regelrecht, wie die Ideen in ihrem Kopf Form annehmen.

»Du spinnst ja.« Ich lache.

Aber zehn Minuten später steht Silja im Schaufenster.

Sven, Leo und ich beobachten von einem Hauseingang auf der anderen Straßenseite, wie sie durch eine schmale Tür in der weißen Rückwand hereinkommt. Irgendwo hat sie ein weiß-rotes Lindex-Schild organisiert und sich an den Pullover gesteckt.

»Silja ist echt total verrückt«, sagt Sven mit deutlicher Bewunderung in der Stimme.

»Was passiert, wenn sie sie erwischen?«, frage ich nervös.

»Keine Ahnung«, sagt Leo. »Aber guckt euch das an, der reinste Profi!«

Silja schraubt den Puppen die Arme ab, einige teilt sie in der Mitte und zieht ihnen routiniert die Kleider aus, als hätte sie nie etwas anderes in ihrem Leben gemacht. Nicht nur die zwei, die sie sich vorher ausgeguckt hatte, alle fünf Puppen werden ausgezogen und stehen einen kurzen Moment wie kreidebleiche, verstümmelte und gesichtslose Gespenster herum, bis Silja sie wieder ankleidet. Als sie fertig ist, geht sie im Schaufenster auf und ab und begutachtet ihr Werk. Mir bricht der Schweiß aus, so nervös bin ich.

»Jetzt muss sie doch mal langsam fertig sein!«, sage ich ungeduldig.

»Das sieht aber echt besser aus«, sagt Sven.

Silja schaut aus dem Fenster und winkt uns zu. Im nächsten Moment verschwindet sie durch die Tür in der Rückwand und ich atme erleichtert auf. Verfrüht, wie sich zeigt, weil sie gleich darauf mit einem Arm voller Sachen wieder zurück ist. Und damit gibt sie ihrem Werk den letzten Schliff mit Mützen, Ketten und Taschen. Die Kombinationen sind ungewöhnlich und frech, nicht alle Teile sitzen an dem Körperteil, für den sie gedacht sind. Aber das Schaufenster ist definitiv ein interessanterer Blickfang als vorher.

Wir lachen und jubeln, als Silja wieder zu uns stößt. Sven legt einen Arm um ihre Schulter und wir gehen zurück zur Schule. Ich laufe hinter ihnen und weiß genau, wie sich der Arm anfühlt, wie er Wärme und Kribbeln durch den Körper schickt. Jetzt vergisst Silja hoffentlich ein für alle Mal unseren Referendar! Es gibt keine anderen Jungs mehr auf der Welt, wenn Sven seinen Arm um einen legt. Nach nicht mal einer halben Minute nimmt er seinen Arm weg, und sie benehmen sich, als wäre nichts Besonderes gewesen. Silja erzählt und lacht und ist wie immer. Als Sven gestern in der Schule seinen Arm um meine Schultern gelegt hat, hab ich auch Minuten hinterher noch keinen Ton rausgebracht. Und dabei hat er das nur gemacht, um Nils zu demonstrieren, was er verpasst.

In der nächsten Stunde haben wir Chemie. Ich beobachte Emil mit einer ganz anderen Neugier als vorher. Er ist groß und breitschultrig, und obwohl er noch ziemlich jung ist, wirkt er unglaublich erwachsen. Ein Mann, kein Junge. Ich versuche, mir ihn und Silja vorzustellen, nackt und eng umschlungen.

Silja beobachtet Emil auch. Sie sieht ihn die ganze Zeit an, und sobald er in ihre Richtung schaut, lächelt sie. Er schaut schnell woandershin, ist ganz offensichtlich angespannt.

Björn bekommt davon nichts mit. Er erzählt was über Nerven und Signalsubstanzen, ohne etwas von den Signalen aufzuschnappen, die zwischen seinem Referendar und einer Schülerin hin- und hergeschickt werden.

In der letzten Stunde haben wir Sport. Die Jungs spielen draußen Fußball, die Mädchen drinnen Hockey. Ich lande in Tonjas Mannschaft und spiele ihr sogar einen Pass zu, den sie in ein Tor verwandelt, woraufhin sie mir seit letztem Samstag den ersten freundlichen Blick zuwirft. Das macht mir Hoffnung. Hinterher unter der Dusche fragt sie, ob sie mein Shampoo benutzen darf. Ich reiche ihr die Flasche, und sie schäumt ihr kakaobraunes Haar ein, während ich mir in der Kabine neben ihr extra viel Zeit unter dem heißen Wasserstrahl lasse.

Tonja kommt aus der Dusche, wickelt sich in ihr großes, blaues Frotteetuch und kommt zu mir.

»Ich halte das nicht länger durch, sauer auf dich zu sein«, sagt sie und gibt mir die Shampooflasche zurück. »Danke fürs Leihen.«

»Gern«, murmele ich mit einem dicken Kloß im Hals.

Sie bleibt stehen, bis ich die Dusche abgestellt habe und mein Handtuch vom Haken schnappe.

»Machst du heute Nachmittag was mit denen?«, fragt sie schließlich.

»Ich … bin um fünf mit Sven verabredet«, sage ich und höre selbst, wie surrealistisch das klingt.

Aber ich bin tatsächlich heute Nachmittag mit Sven verabredet. Wenn auch unter anderen Vorzeichen, als Tonja wahrscheinlich denkt.

»Verstehe«, sagt sie. »Dagegen kann ich natürlich nicht anstinken.«

»Es ist nicht so, wie du denkst«, sage ich. »Ich ruf dich später an. Wenn ich darf?«

Sie nickt. »Klar.«

Und dann lächelt sie.

»Ich hab dich vermisst«, sagt sie.

Ich lächele auch und überlege, ob ich sie auch vermisst habe. Irgendwie schon, aber nicht so intensiv, wie ich vielleicht gesollt hätte. Das liegt nur daran, dass in der Zwischenzeit so viel passiert ist, da hatte ich gar keine Zeit, sie zu vermissen. Aber in diesem Moment fühlt es sich an, als müsste ich platzen wegen der vielen Dinge, die ich ihr erzählen will.

In der Hoffnung, dass sie mich versteht.

In der Hoffnung, dass ich es ihr verständlich machen kann.

Aber – vorher treffe ich Sven. Kurz vor fünf vor der alten Vegaschule. Ich bin ganz kribbelig vor Vorfreude, umso mehr, nachdem der dräuende Schatten von Tonjas Zorn sich etwas gelichtet hat. Egal, wie es weitergeht, egal, was Emelie sich ausdenkt und wie ich den Balanceakt zwischen Tonja und Silja hinkriegen soll, jetzt treffe ich erst einmal Sven.

Und das lasse ich mir von nichts und niemandem madig machen.

Ich wühle eine Weile in meinem Schrank. Ich werde es nie schaffen, meine Klamotten so zusammenzustellen wie Silja, aber ich gebe mir redlich Mühe. Nicht das Selbstverständliche kombinieren, so viel habe ich mir gemerkt. Aber was zieht man an, wenn man erst beim Tanztraining zuguckt und dann mit dem bestaussehenden Jungen der Schule ins Miranda geht? Nach längerem Hin und Her lande ich bei einer schwarzen Hose mit tiefer Taille und Adidasstreifen an einem Hosenbein. Dazu ein dünnes, lila Baumwolltop, das einen Streifen sommerbraune Haut über dem Hosenbund zeigt. Und zuletzt ein schwarzes Lederband mit einer Silberkugel.

Blöderweise ist es zu kalt, um nur in dem Oberteil zu gehen. Ich ziehe die schwarze Kapuzenjacke über, die meine Kreation entschieden ordinärer aussehen lässt. Sobald ich drinnen bin, kann ich sie ja wieder ausziehen.

Nun noch etwas Schminke, nicht zu viel, dann muss ich los.

Papa kommt gerade aus dem Fahrstuhl, als ich die Wohnungstür hinter mir zuziehe. Er mustert mich von Kopf bis Fuß. An meinem nackten Bauch bleibt sein Blick kurz hängen.

»Was hast du vor?«, fragt er.

»Mich betrinken und randalieren«, sage ich.

»Mach dich nicht lustig«, sagt er. »Das ist nicht komisch.«

»Ich bin zum Kaffeetrinken verabredet.«

»Mit Tonja?«

»Nein.«

»Hm. Mit wem dann?«

»Sven. Aber Tonja und ich haben uns wieder vertragen. Ich telefoniere heute Abend mit ihr.«

Papa sieht gleich etwas beruhigter aus.

»Okay. Das freut mich. Ich lass dir was zu essen übrig.«

»Danke.«

»Geh's ruhig an. Bis später!«

Ich nicke und trete in den Fahrstuhl.

Geh's ruhig an, hat er gesagt. Wie soll man ruhig bleiben, wenn man gleich eine Verabredung mit Sven Ernerius hat? Mein Herz flattert und mir bricht schon wieder der Schweiß unter den Achseln und an den Handflächen aus.

Sven ist schon da.

Ich sehe ihn bereits von Weitem, er lehnt mit der Schulter an der verputzten Wand, Ohrstöpsel in den Ohren. Er lächelt mir entgegen, als er mich sieht, und ich bin sicher, dass ich wahrscheinlich beim Absteigen hängen bleibe und mit der Nase vor seinen Füßen lande, kann dann aber doch einigermaßen geordnet absteigen.

»Hi«, sagt er. »Komm!«

Ich schließe mein Rad ab und folge ihm durch ein schweres Holztor.

Er führt mich in einen großen Saal mit einer komplett verspiegelten Wand und verschwindet in einen angrenzenden Raum, um sich umzuziehen. Ich setze mich auf eine Holzbank neben der Tür. Zwei Mädchen in Leggings und T-Shirts machen Dehnübungen am anderen Ende des Raumes. Die eine wirft mir einen Blick über die Schulter zu, aber ansonsten scheinen sie sich nicht weiter zu wundern.

Eine dunkelhaarige Frau kommt herein und geht zu der

Musikanlage. Das muss die Trainerin sein. Ich höre, wie eines der Mädchen sie Sara nennt. Sie ist braun gebrannt, trägt eine weite Hose und ein Trägershirt und sieht muskulös und sehnig aus.

Es sind elf Mädchen und drei Jungs in der Gruppe. Ich stelle die Füße auf die Bank, schlinge die Arme um die Knie und sehe ihnen fasziniert zu. Sie wärmen sich zu *Fading* mit geschmeidigen, fast synchronen Bewegungen auf, danach tanzen sie zu *Man Down*. Offenbar ist Sara Rihanna-Fan. Zwischendurch hält sie die Musik an und geht die Schrittfolge noch einmal durch.

»Zwei langsame, dann drei schnelle!«, ruft sie und macht es ihnen vor. »Eins-zwei, drei-und-vier. Noch einmal! Los geht's, von vorne!«

Die Musik setzt wieder ein. Das Zugucken macht Spaß. Sara ruft den Tänzern aufmunternd etwas zu. Sven ist konzentriert dabei, und ich kann in aller Ruhe seinen durchtrainierten Körper betrachten, ohne mir blöd vorzukommen. Die Dreiviertelstunde vergeht wie im Flug.

»Und, wie hat's dir gefallen?«, fragt er verschwitzt und atemlos.

»Ihr seid irre gut«, sage ich. »Echt professionell.«

»Ich dusch nur schnell, dann gehen wir ins Miranda. Wenn du so lange warten magst.«

Ob ich so lange warten mag? Ich warte, bis die Sonne verglüht und ich im ewigen Eis eingefroren bin. Aber das sage ich ihm natürlich nicht.

»Ich warte draußen«, sage ich stattdessen.

Ich lehne mich mit dem Rücken an der Stelle an die Wand, wo Sven vor ungefähr einer Stunde gestanden hat.

Ganz schön kindisch. Da stehe ich dann und sehe mir die drei Bäume auf dem kleinen asphaltierten Schulhof an und warte.

Zehn Minuten später kommt Sven nach draußen. Ich schiebe mein Rad neben ihm her und hätte nichts dagegen, wenn das Miranda viel weiter weg wäre. Obwohl ich mich eigentlich höllisch drauf freue, mit ihm zusammen dort aufzukreuzen. Aber im Moment genieße ich es, mit den Händen auf dem Lenker neben ihm herzulaufen.

»Ich habe mich heute beim Sport übrigens mit Nils unterhalten«, sagt er plötzlich.

Bestimmt werde ich rot, jedenfalls sieht er mich amüsiert an.

»Aha«, murmele ich. »Und?«

»Genau, wie ich dachte. Er ist ein Feigling und schüchtern. Aber er meldet sich bestimmt bald bei dir.«

»Was hast du zu ihm gesagt?«, frage ich unruhig.

Sven sieht mich grinsend an.

»Du brauchst doch nicht alles zu wissen!«, sagt er.

Es sind keine Details über seine Unterhaltung mit Nils aus Sven rauszukitzeln. Als ich nachhake, macht er sich über mich lustig.

»Glaubst du, ich möchte über ihn reden, wenn ich dich ausnahmsweise mal für mich alleine habe?«, fragt er.

Es ist voll im Miranda. Ich gucke insgeheim, ob ich bekannte Gesichter aus der Schule sehe und wer uns alles sieht. Ein paar Leute aus unserer Parallelklasse sind da und etliche aus der Achten. Und da sind Ellen und Madeleine.

»Was magst du?«, fragt Sven und besteht darauf, mich einzuladen. Er steuert einen der hinteren Fenstertische an, wo er und Emelie und die anderen coolen Typen immer sitzen. Jetzt sind dort ein paar Gymnasiasten, zwei von ihnen haben im Frühjahr die Neunte an der Annelundsschule beendet. Sven begrüßt sie. Ich winke Ellen und Madeleine zu, die mit großen Augen zurückgrüßen. Als wir sitzen, kommt Madeleine zu uns an den Tisch. Sie wirft Sven einen kurzen Blick zu, dann mir. Man sieht ihr an, wie sehr sie sich zusammenreißen muss, lässig zu wirken.

»Dürfen wir uns zu euch setzen?«, fragt sie.

»Nein«, sagt Sven, ohne sie auch nur anzusehen.

Ich habe noch nicht einmal den Mund aufgemacht. Madeleine zuckt mit den Schultern und geht zurück zu Ellen. Ich gucke Sven an.

»Jetzt sind sie aber sauer«, sage ich.

»Na und?«, sagt er. »Oder wolltest du, dass die sich zu uns setzen?«

»Nein, aber ...«

»Warum soll ich mich mit Leuten abgeben, die mich nicht interessieren.«

»Schon, aber ...«

Er sieht mich schmunzelnd an. »Aber?«

»So macht man sich Feinde«, sage ich.

»Ich habe doch keine Feinde? Oder, na ja, im Augenblick ist Emelie wohl etwas sauer auf mich, so what?«

Ich sehe ihn an und versuche mir vorzustellen, wie er die Welt durch seine Augen sieht. Ist es wirklich so einfach für ihn?

»Wir leben wohl doch auf unterschiedlichen Planeten«, sage ich und Sven lacht.

Ich werde einfach nicht schlau aus ihm, veräppelt er mich, oder hat er tatsächlich keine Ahnung, wie das Dasein für uns normale Sterbliche ist. Wahrscheinlich ist ihm mein Blick auf die Welt genauso fremd wie mir seiner. Er sagt einfach »Nein«, als Madeleine ihn fragt, ob sie sich zu uns setzen dürfen. Dass Madeleine und Ellen ihn deswegen wahrscheinlich für überheblich halten, ist ihm egal. Ob sie auch gefragt hätte, wenn ich nicht dabei gewesen wäre? Wohl kaum. »Was sie kann, können wir schon lange«, haben sie sich wahrscheinlich gedacht. Bestimmt wundern sie sich, womit ich mir den Platz an Svens Tisch verdient habe. Leider habe ich selber keine Ahnung.

Aber darüber werde ich mir jetzt nicht den Kopf zerbrechen, jetzt will ich einfach nur hier sitzen und den Moment genießen und nicht alles hinterfragen. Es ist so leicht, mit Sven zu reden. So leicht, dass ich zwischendurch ganz vergesse, wo wir sind. Und als ich wieder in der Realität lande, wünsche ich mir, dass er nicht der wäre, der er ist, weil es dann nicht so viel Wenn und Aber gäbe und ich nicht so viele Rücksichten nehmen und mir über alles Mögliche Gedanken machen müsste. Dann könnte das hier vielleicht sogar zur Gewohnheit werden. Ich könnte mich jedenfalls problemlos an sein nettes Lächeln gewöhnen.

Oder nein, das stimmt so nicht, ich würde mich niemals daran gewöhnen. Es würde jedes Mal das Kribbeln unterm Zwerchfell auslösen und das Brausepulvergefühl im Blut, aber damit könnte ich gut leben. Jeden Tag und jede Nacht, rund um die Uhr, für den Rest meines Lebens.

Als wir uns verabschieden und ich mich auf meinen Sattel schwinge, hat mein Rad Flügel. Ich trete mühelos in die Pedale und die Reifen berühren kaum den Boden, der Fahrtwind streicht über meine Wangen und rauscht leise in den Haaren.

Ich weiß, dass ich Tonja versprochen habe, sie anzurufen, aber ich muss erst noch ein bisschen auf meinem Bett liegen und einfach nur nachspüren. Keine Musik, nur eine geschlossene Tür und Stille. Einfach nur da sein, hier und jetzt, ganz leise und glücklich und sonst nichts.

Einmal Erlebtes kann man nie mehr verlieren und ich habe diesen Nachmittag erlebt. Ich habe ihn tanzen sehen, habe sein vom Duschen nasses Haar im Nacken gesehen, ihn lachen hören, habe ihn lächeln sehen und sprechen hören, gesehen, gehört, gesehen, gehört, und das kann mir niemand mehr nehmen. Ich suche im Internet nach *Man down* als Klingelton und lade ihn auf mein Handy runter. Jedes Mal, wenn ich das höre, werde ich seine geschmeidigen Bewegungen vor mir sehen.

Es ist fast halb zehn, als ich Tonjas Nummer wähle.

Es tut gut, sie wieder anrufen zu können. Anfangs läuft das Gespräch noch etwas stockend, aber dann fragt sie, was in der Zwischenzeit passiert ist, und weil ich ihr so gerne erklären möchte, wieso ich getan habe, was ich getan habe, erzähle ich ihr von den guten, unverfänglichen, den spannenden Sachen. Und auch wenn Tonja sich nicht verkneifen kann, mir zwischendurch unter die Nase zu reiben, wie bescheuert sie mein Verhalten findet, merke ich, dass sie förmlich aufsaugt, was ich ihr erzähle. Und da habe ich die kleine Hoffnung, dass sie mich ja vielleicht doch versteht, und erzähle noch mehr.

Am meisten interessiert sie natürlich die Sache mit Sven, wie er als Freund ist. Ich erzähle ihr die Dinge, von denen ich denke, dass sie ihr gefallen. Zum Beispiel, dass er tanzt und richtig aufmerksam ist und nett. Und dass der Grund, warum ich Samstagnacht nicht nach Hause gekommen bin, war, dass ich neben ihm auf einem Bett eingeschlafen bin.

Nachdem wir uns verabschiedet haben, fühlt es sich leider nicht mehr so gut an. Ich habe mich von meiner Erleichterung mitreißen lassen und mehr erzählt, als vielleicht gut ist. Zum Beispiel, dass Sven tanzt. Er hat mir das im Vertrauen erzählt, und alle anderen in der Schule glauben, er gehe dienstagabends zum Kampfsport, weil irgendwer ihn aus dem Gebäude hatte kommen sehen, wo auch das Kampfsporttraining stattfindet. Und er hat sie in dem Glauben belassen, wofür er sicher seine Gründe hat.

Ich versuche, das Unbehagen abzuschütteln. Tonja und ich haben uns immer alles erzählt. Habe ich etwa nicht eine detaillierte und exakte Beschreibung vom Verlust ihrer Jungfräulichkeit bekommen und war das nicht auch ein ziemlich offensichtliches Eindringen in Lukas' Privatsphäre? Tonja und ich wissen alles voneinander, so ist es immer schon gewesen. Niemand kann erwarten, dass wir Geheimnisse vor der anderen haben. Siljas Affäre mit dem Referendar gehört auch dazu, weil Tonja verstehen sollte, wie spannend das war bei dem Fest, wo die meisten älter waren als wir. Und ich wollte ihr vor Augen führen, dass man auch so sein kann wie Silja, die tut, wozu sie Lust hat. Silja ist der lebende Beweis, dass Hindernisse dazu gemacht sind, sie zu überwinden. Wenn sie auf dem Brückengeländer balancieren, einen Lehrer verführen oder das Lindex-Schaufenster umdekorieren will, dann tut sie es einfach. Ich fühle mich schon ganz berauscht von diesem Gefühl von Freiheit, wenn ich ihr nur dabei zugucke. Aber Tonja hält sie immer noch für verrückt, und alles, was ich ihr erzähle, bestätigt sie nur in ihrer Auffassung.

Immerhin reden wir wieder miteinander.

Ich beschließe, das Grübeln sein zu lassen und stattdessen zu schlafen. In der letzten Nacht habe ich kein Auge zugetan, und auch wenn ich mich gar nicht müde fühle, bin ich morgen wahrscheinlich tot, wenn ich jetzt nicht schlafe.

Leichter gesagt als getan. Die Gedanken fahren Karussell und ich liege noch lange wach. Als ich endlich einschlafe, weit nach Mitternacht, fliegen die Träume wie vom Sturm zerrissene Stofffetzen durch meinen Schlaf. Erinnerungsfetzen, unzusammenhängende Fragmente, die wild durcheinanderwirbeln und sich vermischen, bis ich nicht mehr weiß, wo vorne und wo hinten ist. Als der Wecker klingelt, bin ich müde und wie gerädert und weiß nicht genau, wie ich den Tag überstehen soll. Aber dann denke ich an Svens Lächeln und zwinge mich aus dem Bett.

Ich ziehe Tante Vivis Siebzigerjahrejeans an. Ich weiß nicht, ob ich glaube, darin stärker zu sein, weil sie so anders ist. Stark wie Silja.

Tonja wartet an der Kreuzung auf mich.

Es ist gerade mal fünf Tage her, dass wir uns das letzte Mal hier getroffen haben, aber mir kommt es viel länger vor. Natürlich freue ich mich, sie mit ihrem rosa Rad dort stehen zu sehen, aber zugleich wird mir klar, dass dies auch das Ende des sonderbaren Ausnahmezustands bedeutet, in dem ich mich ein paar Tage lang befunden habe. Von nun an werde ich nicht mehr mit Silja, Leo und Sven durch die Schulflure schlendern. Tonja hat mich in Gnaden wieder aufgenommen und genau das wollte ich doch. Aber …

»Hallo«, begrüßt sie mich.

»Hallo.«

»Hast du Mathe gemacht?«

Mist, natürlich nicht. Die Mathehausaufgaben standen in den letzten Tagen definitiv nicht an erster Stelle meiner Prioritätenliste. Andere Hausaufgaben auch nicht, was das betrifft.

»Hab ich vergessen«, sage ich. »Aber ich glaube, allzu viele Aufgaben sind nicht mehr übrig.«

»Du kannst meine abschreiben«, sagt Tonja.

»Danke.«

Und damit fahren wir los, vorbei am alten Krankenhausgelände, den Mårtensweg runter. Um kurz vor acht sind wir am Fahrradunterstand. Wir haben gerade unsere Räder abgeschlossen und wollen losgehen, als ein dunkelblauer Renault vor dem Schultor bremst. Die Beifahrertür fliegt auf und Emelie steigt mit ihrer weißen Tasche aus. Sie hebt den Blick und sieht uns, und in dem Augenblick ist mir klar, dass sie es weiß. Das Blut gefriert mir in den Adern, und ich fühle mich wie in einem dieser Träume, wo man vor irgendwas ganz Schrecklichem zu fliehen versucht, sich aber nur in Zeitlupe bewegen kann. Vielleicht ist ihr Blick ja magisch, vielleicht hat sie geübt, ihre Opfer zu hypnotisieren, jedenfalls verabschiedet sie sich in aller Seelenruhe vom Fahrer des Renaults, hängt ihre Tasche über die Schulter, ehe sie auf uns zukommt. Aus dem Augenwinkel sehe ich Tonja ein paar Schritte Richtung Schulgebäude gehen, dann aber stehen bleiben, als sie merkt, dass ich mich nicht vom Fleck gerührt habe. Emelie nagelt mich mit ihrem Blick fest, ihre Stimme ist ganz ruhig.

»Der Rektor hat gestern Abend angerufen«, sagt sie. »Wir sollen irgendwann im Laufe des Vormittags bei ihm antanzen. Ich rate dir nur, dir ganz genau zu überlegen, was du gesehen hast.«

Ich will erwidern, dass ich sehr genau weiß, was ich gesehen habe, aber meine Stimme hat sich verabschiedet. Emelie kommt noch einen Schritt näher. Jetzt steht sie so dicht vor mir, dass ich ihr Parfüm riechen kann, einen intensiven Citrusduft, der den stärksten Gegner aus den Latschen haut.

»Lovisa war am Freitag im Garderobenraum der Lehrer, um dort aufs Klo zu gehen«, sagt sie. »Die Toiletten beim Aufenthaltsraum waren alle besetzt und es war nicht mehr lange bis zum Klingeln, klar? Du hast irgendwelche Scheiße über eine große, schwarze Tasche erzählt, aber das ist ihre

Schultasche, oder? Und es ist ja wohl nichts Außergewöhnliches, in der Schule mit seiner Schultasche rumzulaufen, oder?«

Ich bin mir nicht sicher, ob sie auf alle ihre *Oders?* eine Antwort erwartet, wohl eher nicht. Emelie kneift die Augen zusammen. Selbst aus der Nähe ist sie perfekt geschminkt. Nicht das kleinste Klümpchen in den Wimpern, nicht das leiseste Zittern des Pinselstrichs. Aber unter einer sorgfältig aufgetragenen Schicht Abdeckstift verbirgt sich ein kleiner Pickel. Weiß der Himmel, wieso mir ausgerechnet das auffällt. Ein kleiner Pickel auf Emelies Stirn wird mir kaum was nützen.

»Wenn du heute ganz brav bist und nicht mit einem Haufen falscher Anschuldigungen kommst«, sagt sie, »hast du vielleicht eine Chance, diesen Tag zu überleben.«

Sie verzieht den Mund, aber in ihrem Blick deutet nichts auf ein Lächeln hin.

»Das wollte ich dir nur sagen. Und übrigens, die Hose ist echt hässlich. Bis dann.« Sie setzt sich in Bewegung.

Shit, denke ich, shit, shit, shit, shit, wie komm ich da jetzt wieder raus?

Tonja sieht mich mit großen Augen an.

»Was war das denn?«, fragt sie.

Obwohl ich Tonja gestern eine Menge erzählt habe, habe ich aus unerfindlichen Gründen versäumt, ihr von Lovisa, der Tasche, der Anzeige und dem Besuch beim Direktor zu berichten. Normalerweise hätte ich das als Erstes erzählt, und in diesem Augenblick ist mir auch schleierhaft, wie ich das vergessen konnte. Normalerweise hätte mir das eine schlaflose Nacht bereitet, aber offensichtlich verwirrt Sven mich mehr, als ich denke. Er bringt meinen Hormonhaushalt ganz durcheinander, so einfach ist das. Mir könnte ein Dachziegel auf den Kopf fallen, und ich würde wahrscheinlich vergessen, wegzulaufen, wenn er mich in dem Moment gerade anlächelt.

Als meine Beine sich wieder daran erinnern, wie man sich bewegt, gehe ich neben Tonja über den Schulhof. Wir gehen langsam, obwohl es schon spät ist, aber ich habe eine Menge zu erzählen, und es kommt so durcheinander aus mir heraus, dass Tonja mehrfach nachfragen muss, um auch nur einigermaßen zu verstehen, was Sache ist. Als wir durch die Glastüren kommen, ist es noch eine Minute bis zur Mathestunde. Wir laufen zu unseren Schränken, schleudern die Jacken und Taschen hinein und schnappen uns unsere Bücher.

»Das ist ja wohl krank«, sagt Tonja leise, als wir zum Klassenraum rennen. »Bist du sicher? Was, wenn es so ist, wie Em behauptet, dass Lovisa da nur aufs Klo gegangen ist?«

»Man gratuliert doch nicht mit Schulterklopfen zu erfolgreichem Pinkeln«, wende ich ein.

»Nein«, gibt Tonja unwillig zu. »Wohl nicht.«

Britt will gerade die Tür zumachen, als sie uns in den Flur einbiegen sieht. Einige Lehrer kümmert es nicht, wenn man eine halbe Minute zu spät kommt, aber zu denen gehört Britt leider nicht. Insgesamt haben wir sämtliche Lehrer erwischt, die es mit den Zeiten ganz genau nehmen. Björn notiert grundsätzlich alle Verspätungen, genau wie Grace. Drei Verspätungen bedeuten einen Anruf bei den Eltern. Noch mehr können sich auf die Note auswirken. Ich weiß nicht, ob das zulässig ist, aber das behaupten sie.

In meinem Kopf scheint irgendeine Fehlschaltung zu sein. Obwohl ich nach der Begegnung mit Emelie völlig durch den Wind bin, wandert mein Blick automatisch zu Sven, als wir die Klasse betreten. Er erwidert den Blick und lächelt, obwohl Leo gerade auf ihn einredet. Ich muss mich konzentrieren, weiter zu atmen, vergesse leicht, wie das geht, wenn er in der Nähe ist. Ein und aus, nicht zu schnell. Silja sitzt neben Line und kratzt Lackreste von ihrem Zeigefingernagel. Ich würde ihr gerne sagen, dass Emelie weiß, dass ich sie angeschwärzt habe, aber dazu ist es zu spät, weil Britt schon ihr erstes »Jaaaaa« ausgestoßen hat, ehe Tonja und ich überhaupt sitzen.

Tonja, die ihre Hirnfunktionen definitiv besser im Griff hat als ich, hat die Hausaufgabe in ihrem Block aufgeschlagen und schiebt ihn an den Tischrand, damit ich abschreiben kann. Hektisch schlage ich meinen karierten Block auf und versuche die Lösungen abzuschreiben, ehe Britt uns ins Visier nimmt. Das gelingt so weit ganz gut, außer dass ich keine Ahnung habe, welche Antworten zu welcher Aufgabe gehören. Aber Britt hat offenbar andere Pläne, sie ist schon beim nächsten Abschnitt über die Quadratwurzel. Sie gibt eine kurze Einführung, und als sie damit am Ende ist, steht die Schulschwester mit einem Tablett voller kleiner Plastikbecher mit Fluorspülung in der Tür. Sie wird wie üblich mit genervtem Stöhnen begrüßt, aber Protest hat keinen Sinn.

»Und jetzt spülen wir alle gemeinsam!«, sagt sie auf ihre muntere, aber keineswegs verhandelbare Art und überwacht, dass auch keiner von uns vor Ablauf der vorgesehenen zwei Minuten die Flüssigkeit ausspuckt.

»Wunderbar«, sagt Britt. »Ihr schafft bestimmt eine Aufgabe, solange es so ruhig ist. Seht euch das Beispiel in dem Kästchen an, das ist sehr aufschlussreich.«

Ich schaue in das aufgeschlagene Buch. Ich habe nichts gegen Mathe, aber sich jetzt auf Quadratwurzeln zu konzentrieren scheint mir schier unmöglich.

Als die Stunde zu Ende ist, wartet Maja schon auf dem Flur vor der Tür. Sie grüßt alle und bittet dann Line, Silja, Emelie, Lovisa, Clara, Camilla und mich, kurz zu bleiben.

»Wenn ihr bitte um neun Uhr im Sekretariat sein würdet«, sagt sie. »Ich habe Helena Wiik vorgewarnt, dass ihr nicht zu Sozialkunde kommt.«

»Worum geht's?«, fragt Camilla verwirrt.

»Das wisst ihr sicher. Also, bis in zehn Minuten!« Damit geht sie.

Emelie, Lovisa und Clara gehen auch. Camilla beeilt sich, hinter ihnen herzulaufen. Lukas und Nils haben sich Tonja angeschlossen und kommen auf mich zu.

»Warum müsst ihr zum Rektor?«

»Vendela ist stärker in die Sache verstrickt, als wir wussten«, sagt Tonja und erklärt den Jungs die aktuelle Lage.

Ich ergänze, was Tonja auslässt, und Nils beobachtet mich die ganze Zeit aufmerksam. Ich werde rot, weil ich immer noch nicht weiß, was Sven eigentlich zu ihm gesagt hat.

»Oh, verdammt«, ist Lukas' Beitrag zur Unterhaltung.

Unten an den Schränken holen alle anderen ihre Bücher und Mappen für die nächste Stunde. Ich nicht. Ich lege mein Mathebuch hinein und schließe ab.

»Tu jetzt nichts Dummes«, sagt Tonja, bevor sie geht. »Bitte, Vendela, sei vernünftig!«

Plötzlich wird mir schlecht. Ich laufe auf die Toilette, aber sobald ich die Tür hinter mir zugemacht habe, beruhigt sich mein Magen wieder. Ich trinke etwas Wasser und schließe die Augen einen Moment.

Als ich wieder rauskomme, steht Silja da.

»Komm, beeilen wir uns«, sagt sie. »Das ist vielleicht nicht der passende Moment, zu spät zu kommen. Schöne Hose, übrigens!«

Wie schafft Silja es, in dieser Situation noch auf so etwas zu achten? Trotzdem freue ich mich, dass sie das sagt, auch wenn ich schon längst nicht mehr glaube, dass die Hose mich auch nur halb so stark und selbstsicher machen kann wie sie.

Eigentlich hat Emelie recht. Wirklich was gesehen habe ich nicht. Rein theoretisch könnte Lovisa tatsächlich einfach nur auf dem Lehrerklo gewesen sein, ohne vorher zu fragen. Und sicher ist es übertrieben, jemandem auf die Schulter zu klopfen, weil er unerlaubt die Lehrertoilette benutzt hat, aber völlig abwegig ist es nicht.

Wenn ich mich an diese Version halte, hat Emelie mir mehr oder weniger versprochen, mich in Ruhe zu lassen. Oder mir zumindest mein Überleben in Aussicht gestellt. Sie hat mich nicht aufgefordert zu lügen, nur, nicht *mehr* in das Gesehene hineinzuinterpretieren, als ich beweisen kann. Und das ist so gut wie nichts.

»Tu jetzt nichts Dummes«, echot Tonjas Stimme in meinem Kopf. Tonja mit ihrem fast provozierenden Gerechtigkeitsfimmel bittet mich, keine voreiligen Schlüsse zu ziehen.

Aber was passiert dann mit Silja?

Wenn die Beweise fehlen, den wahren Schuldigen festzunageln, dürfte es noch schwieriger sein, jemanden festzunageln, der nachweislich unschuldig ist. Aber so einfach tickt die Welt nicht.

Direkt vor dem Sekretariat geht nach links ein kurzer Flur ab, der durch eine Glastür auf den Schulhof rausführt. Ich starre auf die Tür, und mich packt der Impuls, einfach wegzurennen, weit weg, egal wohin. Stattdessen presse ich die Fingernägel in die Handballen, beiße die Zähne zusammen und gehe weiter. Es hat keinen Sinn, wegzulaufen, es gibt kein Entrinnen. Ich würde es nur hinausschieben und noch schlimmer machen, wenn ich abhaue. Besser, ich bringe es so schnell wie möglich hinter mich.

Silja sieht blass, aber energisch aus. Emelie und ihr Hofstaat sind bereits dort, als wir in den kleinen Konferenzraum neben dem Büro des Rektors geführt werden. Line ist auch da. Silja und ich setzen uns neben sie. Ich komme mir vor wie bei einer dieser Gerichtsverhandlungen im Fernsehen. Emelie gähnt. Ich weiß nicht, ob als bewusste Demonstration oder ob das ein echter Gähner ist.

Der Rektor, Maja, Britt, Mattsson und Grace sind anwesend. Warum ausgerechnet die beiden Letztgenannten als Vertreter des Lehrerkollegiums dabei sein müssen, weiß ich nicht. Ich empfinde es fast als persönlichen Angriff gegen mich, dass Grace dabei ist, eine der wenigen Lehrerinnen, mit der ich echte Schwierigkeiten habe. Und dann Mattsson, der unerschütterlich von Siljas Schuld überzeugt ist.

Der Rektor trägt ganz sachlich vor, was vorgefallen ist und welche Sachen fehlen. Grace vermisst offensichtlich ihre Brieftasche mit ihrer Kreditkarte, dem Führerschein und einer größeren Summe Geld. Sie funkelt Silja und mich während der Ausführungen des Rektors mehrmals an. Das macht mich wütend. Ich bin als Zeugin hier, nicht als verdächtigte Diebin!

Camilla schaut mit großen Augen von einem zum anderen. Was, wenn sie mein Handy tatsächlich im Flur gefunden hat und unschuldig in die Sache reingezogen wurde? Das könnte ich dann auch noch auf mein Gewissenskonto verbuchen.

Wahrscheinlich habe ich nur eine zu lebhafte Fantasie. Es ist durchaus möglich, dass Emelie und ihr Hofstaat unschuldig sind. Aber jetzt erwartet Silja verständlicherweise, dass ich gegen die Mädchen aussage.

Egal was ich tue, alles ist falsch.

Aber sosehr ich auch grübele und mich selbst zur Vernunft zu bringen versuche, weiß ich tief in meinem Innern, das Lovisa die Sachen an diesem Tag gestohlen hat, ich weiß, dass sie aus dem Garderobenraum der Lehrer gekommen ist, die Tasche voller Diebesgut. Und das alles nur, um Silja eins auszuwischen. Ich kann es nicht beweisen, insofern haben sie recht, und ich habe den eigentlichen Diebstahl nicht beobachtet, auch nicht, dass Lovisa Dinge in ihrer Tasche hatte, die nicht ihr gehören, aber ich weiß es trotzdem. Ihr Gesichtsausdruck, der Empfang der anderen, mein verschwundenes Handy und die idiotische Anzeige, die kein halbwegs intelligenter Dieb so in die Zeitung gesetzt hätte – es passt alles zusammen.

Wenn Emelie als Siegerin aus dieser Geschichte hervorgeht, hat sie ihre Macht noch weiter zementiert und ausgeweitet. Dann hat sie sozusagen einen Freifahrtschein. Danach wird sich niemand mehr trauen, sich gegen sie zu stellen, möglicherweise nicht einmal mehr Silja.

Aber warum, warum, warum bleibt alles an mir hängen? Der Rektor ist am Ende seiner Ausführungen. Als Erstes wendet er sich an Line.

»Du sagst, dass Silja es nicht gewesen sein kann, weil du sie den gesamten Freitagvormittag im Blick hattest«, sagt er. »Stimmt das?«

Line nickt.

»Dir ist schon klar, dass sich das merkwürdig anhört, oder? In meinen Ohren hört sich das an, als hättest du dir das ausgedacht, um deine Freundin zu schützen.«

Line nickt wieder.

»Aber du bleibst dabei, dass das die Wahrheit ist?«

»Ja«, sagt Silja. »Silja war es nicht.«

»Aber du warst nicht mit Silja *zusammen*? Du hast sie nur beobachtet? Mehrere Stunden?«

Clara kichert und wirft Emelie einen kurzen Blick zu.

»Pervers«, murmelt Lovisa.

Line antwortet nicht. Silja sieht sie an, dann mich, und obwohl ich noch gar nicht an der Reihe bin, weiß ich jetzt schon, dass das gehörig in die Hose gehen wird. Und ich bin mit einem Mal so müde. Es gibt keine guten Alternativen, nur schlechte, noch schlechtere und katastrophale, und dass Emelies Macht noch stärker untermauert wird, ist definitiv die katastrophalste Alternative von allen.

»Silja war nett zu Line«, sage ich. »Im Gegensatz zu uns anderen. Da ist es doch nicht weiter verwunderlich, dass Line sich an Silja hält.«

Line hebt den Blick und sieht mich überrascht an. Ich habe noch nie bewusst wahrgenommen, dass sie so blaue Augen hat. Fast wie Sven.

Der Rektor legt die Fingerspitzen aneinander wie immer, wenn er nachdenkt.

»Diese Geschichte wird ja immer verwickelter«, sagt er mit einem vielsagenden Blick auf Britt. »Aber halten wir uns bitte an den Diebstahl. Eine anonyme Zeugenaussage und das Geld in Siljas Schrank legen nahe, dass Silja die Schuldige ist. Aber Silja ihrerseits behauptet, das Ganze sei ein Komplott gegen sie. Später sagt Vendela aus, sie habe Lovisa an diesem Vormittag in der Lehrergarderobe gesehen.«

»Ich hab sie rauskommen sehen«, korrigiere ich ihn. »Drinnen habe ich sie nicht gesehen, aber ich bin ihr an der Tür zur Garderobe begegnet.«

»Und du sagtest, sie habe ängstlich oder nervös ausgesehen.«

Ich sehe Lovisa an. Sie hat Hektikflecken im Gesicht, und ihre Kiefermuskeln sind angespannt, als würde sie die Zähne aufeinanderbeißen.

»Ja, so kam es mir vor«, sage ich.

»Und sie hatte eine große, schwarze Tasche bei sich?«

Ich nicke. Mein Herz schlägt inzwischen im Hals. Emelie sieht mich eindringlich an. Ich spüre die Augen aller auf mir wie krabbelnde Insekten.

»Das ist meine Schultasche, du Schlampe«, sagt Lovisa. »Und ich war auf der Toilette!«

Sie wendet sich hastig an den Rektor.

»Also, tut mir leid, dass ich nicht um Erlaubnis gefragt habe«, sagt sie eilig. »Aber ich musste so nötig, und die Schülerklos waren alle besetzt, da bin ich einfach bei den Lehrern reingegangen … Aber deswegen bin ich noch lange keine Diebin!«

»Hrrm-hmm«, räuspert sich der Rektor. »Nicht vorgreifen. Vendela, gibt es noch andere Gründe, dass du glaubst, Lovisa habe an dem fraglichen Vormittag die Sachen aus dem Garderobenraum gestohlen? Dass du ihr an der Tür begegnet bist, ist kein schlagender Beweis, da gehen im Laufe eines Tages viele Leute ein und aus.«

Jetzt kommt es drauf an. Jetzt muss ich mich für eine Seite entscheiden. Nichts zu tun ist auch eine Handlung. Sich nicht zu entscheiden ist auch eine Wahl.

Silja sieht mich an. Alle sehen mich an. Ich lasse den Blick durch den Raum schweifen und komme mir vor wie in einem Film. Ich begegne wieder Lines Blick. Sie lächelt nicht, aber da ist etwas in ihren blauen Augen, das ich noch nie vorher bei ihr gesehen habe. Immer nur Misstrauen und Ablehnung, manchmal auch Angst, aber das hier ist nichts von alledem. In diesem Moment hat Line keine Angst. Und wenn sie keine Angst hat, warum sollte ich dann welche haben?

»Emelie und Clara haben im Flur gewartet, als Lovisa aus dem Garderobenraum kam«, sage ich. »Emelie hat ihr auf die Schulter geklopft und sie wirkten alle drei irgendwie … aufgeputscht. Ich hatte ja keine Ahnung, worum es ging, aber das sah nach mehr aus als einem Toilettenbesuch.«

Emelies Augen verengen sich zu schwarzen Schlitzen. Ich bin tot, denke ich.

»In unserem Gespräch gestern«, fährt der Rektor fort, »hast du gesagt, es gebe einen Grund, dass die drei Silja Probleme machen wollten. Stimmt das?«

»Alle in der Klasse haben nur auf Emelies Rache gewartet«, sage ich.

»Rache wofür?«

»Alles Mögliche. Es ... fing damit an, dass Silja sich am ersten Schultag auf Emelies Platz gesetzt hat.«

Mattsson schnauft ungeduldig. »Das ist das Dümmste, was ich je gehört habe!«

»Man setzt sich nicht einfach auf Emelies Platz!«, faucht Lovisa. »Die Schlampe hält sich für was ganz Besonderes! Kommt hierher und spielt sich auf!«

»Zügel deine Ausdrucksweise!«, fällt ihr der Rektor ins Wort. »Du bist also der Meinung, Silja hätte deswegen eine Strafe verdient?«

Lovisa schnappt nach Luft und sieht sich unsicher um. »Ich sage nur, dass sie eine verdammte Schlampe ist. Ich wette, sie hat die Sachen geklaut!«

»Lovisa!«, ruft Britt empört.

»So, kommen wir zu der Anzeige«, mischt der Rektor sich ein.

Mattsson macht den Anfang und erzählt, wie er die Annonce morgens in der Zeitung entdeckt und eine der angegebenen Nummern als seine erkannt hat. Die Überprüfung der anderen Nummer ergab, dass sie auf den Namen Louise Sundström eingetragen war, bei der Silja als Pflegekind wohnt.

Silja schüttelt den Kopf und wiederholt, dass sie die Anzeige nicht geschaltet hat und dass sie völlig überrascht war, als plötzlich lauter Leute bei ihr angerufen haben, die ein iPhone kaufen wollten.

»Das kann ich bezeugen«, sage ich. »Sie war ehrlich überrascht.«

Dann erzähle ich, dass auch mein Handy am Montag

kurz verschwunden war, bis Camilla es mir zurückgebracht hat. Und die behauptete, sie habe es in einem der Schulflure gefunden. Ich erwähne, dass ich Siljas Telefonnummer in meinem Handy gespeichert habe und mir deshalb vorstellen könnte, dass das der Grund ist, weshalb es verschwunden war.

Ich habe das Gefühl, dass jedes Wort ein weiterer Spatenstich für mein eigenes Grab ist. Aber die Lawine ist losgetreten und nicht mehr zu stoppen. Ich kann nur hoffen, dass der Rektor rafft, wer hier die Wahrheit sagt.

Jetzt sind plötzlich alle Blicke auf Camilla gerichtet. Sie schluckt und wirkt sehr aufgewühlt. Sie tut mir fast ein bisschen leid.

»Camilla«, sagt Maja. »Kannst du dich wirklich nicht erinnern, wo du Vendelas Handy gefunden hast? Wenn du ganz scharf nachdenkst? Es ist ja immerhin erst zwei Tage her.«

»Ich … also … vor der Spanischklasse, glaube ich … Wir hatten ja gerade Spanisch gehabt, also …«

»Und woher wusstest du, dass es Vendelas Handy ist?«

»Ich … hab es wohl wiedererkannt.«

»*Wohl?*«

Maja beugt sich vor und stützt sich mit den Unterarmen auf dem ovalen Konferenztisch ab.

»Das ist eine ernste Angelegenheit«, sagt sie. »Ich weiß nicht genau, ob euch allen klar ist, wie ernst. Mehrere Lehrer, unter ihnen Grace und Gunnar, wollen den Vorfall bei der Polizei anzeigen, und daran werden wir kaum vorbeikommen, wenn die gestohlenen Gegenstände nicht wieder auftauchen und die Sache nicht gründlich aufgeklärt wird.

Wenn es zur Anzeige kommt, kann jeder, der nicht die Wahrheit sagt, wegen Meineids verurteilt werden. Wisst ihr, was das bedeutet?«

Vereinzeltes Nicken um den Tisch. Maja wendet sich wieder an Camilla.

»Ich frage dich also noch einmal, Camilla: Wo hast du das Handy gefunden?«

Da bricht Camilla in Tränen aus, sie heult wie ein kleines Kind.

»Emelie hat es mir gegeben«, schluchzt sie. »Sie hat gesagt, sie habe es gefunden, wollte es Vendela aber nicht selber zurückgeben. Ich sollte sagen, dass ich es irgendwo gefunden habe. Tut mir leid! Ich wusste doch nicht, was damit war!«

Der Knoten in meiner Brust reißt mit einem Knall. Es ist schmerzhaft und erleichternd zugleich.

»Verräterin«, sagt Lovisa und Camilla weint noch heftiger.

Emelie sieht einen nach dem anderen an. »Das Handy lag vor der Spanischklasse, rechts neben der Tür. Ist ja eigentlich nicht mein Problem, wenn einer schlampig mit seinen Sachen umgeht, ich wollte eben nur nett sein und dafür sorgen, dass sie es wiederkriegt. Und weil ich weiß, dass Vendela mich nicht leiden kann, habe ich Camilla gebeten, es ihr zu geben. Hätte ich es doch bloß liegen lassen. Ich konnte ja nicht ahnen, dass Silja und Vendela sich so eine haarsträubende Geschichte ausdenken!«

Die Hoffnung, die eben noch in mir aufgestiegen ist, lässt die Flügel hängen und stürzt gnadenlos zu Boden.

Der Rektor räuspert sich zum zigsten Mal.

»Unschöne Geschichte«, sagt er. »Eine ganz unschöne Geschichte.«

Britt breitet die Arme aus.

»Warum kommt ihr mit so was nicht zu mir, bevor es aus dem Ruder läuft?«, sagt sie desolat.

Da streckt Line die Hand hoch. »Darf ich was sagen?«

»Bitte schön«, sagt der Rektor.

»Ich hab mich nicht eher getraut, was zu sagen«, sagt Line. »Aber ich weiß, dass Emelie und Lovisa die Annonce aufgegeben haben.«

Jetzt hat Line alle Blicke auf sich. Sie sitzt aufrecht da und starrt stur den Rektor an.

»Wie bitte?«, sagt Maja. »Wie kommst du darauf?«

»Ich habe mitbekommen, wie sie darüber geredet haben«, sagt Line. »Ich stand hinter den Schließfächern, deswegen haben sie mich nicht gesehen, als sie darüber geredet haben, dass sie ein iPhone4 annoncieren und Siljas Telefonnummer angeben wollten.«

»Wann war das?«, fragt Maja.

»Am … Montag«, sagt Line. »In der großen Vormittagspause, glaube ich.«

»Und das sagst du jetzt erst!«, schimpft Mattsson empört.

»Entschuldigung«, sagt Line. »Ich hab mich einfach nicht getraut. Aber ich dachte, wenn Vendela so mutig ist …«

»Die lügt doch, verdammt noch mal!«, ruft Lovisa. »Wir haben überhaupt nichts bei den Schließfächern besprochen! Wir waren bei mir zu Hause, als wir …«

Sie bricht mitten im Satz ab und sieht erschrocken zu Emelie, die laut stöhnt. »Lovisa, du dämliche Idiotin!«

Dann sieht Lovisa den Rektor an.

»Wir haben die Sachen nicht geklaut«, sagt sie. »Wir wollten alles zurückgeben. Wir haben die Sachen nur geliehen, weil wir Silja eine Lektion erteilen wollten.«

Einige Sekunden ist es so still im Raum, dass man eine Stecknadel fallen hören könnte. Zu meinem Erstaunen sehe ich, dass Lovisa weint. Nicht theatralisch, ganz still und leise, aber die Tränen verteilen die Schminke in grauschwarzen Streifen auf ihren Wangen.

»Ah ja«, sagt der Rektor schließlich. »Darf ich Emelie, Lovisa und Clara bitten, noch zu bleiben. Ihr anderen könnt in eure Klasse zurückgehen.«

Meine Beine zittern, als ich aufstehe, und mir platzt fast die Blase. Als wir in den Aufenthaltsraum kommen, nimmt Silja Line in den Arm.

»Danke«, sagt sie. »Danke, danke, danke.«

Line steht stocksteif da und erwidert die Umarmung nicht.

»Was für ein Glück, dass du ihr Gespräch belauscht hast«, sage ich. »Sonst wären wir geliefert gewesen!«

Sie lächelt verlegen.

»Hab ich gar nicht«, sagt sie.

»Was?«, sagt Silja.

»Ich habe sie nichts von einer Anzeige sagen hören. Das war eine Lüge.«

In der Mittagspause gehe ich mit Tonja, Lukas und Nils in die Kantine. Wir sitzen an unserem gewohnten Platz und die Stimmung ist richtig entspannt. Es ist schön, Tonja wieder lachen zu hören. Trotzdem wandert mein Blick ständig zu dem Tisch, wo Silja, Sven und Leo sitzen. Silja war auf dem Weg zu mir, nachdem wir unsere Bücher im Schließfach abgelegt haben, aber sie hat es sich anders überlegt, als sie Tonja und Lukas neben mir stehen sehen hat. Eine Sekunde haben sich unsere Blicke gekreuzt, sie hat kurz gelächelt und ist in die andere Richtung gegangen.

Bevor sich das Durcheinander so zugespitzt hat, hat Silja mal gesagt, dass sie Tonjas und meine »heiligen vibrations« nicht stören wolle, und vielleicht versucht sie nur, sich an ihr Versprechen zu halten. Aber wie ist ihr Lächeln zu deuten? Bedauert sie, dass wir jetzt nicht mehr zusammen sein können, oder freut sie sich für mich, weil es sich zwischen Tonja und mir wieder eingerenkt hat? Mal ganz ehrlich, was wollen Silja, Sven und Leo eigentlich mit mir? Das Ganze war ein interessantes Zwischenspiel, ein kurzer Ausflug aus meiner gewohnten Wirklichkeit, in der ich jetzt wieder gelandet bin.

Ich habe Tonja, Lukas und Nils erzählt, dass sie Emelie und Lovisa für den Diebstahl rangekriegt haben, so wie ich ihnen fast alles erzählt habe, was beim Rektor abgegangen ist. Auch, dass es am Ende Line war, die den letzten Nagel in den Sarg der Konspirateure geschlagen hat. Aber dass sie das mit einer Lüge getan hat, verschweige ich. Das war so unerwartet und souverän, das hätte ich Line gar nicht zugetraut. Aber da ich fürchte, dass Tonja mit ihrem Rechtsempfinden Lines Einsatz kleinreden könnte, sage ich nichts. Es ist auch so schon genug. Tonja ist über die Entwicklung gefühlsmäßig gespalten. Einerseits will sie natürlich, dass die Wahrheit ans Licht kommt und die Schuldigen bestraft werden, andererseits schmeckt es ihr nicht, Silja als Siegerin zu sehen.

Emelie, Lovisa und Clara lassen sich an diesem Tag nicht mehr in der Klasse blicken.

In der Nachmittagspause schlägt Nils vor, dass wir uns heute Abend im Akropolis treffen, um Tonjas und meine Versöhnung zu feiern und dass es beim Rektor so gut gelaufen ist. »Ich muss erst fragen, aber Papa hat bestimmt nichts dagegen, wenn wir da essen.«

»Cool«, sagt Lukas. »Oder?«

Er sieht Tonja fragend an, die nickt. Nils sieht mich an mit einem Ausdruck, den ich noch nicht kenne. Aber vielleicht bilde ich mir das auch nur ein.

»Ich muss auch erst zu Hause fragen«, sage ich.

Nils lächelt. »Bei dem legendären Fest im Strandvägen hast du's damit ja wohl nicht so genau genommen!«

»Das war eine Ausnahme«, sage ich.

Er lacht. Tonja und Lukas gehen vor uns zur nächsten Stunde, und Nils verlangsamt das Tempo, als wollte er einen Abstand zwischen uns schaffen. Ich sehe ihn neugierig an. Ihm hängen ein paar dunkle Locken in die Stirn.

»Tonja hat erzählt, dass du mit Silja und Sven hingegangen bist«, sagt er. »Und dass du die ganze Nacht weg warst. War's lustig?«

Ich zucke mit den Schultern. »Ich hab ein bisschen zu viel getrunken. Ansonsten war es nett.«

Es kommt mir vor, als wäre es schon ewig lange her, dass Nils mich mit seinen braunen Augen angesehen hat, dabei ist es das gar nicht. Zeitmäßig nicht, aber wenn man es an der Erlebnislatte misst, eine Ewigkeit.

»Ich war ziemlich überrascht«, sagt er. »Du hast auf mich nie gewirkt, als wenn dich so was interessiert.«

»Und wie wirke ich auf dich?«, frage ich und würde mich gerne mal mit seinen Augen sehen.

Überhaupt, wie sehen andere mich? Was sieht Tonja? Was sehen Mama und Papa? Was sieht Silja? Was sieht Sven?

Bei Britt sollten wir mal ein schriftliches Selbstporträt schreiben, als wäre es das Porträt von jemand anderem. Ich sollte mir also vorstellen, ich wäre eine andere Person, die Vendela Ek beschreibt. Das war viel schwieriger, als ich dachte. Je mehr Gedanken ich mir darüber machte, desto schwerer fiel es mir, am Ende hab ich fast alles gelöscht, was ich geschrieben habe. Nach einer Stunde hatte ich nicht viel mehr als eine magere Liste über Äußerlichkeiten wie Haarfarbe, Größe und Schuhgröße. Das war kein schönes Gefühl, sozusagen der Beweis dafür, dass ich keine Ahnung habe, wer ich eigentlich bin.

Nils beißt sich auf die Unterlippe und überlegt einen Moment, ehe er antwortet: »Ruhig, smart, ziemlich nett und sehr loyal. Und manchmal etwas unnahbar.«

Er lacht verlegen.

»Versteh mich jetzt nicht falsch«, sagt er. »Aber es nicht

ganz leicht, an dich ranzukommen. Als würdest du einen Teil von dir unter Verschluss halten, den du mit niemandem teilen willst.«

»Ist das nicht bei jedem so?«

»Möglich. Aber bei einigen mehr als bei anderen.«

»Du hast feige vergessen. Ich bin der weltgrößte Feigling.«

Nils schüttelt den Kopf. »Das hast du ja wohl gerade bewiesen, dass du das nicht bist! Ich dagegen bin so feige, dass ich mich noch nicht mal traue …«

Wir sind am Fuß der Treppe angelangt, die zum Sprachflur hochführt. Nils bleibt stehen, eine Hand am Geländer, und sieht sich hastig um. Tonja und Lukas sind fast schon oben. Hinter uns kommen schon die nächsten, aber noch sind sie außer Hörweite.

»Sven meinte …«, sagt er verlegen, »… wenn ich mehr als nur befreundet mit dir sein will, sollte ich mich endlich mal zusammenreißen und dir das sagen.«

Ich muss grinsen.

»Und?«, frage ich.

»Und das möchte ich«, sagt Nils. »Aber ich bin in solchen Dingen der absolute Loser.«

»Ich auch.«

»Dann passen wir ja vielleicht ganz gut zusammen?«

»Vielleicht.«

Oskar, Ellen und Madeleine spazieren an uns vorbei und Nils weicht ihnen mit dem Blick aus. Die Gerüchte über die Ereignisse des Vormittags haben offenbar die Runde gemacht, jedenfalls klopft Oskar mir anerkennend auf die Schulter.

»Gut gemacht, Vendela!«, sagt er. »Keiner hätte jemals gedacht, dass ihr es schafft, Emelie festzunageln.«

Ellen und Madeleine lächeln mich anders an als sonst.

»Wir wollen am 18. eine Klassenparty machen«, sagt Ellen. »In Madeleines Ferienhaus. Das ist nicht sonderlich groß, aber wird bestimmt lustig. Kannst du am 18.? Sonst verschieben wir es um eine Woche. Und dann dachten wir … du könntest ja mal Sven fragen, ob er auch kann?«

»Frag ihn doch selber«, sage ich.

»Hab ich schon«, sagt Madeleine. »*Mal sehen*, hat er gesagt. Kannst du nicht mit ihm reden? Wäre toll, wenn alle kommen.«

Alle, denke ich, bedeutet »alle Wichtigen«. Plötzlich gehöre ich also zu denen. Die Idee, meinetwegen einen Fete-Termin zu verschieben, hat bisher noch niemand gehabt.

Nils' Gedanken scheinen in die gleiche Richtung zu gehen wie meine. Als Ellen, Madeleine und Oskar an uns vorbei sind und wir hinter ihnen die Stufen hochgehen, stupst er mich mit dem Ellenbogen an.

»Wir wollten doch mit unserer Liste herausfinden, ob sich am Ende der Neunten was verändert hat«, sagt er. »Ich würde sagen, wir müssen sie jetzt schon aktualisieren. Du bist eindeutig in die Kategorie ›die Coolsten in der Klasse‹ aufgestiegen.«

»Ha, ha«, sage ich ironisch. »Wohl eher in die Kategorie ›zeitweises Anhängsel der Coolsten in der Klasse‹.«

»Die Kategorie hatten wir bisher noch nicht, aber das lässt sich ja ändern!«, antwortet Nils lachend.

Als wir in den Sprachflur einbiegen, streift seine Hand meine, und ehe ich für mich beantwortet habe, ob das Absicht oder Zufall war, ist sie wieder da, diesmal eindeutiger, und plötzlich gehen wir Hand in Hand. Ich sehe ihn vorsichtig von der Seite an und er dreht leicht den Kopf, lächelt mich an und umschließt meine Finger. Ich erwidere den Druck, und es fühlt sich ziemlich gut an, wenn auch ungewohnt. Als wir uns den anderen nähern, lassen wir uns los und stellen uns zu Tonja und Lukas.

Isabel kommt mit klirrendem Schlüsselbund und ihrem Hola todos! und schließt den Klassenraum auf.

Superromántico, denke ich. Aber wie viel Romantik kann man in der schulischen Umgebung schon verlangen? Heute Abend essen wir zusammen im Akropolis, das wird anders. Als ich vorletztes Wochenende dort war, fand ich es jedenfalls sehr romantisch.

Genauso hatten Tonja und ich es uns vorgestellt. Das war sozusagen das Ziel. Tonja und Lukas und Vendela und Nils. Zwei plus zwei und alle vier. Dass ich nicht völlig von den Socken und überwältigt bin, plötzlich am Ziel zu sein, hat wahrscheinlich mit der abturnenden Stimmung in der Schule zu tun. Und damit, dass es noch nicht ganz bei mir angekommen ist.

Während ich neben Tonja sitze, kaue ich im Kopf immer wieder durch, was Nils gesagt hat. Er will mehr als nur mit mir befreundet sein. Wie ich auch. Er hat meine Hand genommen und mir total süß gestanden, dass er ein Loser in solchen Dingen ist. Ich warte auf das überschäumende Gefühl, das ich in so einer Situation eigentlich erwarten würde, aber es stellt sich nicht ein. Da ist vielleicht ein leichtes, aufgeregtes Flattern, aber nicht so, dass es mir schwerfällt, still zu sitzen.

Ich lasse den Blick durch die Klasse schweifen, der unweigerlich, wie von einer Naturkraft gelenkt, an Sven hängen bleibt. Er streckt sich und verschränkt die Hände hinterm Nacken. Ich kann in meinen Fingerkuppen spüren, wie seine Finger die Haut im Nacken berühren, so intensiv, als würde ich ihn selber berühren. Erschrocken drehe ich mich nach vorn.

Nein, denke ich, nein, nein, nein!

Ich bin in Nils verliebt, schon ewig, und heute Abend wird alles so, wie ich es mir schon lange gewünscht habe. So ist es. So muss es sein.

Ich beiße die Zähne aufeinander und versuche, mich auf den Unterricht zu konzentrieren. Ich hab zwar in letzter Zeit mehrfach mein Talent dafür unter Beweis gestellt, mir Probleme einzubrocken, aber es gibt Grenzen!

Um fünf Uhr simst Nils, dass wir um sieben Uhr im Akropolis willkommen sind. Tonja kommt vorher mit ihrem Schminkbeutel bei mir vorbei. Das freut mich. Sie hätte genauso gut mit Lukas zusammen hinfahren können.

Wir probieren Klamotten und unterhalten uns wie gewohnt. Ich entscheide mich für eine schwarze Jeans und das dunkelrote Baumwolloberteil mit einem weißen Top drunter. Ganz links im Schrank hängt das Siebzigerjahrekleid. Ich streiche mit den Fingerspitzen über den seidigen, glatten Stoff, lasse es aber hängen. Es ist zwar gewaschen und von allen Spuren befreit, aber zum einen hatte ich es an meinem letzten Abend im Akropolis schon an, und zum anderen weiß ich immer noch nicht, was Tonja dazu sagen würde.

Sie selbst trägt eine weiße, figurbetonende Bluse, die sie im Schrank ihrer Mutter entdeckt hat, graue Leggins mit schwarzem Muster und weiße Pumps. Sie sieht erwachsen aus. Wird man erwachsener, wenn man einen Freund hat? Dann bin ich ja vielleicht auch bald dran.

Schulter an Schulter schminken wir uns vor dem Badezimmerspiegel. Tonja lächelt ihr Grübchenlächeln.

»Schön, dass sich alles wieder eingerenkt hat«, sagt sie. »Okay, ich hab jetzt Lukas, aber das ist nicht das Gleiche. Ein Junge ist eben doch nur ein Junge, süß hin oder her. Hoffentlich klappt es jetzt endlich mit Nils. Ich weiß, dass er in dich verliebt ist, das war von Anfang an klar!«

Ich nicke. »Er hat vorhin so was gesagt. Also, nicht, dass er verliebt in mich ist, aber dass er mehr als nur befreundet mit mir sein will.«

Tonja sieht mich begeistert an. »Wie bitte? Wann hat er das gesagt?«

»Vor Spanisch.«

»Und damit rückst du jetzt erst raus?«

»Mehr ist ja nicht passiert«, sage ich schnell. »Oder doch, wir haben Händchen gehalten ... ungefähr fünf Sekunden.«

Tonja zieht die Augenbrauen hoch.

»Dann ist doch noch nicht alles wieder eingerenkt«, sagt sie. »Früher hättest du mir sofort davon erzählt. Du hättest es im Leben nicht bis zum Ende der Stunde ausgehalten. Bist du immer noch sauer auf mich?«

Ich schüttele den Kopf.

»Erstens«, sage ich, »war nicht ich sauer auf dich, sondern umgekehrt, und zweitens fällt mir nichts ein, weswegen ich sauer auf dich sein sollte.«

Sie lächelt.

»Okay«, sagt sie. »Aber irgendwas ist nicht wie vorher.«

Und obwohl wir noch eine Weile darüber reden und ich mir ganz sicher bin, dass ich nicht das kleinste bisschen auf Tonja sauer bin, bleiben ihre Worte in meinem Innern hängen wie eine Klette an einem Pullover.

Es ist tatsächlich nicht mehr wie vorher. Aber das hat nichts mit Tonja zu tun.

Das hat damit zu tun, dass ich neben Sven in einem Bett gelegen habe. Dass ich weiß, wie seine Haut duftet und wie seine Augen strahlen können. Und dass sein Lächeln alles in mir zum Einstürzen bringt wie ein Kartenhaus, und ich kann nichts dagegen tun. Und dass seine Nähe alle meine Schutzmechanismen und Abgrenzungen pulverisiert. Einfach nur, weil es ihn gibt.

Mist. Verdammt. Verfluchte Scheiße.

Wenn ich mich ganz doll konzentriere und anstrenge, muss doch dieses warme, prickelnde Gefühl wieder zu aktivieren sein, dass ich vor zehn Tagen im Akropolis hatte. Und ich will mich ja konzentrieren und anstrengen. Endlich ist es so weit.

Ich kann mir gut vorstellen, was Tonja sagen würde, wenn ich ihr von meinem Dilemma erzähle.

Abgesehen davon, dass sie es mir übel nehmen würde, dass ich die perfekte Konstellation mit Nils und uns vieren sabotiere, ist Sven einfach niemand, in den man sich verliebt. Nicht ernsthaft. Man kann ihn anhimmeln, wie man Filmstars anhimmelt oder in die man sich in der Mittelstufe vielleicht auch noch verliebt. In der neunten Klasse sollte man seine begrenzten Chancen allerdings schon real einschätzen können, alles andere wäre naiv und peinlich.

Ich versuche es mit der realen Einschätzung. Hallo, wir reden hier von Sven Ernerius, ermahne ich mich selbst. Komm wieder auf den Boden! Jetzt wird es ernst! Wir sind auf dem Weg zu Nils, um den Abend mit ihm zu verbringen. Nils, auf den du schon so lange ein Auge geworfen hast, Nils mit den schönen schwarzen Locken und den schönen braunen Augen, dem sexy Mund, den du neulich noch unbedingt küssen wolltest, erinnerst du dich?

Das Ding ist, dass ich das nicht tue. Natürlich erinnere ich mich an ihn, aber nicht an die Gefühle, die damit verbunden waren. Das stelle ich fest, als wir im Akropolis ankommen und er mich umarmt und auf die neue, spezielle Art anlächelt, die bedeutet, dass von nun an mehr als Freundschaft kommt. Ich stelle es fest, weil mir vor Nervosität nicht der kalte Schweiß ausbricht und mein Herz keine Extrasprünge macht. Was auch nicht zu verachten ist. Was ist erstrebenswert daran, wenn einem vor einem Date mit einem Jungen speiübel wird? Ist doch wunderbar, wenn es ruhig und entspannt abläuft. Und ich mag Nils ja wirklich. Das andere wird schon wieder vergehen.

Wir essen Gyros und sonnenblumengelbes, köstliches Mangosorbet zum Nachtisch. Nachdem wir nach dem Essen noch eine Weile gesessen und geplaudert haben, stehen wir auf und bedanken uns herzlich bei Kostas. Lukas will Tonja auf dem Moped nach Hause bringen. Da wir mit dem Bus gekommen sind, habe ich kein Rad dabei.

»Ich bring dich zur Haltestelle«, sagt Nils. »Oder … wenn du willst, können wir auch einen Spaziergang zu dir nach Hause machen?«

»Meinetwegen«, sage ich. »Wenn du magst.«

Er nickt glücklich. Tonja zwinkert mir zu, als sie sich hinter Lukas aufs Moped setzt.

Es ist ziemlich ruhig in diesem Teil der Stadt, besonders an einem Mittwochabend nach Ladenschluss. Zwischen den Häusern weht ein kalter Wind, und ich bin froh, dass ich die Kapuzenjacke dabeihabe.

Nils nimmt sein Handy aus der Tasche, klickt sich durch die Playlist und reicht mir dann seinen Kopfhörer.

»Hör dir das an«, sagt er lächelnd. »Bei dem Stück muss ich immer an dich denken.«

Ich stecke die Stöpsel ins Ohr.

Jedes Mal, wenn du mich ansiehst,
flackern die Lichter.
Jedes Mal, wenn du mich ansiehst,
weiß ich, wer ich bin.

Nils sieht mich beim Zuhören an, und ich merke, dass ich rot werde. Was sagt man in einer solchen Situation?

Ich versuche, so natürlich wie möglich zu lächeln, und gebe ihm die Kopfhörer zurück.

»Du magst Kent?«, frage ich.

Er nickt. »Im Moment spiele ich kaum was anderes. Was hörst du so für Musik?«

»Alles Mögliche, Cardigans, Rihanna, Green Day … Kommt ganz auf meine Stimmung an.«

Wir laufen nebeneinanderher und unterhalten uns. Kurz vorm Zentrum tastet er plötzlich nach meiner Hand. Es ist merkwürdig, so spazieren zu gehen, irgendwie so offiziell: Hier kommen mein Freund und ich.

»Das ist schon alles irgendwie … merkwürdig«, sage ich.

»Was?«

Ich werfe ihm einen unsicheren Blick zu. Das ist ziemlich peinlich, aber ich bin nun mal peinlich und eine Grüblerin, die alles ganz genau wissen will.

»Als wir zum Filmabend bei Lukas waren, hast du demonstrativ Abstand zu mir gehalten. Ich hatte vorher auch schon ein paar Anläufe gemacht, aber an dem Abend kam es mir besonders deutlich vor, dass du nicht übermäßig interessiert warst. Und jetzt, plötzlich …«

Nils lächelt verlegen.

»Ich hab dir doch gesagt, dass ich ein echter Loser in solchen Sachen bin«, sagt er. »Es hat mich irgendwie genervt, dass es irgendwie so … arrangiert war. Verstehst du, was ich meine? Lukas und Tonja und du und ich. Als hätten sie das für uns entschieden. Oder als ob Tonja und du euch zwei Jungs gesucht hättet, die auch beste Freunde sind und die ihr ganz sympathisch findet. Das hat sich nicht … echt angefühlt. Ich wusste einfach nicht, was du wirklich für mich fühlst oder ob das eben nur … so schön praktisch ist. Oder ob es hauptsächlich von Tonja und Lukas ausging.«

Ich nicke. »Ich weiß, was du meinst. Der Gedanke ist mir zwischendurch auch gekommen. Aber ich glaube, ich hatte schon ein Auge auf dich geworfen, als zwischen Tonja und Lukas noch gar nichts war. Falls dich das tröstet.«

Er lacht. »Tut es.«

Plötzlich bleibt er stehen und zieht mich an sich. Sein Gesicht ist ganz dicht an meinem, sein Körper ist ganz nah. Ich weiß im ersten Moment nicht, wohin mit meinen Armen, aber dann lege ich sie um seine Taille. Endlich schlägt mein Herz schneller. Alles wird gut. Er sieht mich an.

»Du musst mir eine Menge beibringen«, sagt er. »Das ist echt Neuland für mich, ich bin noch nie mit jemandem zusammen gewesen.«

»Da hast du dir ja genau die richtige Lehrmeisterin gesucht. Für mich ist das genauso Neuland. Da werden wir wohl üben müssen.«

»Jetzt gleich?«

Ich lache leise. »Okay.«

Er legt den Kopf etwas auf die Seite, beugt sich vor und berührt meine Lippen ganz leicht mit seinen. Das fühlt sich gut an. Ich lege meine Arme um seinen Hals und ziehe ihn zu mir runter und dann küssen wir uns. Er schmeckt warm, weich und fremd.

Nils legt seine Hände auf meine Schultern und sieht mich … staunend, ja staunend an.

»Oh«, sagt er. »Das könnte was werden.«

Ich nicke lächelnd. »Vielleicht.«

Wir gehen weiter in die Korngatan und stehen eine ganze Weile vor dem Haus und küssen uns. Seine Hände auf meinen Hüften werden eifriger, streichen über meinen Rücken und Nacken. Ich denke mir, dass er sicher gern mit mir raufgehen würde, dass er mehr will, jetzt sofort. Aber das war einfach ein bisschen zu viel heute, ein ziemliches Gefühlskarussell. Jedenfalls mehr, als ich auf einmal bewältigen kann. Ich schiebe mich etwas von ihm weg.

»Ich wär jetzt gern … allein«, sage ich. »Das hat nichts mit dir zu tun, aber das war heute ein ganz schön ereignisreicher Tag, in der Schule und …«

Er streichelt meine Wange. »Du brauchst dich nicht zu entschuldigen. Alles in Ordnung. Wir sehen uns morgen.«

»Mm. Bis morgen.«

Ich gehe ins Haus und bin plötzlich schrecklich erschöpft und leer im Kopf. Im Fahrstuhl lehne ich den Kopf gegen die Wand und oben in meinem Zimmer falle ich nur noch ins Bett.

Silja ist am nächsten Morgen nicht in der Schule.

Ich kann mir Silja nur schwer krank vorstellen, aber warum soll sie sich nicht genauso eine Erkältung oder eine Magenverstimmung einfangen wie alle anderen. Britt erkundigt sich, ob jemand von uns eine Ahnung hat, was mit ihr ist, aber keiner weiß etwas. Dafür sind Emelie, Lovisa und Clara wieder da, etwas blass und erstaunlich zurückhaltend. Ich bilde mir gar nicht ein, dass Emelie ein für alle Mal zurechtgestaucht ist, aber in diesem Moment kommt sie mir deutlich ungefährlicher vor als sonst.

Tonja will wissen, wie der Abend für mich weitergegangen ist, und freut sich, dass sich zwischen mir und Nils endlich was tut.

Irgendwie ist es schon komisch, dass sie fast aufgeregter ist als ich. Aber sie hat schließlich fast so lange darauf gewartet und gehofft wie ich. Und wahrscheinlich hat sie phasenweise ziemlich zwischen den Stühlen gesessen und gemerkt, dass es nicht so einfach ist, Freund und beste Freundin unter einen Hut zu kriegen. Ist man mit dem einen zusammen, enttäuscht man den anderen, und ist man mit beiden zusammen, hat man von keinem richtig was. Jetzt sind wir zu viert. Das ist besser.

Nils küsst mich vor aller Augen mitten auf den Mund, als wir von einer Klasse zur nächsten gehen.

In der großen Pause verdrück ich mich aufs Klo und schreibe eine SMS an Silja.

Krank? Soll ich dich bei Britt entschuldigen, damit du keinen Eintrag kriegst? Umarmung <3

Ich setze mich auf den Toilettendeckel und warte, aber es kommt keine Antwort. Silja hat mal gesagt, sich mit mir zu verabreden sei komplizierter als eine Affäre mit einem verheirateten Mann. Ich muss grinsen. Hier sitze ich und schreibe heimlich eine SMS auf dem Klo, als wäre ich untreu. Im Grunde genommen ist der Unterschied zwischen Liebe und Freundschaft nicht sehr groß. Außer dass Tonja und ich nicht rumknutschen.

Kaum haben wir unsere Plätze im Werkraum eingenommen, piepst mein Handy, das ich vergessen habe auf lautlos zu stellen. Birgitta sieht mich vorwurfsvoll an. Ich entschuldige mich, worauf Birgitta gnädig nickt und sich wieder ihrer Demonstration von Sticktechniken zuwendet. Letztes Halbjahr haben Tonja und ich Holzarbeiten gewählt, weil ich lieber tischlere. Aber Tonja handarbeitet lieber, darum ist jetzt Handarbeiten dran. Als Birgitta die weißen Stoffstücke austeilt, auf denen wir sticken sollen, und uns auffordert, uns was aus den Mustervorlagen auszusuchen, nutze ich die Gelegenheit, die SMS zu lesen.

Wenn du dich kurz von Tonja losreißen kannst, komme ich in die Schule. Emil, der Idiot, hat Schluss gemacht. Wollte eigentlich zu Hause bleiben und Bio schwänzen, aber hier Löcher in die Luft zu starren ist noch schlimmer!

Ich schiebe das Handy unter die Mustervorlage und frage mich, ob sie ernsthaft erwartet hat, dass Emil sich auf eine heimliche Beziehung mit einer seiner Schülerinnen einlässt. Deswegen tut es natürlich nicht weniger weh. Vielleicht ist sie ja wirklich in ihn verliebt. Nachdem ich noch ein wenig darüber nachgedacht habe, zeige ich Tonja die SMS. Sie liest sie und reißt die Augen auf.

»*Der* Emil?«, flüstert sie. »Unser Referendar?«

Ich nicke und überlege, ob es richtig oder falsch war, Tonja die SMS zu zeigen. Aber ich will nicht gleich wieder damit anfangen, Geheimnisse vor Tonja zu haben. Außerdem muss ich es ihr ja irgendwie erklären, wenn ich heute Nachmittag mit Silja zusammen sein will.

»Ich dachte, das wäre eine einmalige Sache gewesen«, sagt Tonja.

»Emil offensichtlich auch«, sage ich. »Ist das okay?«

»Sex mit seinem Lehrer zu haben? Wirklich nicht!«

»Nein, ich meine, ob es okay ist, wenn ich heute Nachmittag mit Silja zusammen bin?«

Tonja verschränkt die Arme vor der Brust. »Du kannst zusammen sein, mit wem du willst.«

»Und du bist deswegen nicht wieder sauer?«

»Quatsch. Solange ich mich nicht mit Silja anfreunden muss.«

Ich werfe einen raschen Blick zu Birgitta, die gerade Camilla den Schwierigkeitsgrad eines Musterbogens erklärt und mit dem Rücken zu mir steht, und tippe eine kurze Antwort an Silja.

Tonja sucht sich ein Stickmotiv mit zwei Katzen in einem Korb aus.

»Oma wird doch im November siebzig«, sagt sie. »Darüber freut sie sich bestimmt, meinst du nicht?«

Ich nicke und versuche, mich auf die Bögen vor mir zu konzentrieren. Birgitta geht von Tisch zu Tisch und nähert sich unserem. Ich entscheide mich schließlich für einen Wandbehang mit »Fröhliche Weihnachten« und roten und grünen Girlanden am Rand, ziemlich hässlich. Aber glücklicherweise holt man so was nur für kurze Zeit im Jahr aus der Schublade.

Nach der ersten Pflichtaufgabe, die in diesem Halbjahr also eine Stickarbeit ist, darf man im Großen und Ganzen machen, wozu man Lust hat. Ich will einen langen Schal stricken, das macht viel mehr Spaß. Letzten Herbst habe ich einen für Papa gestrickt, gestreift in allen möglichen Farben. Er hat den Schal den ganzen Winter getragen, bis weit in den Frühling. Diesmal will ich einen für mich machen, auch so bunt, aber nicht ganz so breit, denke ich. Doch erst einmal die Kreuzstiche bewältigen.

Ich schaue zu den großen Glasschränken vor der kurzen Wand, in der alle Stoffe nach Farben sortiert liegen. Was man mit ein bisschen Kreativität und dem richtigen Gefühl dafür alles machen könnte, wie Silja.

Tonja behauptet zwar, sie sei nicht sauer, aber irgendwie ist die Stimmung angespannt zwischen uns, und wieder einmal denke ich, wie zerbrechlich unsere Freundschaft doch plötzlich ist. Noch vor wenigen Wochen hätte uns nichts auseinandergebracht, wir wären beste Freundinnen bis ins Greisenalter geblieben, hätten zeitgleich unsere Kinder bekommen und wären vielleicht sogar zusammen in den Urlaub gefahren. Aber jetzt bin ich beim kleinsten bisschen verunsichert, als müsste unsere Freundschaft jeden Tag oder jede Stunde neu ausgelotet und bewertet werden.

Bei den Schränken nimmt Nils mich in den Arm.

»Ich hab fast die ganze Nacht wach gelegen und an dich gedacht«, flüstert er mir ins Ohr.

Über seine Schulter hinweg sehe ich Silja, die auf einem der Tische an der langen Fensterfront zum Schulhof sitzt. Sie hat die Arme um die Knie geschlungen und sieht aus, als ob sie friert. Ich löse mich vorsichtig aus Nils' Umarmung.

»Silja ist gekommen«, sage ich. »Ich muss kurz mit ihr reden. Sie hat Probleme.«

Nils lacht.

»Wann hat das Mädel keine Probleme?«, frotzelt er.

»Sehr komisch«, sage ich ironisch.

»Ich meine das nicht böse. Ich finde Silja cool.«

»Und hübsch, was?«

»Nicht so hübsch wie dich.«

Ich küsse ihn hastig auf den Mund und gehe zu Silja, die den Kopf hebt. Sie hat rot verheulte Augen.

»Hallo«, sage ich und setze mich neben sie.

Sie seufzt. »Tut mir leid, wenn du meinetwegen Schwierigkeiten kriegst«, sagt sie. »Aber in der Schule erwarten irgendwie alle, dass ich eine große Klappe habe und immer gut gelaunt bin, und das schaff ich heute nicht.«

»Ach was«, sage ich. »Wann hast du mit Emil gesprochen?«

»Gestern Abend. Und heute Morgen. Ich hatte ihm zwar versprochen und mir geschworen, ihn nicht anzurufen, aber ich hab's trotzdem getan. Wo bleibt da der verdammte Stolz?«

»Und was sagt er?«

»Dass es ein Fehler war. Dass er mich sehr mag und fürchterlich scharf auf mich ist – oder sich *sehr von mir angezogen* fühlt, wie er sagt, was ja wohl dasselbe meint –, aber dass er sich nicht mehr mit mir treffen kann, weil das nicht geht und ich zu jung bin und er mein Lehrer ist und blablabla!« Sie tritt gegen die Rückenlehne der Bank. »Ich hatte ursprünglich auch nicht vor, das voranzutreiben. Nicht wirklich. Ich wollte eigentlich nur austesten, ob ich es schaffe, ihn ins Bett zu kriegen. Die super Gelegenheit auf der Fete konnte ich mir doch nicht entgehen lassen. Aber dann … ist es anders gekommen als geplant.«

»Vielleicht ist das abrupte Ende ja gar nicht das Schlechteste. Wenn du ihn nach so kurzer Zeit schon so sehr magst, wäre es später bestimmt noch viel schwerer gewesen. Und mal ehrlich, irgendwie war das doch von vorneherein … zum Scheitern verurteilt.«

»Scheiß Vorschriften«, murmelt Silja. »Was wäre denn schlimm daran, wenn wir zusammen wären? Befürchtet das Schulamt, meine Noten könnten in den Keller sinken, wenn ich ihm nicht jeden Abend einen blase?«

Ich sehe wahrscheinlich genauso schockiert aus, wie ich mich fühle, weil Silja mitten in all dem Elend laut losprustet. In dem Augenblick sehe ich aus dem Augenwinkel ein Paar bekannte Skaterschuhe. Meine Lungen kollabieren und ich muss nach Luft schnappen.

»Hallo«, begrüßt Sven Silja. »Ich dachte, du wärst krank.«

»Bin ich auch«, sagt Silja. »Aber zu Hause fällt mir die Decke auf den Kopf.«

»Du siehst tatsächlich angeschlagen aus.«

»Danke, das baut auf.«

Ich hebe den Blick, höllisch bemüht um einen neutralen Gesichtsausdruck. Ich bräuchte ein Alarmsystem, um Körper und Seele darauf vorzubereiten, wenn er im Anmarsch ist. Es hebelt mich komplett aus, wenn er unvermutet so dicht neben mir steht.

»Das hat doch gut geklappt mit Nils«, sagt er. »Man sieht euch ja an jeder Ecke knutschen.«

Mir schießt die Röte ins Gesicht. Verdammtes Heliumblut! Lästig ist das.

»Stimmt ja gar nicht!«, sage ich gereizter als geplant.

»Aber jedes Mal, wenn ich hingeguckt habe«, sagt Sven.

»Dann guck halt nicht hin.«

Auch das kommt spitzer heraus als beabsichtigt. Ich senke verschämt den Blick und spüre zu meinem Entsetzen ein paar Tränen in den Augenwinkeln brennen. Was ist denn bloß los mit mir?

Silja steht auf. »Ingela spielt wieder«, sagt sie. »Wollen wir ihr nicht ein bisschen zuhören?«

»Klar«, nuschele ich.

»Leo und ich müssen noch schnell in die Stadt«, sagt Sven. »Fragt Ingela doch mal, ob sie nicht Lust hätte, zu einer Probe mit Leos Band zu kommen. Die haben ein Stück, wo Geige super passen würde.«

Ich merke, dass er mich noch einmal ansieht, ehe er geht, aber ich bin nicht in der Lage, seinen Blick zu erwidern. Spätestens jetzt muss er mich für eine absolut hoffnungslose Dummnuss halten. Was ich ja auch bin. Ich schaff es noch nicht einmal, die Chance zu nutzen, Sven als Freund zu behalten.

Silja und ich gehen zum Musiksaal. Die Geigenklänge sind bis auf den Flur zu hören. Als ich die Tür öffne, ist auch noch eine Stimme zu hören. Gesang und Geige verstummen, dann setzt die Geige wieder ein, etwas später auch die Stimme.

Als wir eintreten, sehen wir Line neben Ingela stehen. Line verstummt, als sie uns sieht, worauf Ingela ebenfalls zu spielen aufhört.

»Hallo!«, ruft sie. »Wisst ihr, was ich entdeckt habe? Line kann singen!«

»Das hast du nicht entdeckt«, sagt Line trotzig. »Eric konnte den Mund nicht halten.«

Eric Eskilsson ist unser Musiklehrer. Er ist ziemlich jung, rothaarig und trägt eine kleine Nickelbrille.

»Ich habe Eric von letztem Montag erzählt, als Leo und ich zusammen gespielt haben«, erklärt Ingela. »Und dabei habe ich erwähnt, dass es toll wäre, wenn es an der Schule jemanden mit einer klaren, hohen Gesangsstimme gäbe für dieses wunderbare norwegische Volkslied, das ich gerade entdeckt habe. Da hat Eric gesagt, dass Line in der Mittelstufe in seinem Chor gesungen und eine super Stimme hat.«

»Quatsch«, murmelt Line.

»Widersprich nicht!«, sagt Ingela. »Sing lieber. Lass uns noch mal von vorne anfangen.«

Line wirft einen zögernden Blick auf Silja und mich. »Wollt ihr zuhören?«

»Wenn wir dürfen«, sage ich.

Line zieht die Schultern hoch und schaut in ihre Noten auf dem Notenständer. Silja und ich wechseln einen kurzen Blick und setzen uns dann ganz leise in die zweitletzte Reihe. Ingela spielt das Stück, das wir schon letztes Mal gehört haben, und Line setzt etwas verzögert ein. Das klingt richtig schön, altmodisch, nach grüner, weicher Almwiese, Almhütten und blauen Berghängen. Die Musik erinnert mich an eine Ziegenkäsewerbung.

Silja hat sich zurückgelehnt und starrt mit leerem Blick vor sich hin, wahrscheinlich denkt sie an Emil. Ich bin wohl kaum die Richtige, ihr zu sagen, dass sie sich dummerweise in den Falschen verliebt hat. Darum beschließe ich, gar nichts zu sagen und einfach nur die Daumen zu drücken, dass es schnell überstanden ist.

Ingela und Line scheinen uns schnell vergessen zu haben, jedenfalls probiert Line entspannt ein paar Sachen aus und sie diskutieren über unterschiedliche Interpretationsmöglichkeiten. Line hat eine kräftige, klare Stimme. Wer hätte das geahnt? Ingela bringt es immer wieder fertig, Line zum Lachen zu bringen. Ich beobachte fasziniert ihr Gesicht, wenn sie lacht. Das sonst immer nur verschlossene und ablehnende Gesicht öffnet sich und sieht richtig glücklich aus. Line hat ein ziemlich breites Gesicht mit Stupsnase und fransigem Pony, das dann viel weicher und gleich nicht mehr so farblos wirkt. Mit ihren rosigen Wangen sieht sie richtig süß aus.

Vielleicht brechen jetzt ja neue Zeiten für Line an. Vielleicht habe ich mich ja geirrt. Vielleicht ist das Unmögliche plötzlich möglich. Vielleicht ist nichts so kaputt, dass man es nicht wieder kitten könnte. Möglicherweise wird es nicht mehr so, wie es ursprünglich einmal war, aber wenigstens zu etwas anderem.

Ich muss an Anton denken und an Siljas Mutter, die auch

einen emotionalen Scherbenhaufen hinterlassen haben. Wahrscheinlich kann man nicht verlangen oder auch nur hoffen, dass die Dinge danach wieder so werden, wie sie einmal waren, denn das wäre, als hätte es die beiden nie gegeben, als wäre es egal, ob sie jemals existiert haben, als hätten sie keine Spuren in unserem Leben hinterlassen.

Ich drehe den Kopf zur Seite und sehe Silja an. Sie ist eine ganz klare Spur, die Ariadne hinterlassen hat. Ohne Ariadne keine Silja. Nach Anton gibt es solche greifbaren Spuren nicht. Seine Spuren sind unsere Zerrissenheit, unsere Erinnerungen und unsere Trauer. Papa hat gesagt, dass Antons Verlust uns vielleicht gelehrt hat, mehr Wertschätzung füreinander zu empfinden. Ich bin mir nicht sicher, ob er recht hat. Noch nicht. Aber vielleicht wird es irgendwann mal so sein, wenn wir nach vorne schauen, weitermachen, nicht mehr einstürzen, sondern anfangen, wieder aufzubauen.

Die Mittagspause ist im Flug vorbei. Ingela verstaut ihre Geige und sagt, dass wir losmüssen. Da fällt mir ein, worum Sven mich gebeten hat.

»Wir sollten dich übrigens fragen, ob du nicht Lust hast, mal zu einer Probe von Leos Band zu kommen. Er würde gern ein Stück mit dir ausprobieren, das sie in der Band spielen wollen, glaube ich.«

Ingela verzieht den Mund.

»Rockmusik ist nicht so mein Ding«, sagt sie. »Aber ich kann es ja mal ausprobieren.«

Sie sieht Line an. »Vielleicht brauchen die ja eine Vokalistin!«

Line reißt die Augen auf und schaut von Ingela zu mir zu Silja.

»Ihr seid doch alle verrückt!«, sagt sie schließlich und geht zur Tür.

Ich erinnere mich an mein Gelöbnis, meine Turnschuhe zu verspeisen, wenn Line eines Tages Hand in Hand mit Leo anspaziert kommt. Inzwischen scheint nichts mehr unmöglich. Und allmählich beginnt es mir zu dämmern, dass gar nicht Silja die Grenzen verschiebt. Sie überschreitet nur imaginäre, von uns gezogene Grenzlinien, die sie manchmal gar nicht zu sehen scheint. Und dann wieder trampelt sie demonstrativ darüber, um uns zu provozieren. Nur mit Emil ist sie nun offensichtlich an eine Grenze gestoßen, mit der sie nicht gerechnet hatte.

Bei den Schränken halte ich nach Tonja Ausschau, aber sie ist nicht da. Silja sieht verbissen entschlossen aus, als sie mit dem Biologiebuch unterm Arm ankommt. Gleich wird sie Emil Auge in Auge gegenübersitzen.

»Ich gewöhne mich wohl besser so schnell wie möglich dran«, sagt sie. »Von so ein bisschen Liebeskummer lass ich mich doch nicht unterkriegen!«

Vor der Klasse treffen wir Lukas und Nils.

»Da bist du ja«, sagt Nils, als er mich sieht. »Wir haben dich schon gesucht.«

»Wo ist Tonja?«

»Bei der Schulschwester. Ihr ist eine Tür gegen die Augenbraue geknallt. Es ist nichts Schlimmes, hat aber geblutet wie Sau.«

»Wie ist das denn passiert?«, frage ich.

Nils grinst. »Wahrscheinlich hatte sie nur Augen für Lukas, als sie in die Klasse gehen wollte.«

»Das ist nicht komisch!«, brummt Lukas.

Björn hat schon aufgeschlossen. Ich sehe Siljas Blick durch den Raum wandern, aber Emil ist noch nicht da.

Der Unterricht beginnt. Ohne Tonja und ohne Emil.

Ich weiß nicht, ob Silja enttäuscht ist oder erleichtert. Sie zwirbelt eine dunkle Locke um den Zeigefinger und scheint Björns Ausführungen über die Zellfunktionen zu lauschen. Aber vielleicht denkt sie auch an ganz andere Dinge. Etliche der anderen Mädchen aus der Klasse sehen jedenfalls enttäuscht aus. Madeleine fragt Björn, wo Emil ist, und bekommt die vage Antwort, er sei bei einer Besprechung und werde es wohl nicht mehr bis zum Ende der Stunde schaffen. Tonja kommt auch nicht. Sobald es klingelt, schnappe ich mir mein Handy und schicke ihr eine SMS.

Keine halbe Minute später vibriert mein Handy ausdauernd.

»Hallo«, sagt Tonja. »Ich muss mit dir reden. Bist du allein?«

»Hallo«, sage ich. »Wie geht es dir? Ist es schlimm?«

»Nein, nein! Marielle hat die Wunde getapt, damit keine Narbe zurückbleibt, danach hat sie mich nach Hause geschickt. Aber ich muss … Bist du allein?«

Sie klingt so verzweifelt, dass ich Silja, Lukas und Nils entschuldigend zuwinke und mich etwas zurückziehe.

»Jetzt ja«, sage ich. »Warum? Es kann doch eh niemand hören, was du mir am Telefon sagst. Was ist los?«

Tonja seufzt. »Ich habe Mist gebaut … Du weißt ja, dass Marielle Mamas Cousine ist, und ich kenne sie ziemlich gut. Na ja, wir haben ein bisschen geplaudert, und dann hat sie sich nach dir erkundigt, und da hab ich gesagt, dass du bei Silja bist, die grad nicht so gut drauf ist … Das eine hat zum nächsten geführt, ich wollte eigentlich gar nichts sagen … Und ich hab nicht überlegt, was das für Konsequenzen haben könnte, Schulschwestern haben schließlich Schweigepflicht …«

Ganz langsam fällt der Groschen und das kalte Grausen breitet seine Flügel in mir aus. Ich sehe mich um. Lukas steht nur wenige Meter von mir entfernt und wirft mir besorgte Blicke zu. Ich schüttele abwehrend den Kopf und gehe weiter weg.

»Du willst damit doch nicht sagen, dass du es ihr erzählt hast?«, frage ich heiser.

Tonjas Antwort lässt ein paar Sekunden auf sich warten.

»Doch«, sagt sie und hickst, als würde sie schluchzen. »Ich wollte das gar nicht … Marielle ist total ausgeflippt und wollte direkt zum Rektor! Ich habe wirklich versucht, sie davon abzuhalten, aber … nichts hat geholfen!«

Ich drehe mich um. Silja lehnt mit dem Rücken an der Wand und wartet auf mich. Sie kratzt an einem Fingernagel.

»Emil war nicht im Unterricht«, sage ich. »Björn hat gesagt, er sei bei einer Sitzung. Scheiße, Tonja!«

»Ich hab doch gesagt, dass das keine Absicht war!«, antwortet Tonja.

»Ich muss los«, sage ich.

Dann lege ich auf und stecke das Handy in die Tasche.

Kaum glaubt man, das Durcheinander würde sich etwas lichten, bricht das Chaos von Neuem los. Silja wird mir niemals verzeihen, dass ich Tonja von ihr und Emil erzählt habe! Und das geschieht mir auch recht.

Nils und Lukas kommen mir entgegen, als ich auf dem Weg zurück in den Aufenthaltsraum bin.

»Wie geht's ihr?«, fragt Lukas besorgt. »Nicht so gut? War es schlimmer, als es aussah?«

Ich schüttele den Kopf. »Tonja ist okay«, sage ich. »Die Schwester hat sie nur vorsorglich nach Hause geschickt.«

»Aber was ist dann los?«, fragt Nils. »Du siehst kreidebleich aus, Vendela!«

»Ich muss mit Silja reden«, sage ich. »Geht schon mal vor, es ist sehr wichtig.«

Nils sieht mich unsicher an, schließt sich dann aber Lukas an. Ich stelle mich zu Silja, die immer noch mit ihrem Nagel beschäftigt ist. Eine Sekunde lang ziehe ich in Erwägung, einfach nichts zu sagen, so zu tun, als ob nichts wäre, um sie noch ein bisschen länger für mich zu behalten, aber das würde es am Ende nur noch schlimmer machen. Außerdem weiß ich nicht, ob Silja vielleicht nicht noch eine Chance hat, Emil zu helfen. Falls sie das will.

»Du solltest vielleicht ins Sekretariat gehen«, sage ich.

Silja sieht mich fragend an. Bestimmt denkt sie, es geht

um den Diebstahl im Garderobenraum. Ich hole tief Luft und nehme Anlauf.

»Der Rektor weiß es«, sage ich. »Das von Emil und dir. Wahrscheinlich war Emil deswegen nicht im Unterricht.«

Siljas Augen werden größer. »Scheiße … hast du …?«

Ich schüttele den Kopf. »Tonja. Aber sie weiß es von mir.«

»Hast du ihr davon erzählt? Tonja? Obwohl du weißt, dass sie mich hasst?«

»Sie wollte nichts sagen, das war keine Absicht, aber …«

»Keine Absicht? Leck mich doch!«

Silja schnappt ihre Bücher und rennt durch den Hauptflur Richtung Sekretariat.

Ich stehe da und schaue ihr nach. Die Luft ist zäh und das Atmen fällt mir schwer. Das war's dann wohl endgültig. Wie war das noch gleich mit dem zwangsmäßig idiotischen Verhalten? Und wieder habe ich voll zugeschlagen! Diesmal so gründlich, dass ich nicht nur die Freundschaft mit Silja zerdeppert habe, sondern Sven garantiert auch nichts mehr von mir wissen will. Und Emils Leben habe ich ganz nebenbei auch noch mit zerstört.

Die Welt wäre besser ohne mich. So einfach ist das. Die Sonne würde klarer scheinen und die Menschen würden glücklicher durch ihr Leben wandern.

Ich gehe langsam zu meinem Schrank, lehne die Stirn gegen die kühle, dunkelblaue Stahltür. Plötzlich steht Nils neben mir und legt eine warme Hand um meinen Nacken.

»Was ist los?«, fragt er. »Magst du es mir erzählen?«

Ich schüttele den Kopf.»Das geht nicht. Tut mir leid, aber das geht einfach nicht.«

Mein Handy klingelt. Als ich sehe, dass es Tonja ist, drücke ich das Gespräch weg. Dann nehme ich meine Englischmappe und gehe neben Nils zur Klasse. Er schiebt vorsichtig einen Arm um meine Taille, und ich lasse ihn, ohne die Geste zu beantworten.

Grace spielt eine Tonwiedergabe von CNN über Abgase und den Gewächshauseffekt und eröffnet danach eine Diskussion über das Thema. Ich kriege keinen Sinn in die Sätze und es ist mir auch egal.

Silja kommt nicht zurück. Ihr und Tonjas Platz bleiben demonstrativ leer. Nach Englisch hätten wir noch eine Stunde, aber das schaffe ich nicht.

»Sagst du Britt, dass ich Kopfschmerzen habe und nach Hause gegangen bin?«, bitte ich Nils.

»Okay … Darf ich dich heute Abend anrufen?«

»Klar.«

Ich weiß, dass ich was tun müsste, ihn umarmen oder küssen, irgendwas, aber ich will nur noch weg. Ich hole meine Sachen aus dem Schrank und mache mich auf den Weg. Es ist windig. Der Schulhof ist leer bis auf eine Papiertüte, die Purzelbäume auf der asphaltierten Fläche schlägt.

Ich habe gerade mein Fahrrad aufgeschlossen und ziehe es aus dem Ständer, als ich Schritte hinter mir höre. Widerwillig drehe ich den Kopf und sehe erstaunt, dass es Sven ist. Er hält seine Jacke in der Hand.

»Was machst du hier?«, frage ich. »Mathe hat doch schon angefangen!«

»Und was machst du selber hier?«, gibt er die Frage an mich zurück.

Mir schießen Tränen in die Augen. Doch nicht jetzt! Aber was spielt das noch für eine Rolle? Es ist eh alles im Eimer.

»Ich habe alles vermasselt«, flüstere ich.

Er lächelt mich an.

»Alles kann man nicht vermasseln«, sagt er. »Ich hab's schon öfter versucht.«

Dann erzähle ich ihm, was passiert ist. Dass ich Tonja von Silja und Emil erzählt habe und sie Marielle davon erzählt hat.

Sven schüttelt den Kopf.

»Nicht gut«, sagt er. »Warum könnt ihr Mädchen nicht einfach mal die Klappe halten?«

Ich zucke mit den Schultern. »Weil wir glauben, dass wir dem anderen vertrauen können?«

»Aber das kann man nicht. Soll ich dich nach Hause bringen?«

»Du kriegst einen Eintrag.«

»So what? Irgendjemand muss schließlich soziale Verantwortung übernehmen und aufpassen, dass du unterwegs nicht noch mehr Leute ins Elend stürzt.«

Mitten in meiner Verzweiflung muss ich grinsen. Ich schiebe das Rad auf dem Gehweg, Sven folgt mir.

»Ich dachte … du würdest mich nicht mehr angucken, wenn du davon erfährst. Silja ist stinksauer auf mich.«

Sven nickt. »Nachvollziehbar. Wie ich schon sagte, das ist echt blöd. Aber eigentlich hast nicht du Mist gebaut. Silja und Emil sind ein bewusstes Risiko eingegangen, als sie miteinander ins Bett gehüpft sind.«

Er muss lachen.

»Na ja, so bewusst wahrscheinlich nicht«, sagt er. »Zumindest nicht, was Emil betrifft. Sigge meinte, er habe ziemlich was intus gehabt. Wofür auch er und sonst niemand verantwortlich ist. Ich habe jedenfalls nicht gesehen, dass irgendjemand auf dem Fest gezwungen wurde, was zu trinken. Auch wenn man das bei dir hätte glauben können!«

»Hör schon auf!«, sage ich. »Mehr, als ich mich jetzt schon schäme, geht nicht.«

»Ich fand dich angeduselt total süß«, sagt Sven. »Nicht unbedingt, als du das Kotzen angefangen hast, aber kurz vorher.«

»Na, dann hoffe ich für dich, dass du genau hingeguckt hast, weil das garantiert das letzte Mal war, dass ich was getrunken habe!«, sage ich und Sven lacht wieder.

»Sure«, sagt er. »Das sage ich auch jedes Mal!«

Ich kichere, obwohl meine Wangen immer noch nass von den Tränen sind. Ich kann es nicht fassen, dass er hier neben mir geht. Wahrscheinlich hat er das wahre Ausmaß der Ereignisse noch nicht erfasst. Wenn Silja mitkriegt, dass er sich noch mit mir abgibt, ist sie bestimmt auch sauer auf ihn, und das kann er doch nicht wollen?

»Du musst mich nicht begleiten«, sage ich. »Ich verspreche auch, unterwegs kein Chaos zu verursachen.«

Sven sieht mich an. »Okay … lass mich die Frage anders formulieren: Möchtest du lieber alleine sein oder soll ich dich begleiten?«

»Begleiten.«

»Na also. Warum dann das Gezackere?«

Er lächelt mich an und ich lächele schwach zurück. Wahrscheinlich muss ich einfach akzeptieren, dass das Leben nicht mehr leicht verständlich, sondern plötzlich total unbegreiflich ist. Ich weiß nicht mehr, wann ich verzweifelt und wann ich glücklich sein soll. Bin ich das eine, zeigt sich im nächsten Augenblick, dass ich das andere sein sollte, um dann gleich wieder umzuschwenken.

Bald werde ich über meine Dummheit weinen. Bald werde ich um Silja und Emil und alles Elend trauern, aber vorher will ich noch ein bisschen neben Sven hergehen. Nehme mir noch diese kleine Auszeit von der Wirklichkeit, um Atem zu holen und Kraft zu tanken für das, was vor mir liegt. Sehe ihm in die Augen und bekomme ein Lächeln von ihm, das mein Herz schneller schlagen lässt.

Als wir vor unserem Haus stehen, berührt er mich leicht an der Schulter. »Geht's dir wieder besser?«

Ich nicke. »Danke.«

Er wirft die Haare aus den Augen.

»Gut«, sagt er. »Dann bis morgen.«

Das ist so elend weit weg, dieses Morgen, von dem er redet, so weit, dass bestimmt noch einmal alles ganz anders sein wird und er nichts mehr von mir wissen will.

»Du?«, rufe ich darum verzweifelt, als er sich in Bewegung setzt.

Er dreht sich sofort um. »Ja?«

Mein Mund ist trocken und ich kriege kaum ein Wort heraus.

»Ich dachte … bis zum Ende der Stunde schaffst du es eh nicht zurück in die Schule … Magst du vielleicht … ähm … eine Tasse Tee oder so?«

Er zögert und sein Blick ist plötzlich ganz ernst.

»Ja«, sagt er. »Eigentlich schon. Wenn das okay für Nils ist? Wenn wir nur einen Tee trinken?«

Mein Zwerchfell zieht sich zusammen, als er das sagt. Offenbar gehen seine Gedanken in die gleiche Richtung, dann fühlt er also auch was, oder zumindest denkt er, dass es so interpretiert werden könnte.

Ich nicke. Mein Sprachzentrum hat jetzt ganz den Geist aufgegeben. Meine Hände zittern, als ich den Schlüssel ins Schloss vom Fahrradkeller stecke, und ich stelle mich so, dass er das Zittern nicht sieht.

»Ist es okay, wenn ich laufe?«, fragt er, als ich den Fahrstuhlknopf drücke. »Ich mag keine Fahrstühle.«

»Ich kann auch laufen«, schlage ich vor, erleichtert, so etwas Neutrales sagen zu können. Außerdem ist es einfacher, hinter ihm die Treppe raufzugehen, als ihm im Fahrstuhl gegenüberzustehen.

In der Wohnung ist es still. Ich lasse Wasser in den Kessel laufen, stelle ihn auf die Station und drücke den Knopf. Sven steht in der Tür zwischen Flur und Küche und sieht mir zu. Er sieht so gut aus, lässig an den Türrahmen gelehnt, dass es physisch wehtut. Das ist doch Wahnsinn. Wenn ich auch nur einen Funken Selbsterhaltungstrieb besäße, würde ich einen so großen Bogen wie nur möglich um diesen Kerl machen. Mein Kopf sieht das auch ein, das Dumme ist nur, dass ich nicht weiß, wie ich mein Wissen umsetzen soll. Stattdessen mobilisiere ich sämtliche Kräfte, wenigstens drei Meter Abstand einzuhalten. Aber es nützt auch nichts, dass ich den Blick auf alles andere in der Küche richte außer auf ihn.

»Magst du was dazu?«, frage ich matt. »Ein … Brot oder so?«

Er schüttelt den Kopf. Dann seufzt er. »Ich muss dich was fragen, Vendela. Es ist mir echt peinlich, aber besser, wir reden darüber … Für mich jedenfalls.«

Mein Blick landet bei ihm, wohin er schon die ganze Zeit

wollte. Jetzt darf er das, schließlich sieht man die Leute an, die etwas von einem wissen wollen. Ich muss mich an der Spüle abstützen, weil ich meinen Beinen nicht ganz traue. Er beißt sich leicht auf die Unterlippe und sieht mich an.

»Bist du dir mit Nils wirklich ganz sicher?«, fragt er schließlich. »Ich muss dich das fragen, damit ich es ein für alle Mal weiß. Ich will nichts kaputt machen, aber … ich bin richtig heftig in dich verliebt.«

Er lächelt verlegen und schweift mit dem Blick durch die Küche. »Du kannst dir vielleicht vorstellen, dass das ziemlich anstrengend ist.«

Nein. Ich versteh gar nichts mehr. Ich höre die Worte, aber ich verstehe sie nicht. Das kann nicht sein, dass er in unserer Küche vor mir steht und sagt, was er sagt. Er doch nicht! Entweder hat er gerade einen akuten Anfall geistiger Umnachtung und weiß nicht, mit wem er redet, oder er macht sich lustig über mich und …

»Krieg ich irgendwann eine Antwort?«, fragt er. »Ich komm mir ziemlich blöd vor.«

Wenn sich jemand blöd vorkommen muss, dann ja wohl ich. Er ist einfach nur wunderbar und toll, weit mehr, als ich verkraften kann. Das Gefühlschaos in mir sucht sich einen Weg nach draußen und ich lache und heule zugleich und schluchze unkontrolliert. Sven kommt zu mir und legt seine Hände auf meine Schulter.

»Vendela, ist alles in Ordnung?«

Ich schüttele den Kopf. Dann verliere ich auch noch die Beherrschung über den Rest meines Körpers und schlinge meine Arme um ihn und drücke mich ganz fest an ihn, in seine Wärme und den speziellen Duft seiner Haut, der sich in mir eingenistet hat, seit er so dicht neben mir auf dem Bett gelegen hat.

Er hält mich ganz fest, aber nur kurz, dann seufzt er gequält und schiebt mich von sich weg.

»Man mag es mir nicht zutrauen, aber ich habe extrem feste Prinzipien, was die Freundinnen anderer Jungs betrifft.«

Ich hole tief Luft und versuche, wieder zur Besinnung zu kommen. Das hier passiert gerade. Ganz in echt. Und jetzt hängt es an mir, wie es weitergeht. Es ist vielleicht weder klug noch gut, noch richtig, aber ich weiß, dass ich sterbe, wenn ich das auch wieder vermassele.

»Ich dachte, ich wäre in Nils verliebt«, murmele ich. »Ich habe es geglaubt, weil ich nicht wusste … dass es sich auch so anders anfühlen kann. Bis du mich plötzlich … wahrgenommen hast … was immer da passiert ist.«

Sven lächelt. »Ich verstehe nicht, wieso du mir nicht eher aufgefallen bist. Wahrscheinlich, weil du dich hinter allen anderen versteckt hast. Dass du die Einladung zu dem Fest abgelehnt hast, war echt irritierend. Und dann bist du doch mitgekommen und warst so witzig und sexy, und mein erster Gedanke war, ganz ehrlich, dass ich im Laufe des Abends vielleicht ein bisschen mit dir rumknutschen könnte, aber dann war alles so nett und dann ging's dir so schlecht und du warst so ein Häufchen Elend … und da hab ich mich in dich verliebt, einfach so. Das ist schrecklich. Ich hab nämlich auch meine Prinzipien, was das Verlieben angeht!«

Ich muss lachen und bin heilfroh, dass ich die Einladung zuerst abgelehnt habe, weil das dazu geführt hat, dass Sven mich wahrgenommen hat. Und das Lustigste ist, dass ich das im Grunde genommen Tonja zu verdanken habe! Ich beschließe, ab sofort nicht mehr sauer auf sie zu sein. Egal, was sie in Zukunft tut, dafür werde ich ihr bis an mein Lebensende dankbar sein.

»Du riechst immer noch nach Erdbeeren«, sagt Sven. »Ich muss mir wohl eine Flasche Shrek-Shampoo kaufen, um mein Bett damit einzuduften, damit ich mir einbilden kann, du wärst da.«

Seine Worte jagen Stromstöße durch meine Nervenbahnen. Wie ist das nur möglich, dass er mich allein mit seiner Stimme so elektrisiert?

Sven streicht sanft über mein Kinn, wendet mein Gesicht nach oben und küsst mich zärtlich mit geschlossenen Lippen. Als ich ihn ansehe, sind seine Augen ganz schwarz.

»Das mit dem Tee müssen wir ein andermal nachholen. Und bitte, lass es mich wissen … falls du mit Nils Schluss machst. Scheiße, ich komm mir so mies vor. Nils ist ein netter Kerl. Aber … ich will dich, Vendela. Mehr als alles andere.« Er macht ein paar Schritte nach hinten, dreht sich um und geht.

Ich kriege keinen Ton heraus. Halte mich stumm an der Spüle fest, paralysiert und völlig überrumpelt von dem heißen Pulsieren und dem Gefühlsrausch in mir.

Hinter mir fängt das Teewasser an zu kochen und der Kocher schaltet sich mit einem lauten Klick automatisch aus. Vorsichtig lockern meine Finger ihren Griff, der Tee interessiert mich mit einem Mal überhaupt nicht mehr. Ich gehe in mein Zimmer und werfe mich aufs Bett, schnappe mir das Kissen und drücke es fest an mich.

Sven, Sven, Sven.

Die Nacht bewegt sich in Zeitlupe voran. Hellwach sehe ich die Ziffern auf dem Radiowecker umspringen, und hellwach versuche ich ein wenig Ordnung in meine Gedanken zu kriegen, zu verstehen, was ich machen kann und was ich machen soll und in welcher Reihenfolge. Und währenddessen vergehe ich fast vor Sehnsucht. Warum wird das nicht weniger? Das muss sich zwischendurch doch auch mal wieder legen. Mit quälender Intensität stört dieses Gefühl jeden zusammenhängenden Gedanken, kompromisslos verhindert es jede Alternative. Ich will ihn, ich muss Nils enttäuschen, ich habe keine andere Wahl.

Jetzt geht es um Schadensbegrenzung.

Papa hat mal gesagt, dass das im Grunde genommen der Sinn des Lebens ist, Schadensbegrenzung. Das ist nicht wenig verlangt von einer wandelnden Katastrophe wie mir.

Tonjas Mutter weckt Tonja jeden Morgen um Punkt sieben Uhr. Als mein Radiowecker auf 07.01 umspringt, rufe ich sie an. Sie antwortet im Halbschlaf.

»Ich bin's«, sage ich.

»Hallo«, sagt Tonja und klingt schon ein bisschen wacher.

»Ich muss … mit Nils Schluss machen«, sage ich.

»Was?«

Ich wiederhole, was ich gerade gesagt habe, danach ist es ein paar Sekunden still in der Leitung.

»Ich dachte, du rufst wegen Silja und Emil an«, sagt Tonja. »Mir geht's hundsmiserabel deswegen … Und was ist mit Nils? Habt ihr euch gestritten?«

»Nein, nein, nein … er ist ein super Typ und ich mag ihn wirklich … aber ich bin in Sven verliebt.«

Wieder Stille.

»Was?«

»Ich bin in Sven verliebt. Ich kann nichts dagegen tun.«

»Aber Vendela … alle sind in Sven verliebt, das ist doch ganz normal.«

»Nicht so!«, falle ich ihr ins Wort. »Richtig. Ich kann nicht mit Nils zusammen sein. Wir haben irgendwie … den richtigen Zeitpunkt verpasst. Wären wir nicht solche Feiglinge gewesen und hätten unsere Hintern etwas eher hochgekriegt, wäre ich vielleicht nie auf dieses Fest gegangen und es … wäre wahrscheinlich nie so gekommen … Ach, was weiß ich. Aber es geht nicht mehr. Verstehst du, was ich meine?«

Tonjas Lachen kollert wie Popcorn aus dem Hörer in mein Ohr.

»Du bist echt verrückter, als ich dachte!«, sagt sie lachend. »Aber okay, wenn du das sagst, wird es wohl so sein. Armer Nils.«

»Ja.«

»Bist du noch sauer auf mich?«, fragt sie.

»Nein.«

»Danke. Das war wirklich keine böse Absicht. Ich mag Silja zwar nicht, und ich finde auch bescheuert und falsch, was sie getan haben, aber ich wollte doch niemals …«

»Ich weiß.«

»Und was passiert jetzt? Mit Emil?«

»Keine Ahnung. Silja ist gestern direkt zum Sekretariat gelaufen. Was danach passiert ist, weiß ich nicht, ich bin auch nach Hause gegangen.«

Tonja seufzt. Oder gähnt.

»Na … dann gehen wir wohl mal am besten in die Schule und gucken, was sich dort getan hat«, sagt sie. »Und du machst Schluss mit Nils.«

»Ja«, murmele ich.

»Du bist echt behämmert. Wie kann man den netten und zuverlässigen Nils für so einen wie Sven aufgeben?«

»Ich weiß.«

»Immerhin. Bis gleich.«

»Hm.«

Ich drücke das Gespräch weg, stehe auf und gehe ins Bad. Ich sehe mich im Spiegel an und denke an Svens Worte. Das Gesicht, das mir entgegenguckt, und das, was er gesagt hat, passen irgendwie nicht zusammen. Wieso hat er sich in mich verliebt? Wahrscheinlich habe ich die Szene in der Küche gestern nur geträumt. Wahrscheinlich ist das eine reine Fieberfantasie meines überhitzten Gehirns.

Aber nein. Das Gefühl seiner Berührung und seiner Lippen auf meinen ist äußerst realistisch. So was kann man sich nicht einbilden. Dazu ist kein Hirn in der Lage, egal wie viele Nervenendplatten und Signalsubstanzen oben im Dachstübchen Amok laufen.

Ich dusche, ziehe Vivis Jeans an und ein khakifarbenes Hemd mit dunkler Strickjacke drüber und setze mich an den Frühstückstisch. Mama ist schon da. Sie hat das Kinn in die Hand gestützt und sieht blass aus.

»Noch immer angeschlagen?«, frage ich.

Sie lächelt. »Ich bin okay. Aber ich glaube, ich brauche Luftveränderung. Vielleicht sollten wir mal ein Wochenende irgendwohin fahren? Nur du und ich und Anders.«

Sie sagt sonst immer »Papa«, wenn sie mit mir über ihn redet. Ich habe schon manches Mal darüber nachgedacht, wann sie wohl aufgehört haben, Anders und Livia füreinander zu sein. Aber nun nennt sie ihn also bei seinem Namen.

»Das wäre nett«, sage ich.

Ich schütte Haferflocken und etwas Milch in eine Schüssel, kriege aber keinen Bissen runter. Mein Magen ist über Nacht geschrumpft und hat sich verknotet.

»Tut mir leid«, sage ich, »aber ich kriege nichts runter. Magst du?«

Mama sieht mich an. »Ist dir schlecht?«

»Nein. Doch. Nein, ich meine … alles okay. Ich habe bloß keinen Hunger.« Ich stehe auf. »Bis heute Abend.«

Ich gehe die Treppe runter und hole das Fahrrad aus dem Fahrradraum, obwohl es noch viel zu früh ist. Aber ich muss raus, an die Luft. Es ist ganz schön kalt geworden. Als ich die Allee überquere, fällt mir auf, dass die Birken schon ganz gelb sind.

Ich stehe fast zehn Minuten an der Kreuzung, bis Tonja angestrampelt kommt. Sie hat ihre rote Baskenmütze aufgesetzt und die Herbstjacke an.

»Hallo«, ruft sie. »Saukalt ist das!« Sie klappt den Ständer von ihrem Rad runter, kommt zu mir und nimmt mich in den Arm. »Tut mir leid.«

»Mir auch«, sage ich und bin positiv überrascht, dass sie sich zuerst entschuldigt hat.

Tonja legt den Kopf auf die Seite und grinst. »Das mit Sven, ist das … weiß er es schon? Außer dass er wahrscheinlich selbstverständlich davon ausgeht, dass alle Mädchen ihn lieben.«

Ich nicke. »Er … hat von sich aus gesagt … dass er in mich verliebt ist.«

Tonja sieht mich skeptisch an. »Wir reden vom gleichen Sven, oder?«

»Ich glaube schon.« Jetzt muss ich auch grinsen.

»Shit! Was hast du mit ihm gemacht?«

»Nichts.«

Tonja lacht. Im nächsten Moment wird sie wieder ernst. »Aber was … woher willst du wissen, was das für ihn bedeutet? Vielleicht will er dich nur ins Bett kriegen und dann guckt er schon der Nächsten hinterher.«

Ich ziehe die Schultern hoch. »Das Risiko muss ich eingehen.«

Tonja schüttelt den Kopf und steigt wieder auf ihr Rad.

»Doofe Nuss«, sagt sie und tritt in die Pedale.

Aber ich sehe das Grübchen in ihrer Wange.

Nachdem wir die Räder abgestellt haben und das Schulgebäude betreten, lächelt keiner mehr von uns.

Es tut mir furchtbar leid, Nils wehtun zu müssen, und ich bin nervös, Silja wiederzusehen. Beim Gedanken an die Konsequenzen für Emil wird mir ganz schlecht, und es ist mir schleierhaft, wo ich mit der Schadensbegrenzung anfangen soll.

Tonja und ich nehmen das Informationspapier über Windkraft und unsere Ringblöcke aus dem Schrank. Ich habe gerade meinen Schrank abgeschlossen, als Lukas und Nils kommen. Es sind noch drei Minuten bis zum Unterrichtsbeginn. Ich sehe Nils an und überlege, ob ich lieber warten soll, bis wir etwas mehr Zeit haben. Aber er hat schon gemerkt, dass etwas nicht stimmt.

»Ich habe dich gestern nicht mehr angerufen«, sagt er leise, als wir die Treppe hochgehen. »Ist dir das überhaupt aufgefallen?«

Ich bleibe ihm die Antwort schuldig. Nein. Es ist mir nicht aufgefallen. Aber das kann man doch nicht sagen.

»Du musst mit mir reden«, sagt Nils. »Wenn wir nicht miteinander reden, können wir vielleicht auch nicht zusammen sein.«

»Das ist nicht so einfach«, sage ich.

»Was stimmt nicht?«, will er wissen. »Habe ich irgendwas falsch gemacht?«

»Nein!«, sage ich eilig. »Nein, es liegt nicht an dir, du bist ganz toll, ich mag dich sehr, aber …«

»Aber du willst nicht mit mir zusammen sein, oder was? Scheiße, Vendela!«

Lukas wirft einen Blick über die Schulter nach hinten, weil Nils für seine Verhältnisse richtig laut geworden ist. Ich gehe langsamer.

»Es tut mir so leid«, sage ich. »Das ist alles meine Schuld.«

Nils wird auch langsamer. Schließlich bleibt er stehen. »Es tut dir leid? Ich will wissen, was los ist! Ist es … wegen jemand anderem?«

Ich antworte nicht.

»Es ist Sven, oder? Ich hab schon mitbekommen, wie du ihn ansiehst.«

Antworten und nicht antworten ist beides gleich schrecklich. Nils sieht mich lange finster an, dann dreht er sich um und geht die Treppe wieder runter, den Hauptflur entlang.

Meine Augen brennen, und mein Magen grummelt, als ich Tonja und Lukas einhole. Lukas wirft einen fragenden Blick über meine Schulter.

»Er … ist gegangen«, sage ich.

»Verdammt«, stöhnt Lukas. »Blöde Kuh!«

Er lässt Tonjas Hand los und läuft hinter Nils her.

Bravo! Noch eine Fehlstunde, die auf mein Konto geht. Schreibt sie alle bei Vendela Ek auf, Strafe muss sein.

Tonja drückt meinen Arm.

»Er kommt drüber weg«, sagt sie tröstend.

Ich nicke. Natürlich hat sie wieder einmal recht, aber deswegen ist es nicht weniger traurig. Warum muss so was so schwer sein? Warum ist immer jemand traurig, egal was man tut?

Die Klassentür steht offen und wir gehen hinein. Die meisten sitzen schon auf ihren Plätzen. Helena will gerade die Tür schließen, als die letzten Nachzügler angeschlappt kommen, unter ihnen Silja, Sven und Leo. Silja setzt sich neben Line, und Sven wirft mir einen kurzen Blick zu, ehe er sich mit Leo zu ihren Plätzen begibt. Er sieht etwas blass und hohläugig aus unter der Sonnenbräune, als hätte er in der letzten Nacht auch nicht viel Schlaf bekommen. Ich sehe seinen ernsten Blick, der durch den Klassenraum schweift und an Lukas' und Nils' leeren Stühlen hängen bleibt, bevor er sich wieder auf mich richtet. Ich erwidere seinen Blick und weiß genau, dass es nie funktioniert hätte, ich könnte niemals mit Nils zusammen sein, solange es Sven gibt, auch wenn Sven mich gar nicht wollte.

Tonja stupst mich amüsiert von der Seite an und flüstert, dass man blinzeln muss, wenn die Augen nicht austrocknen sollen. Ich drehe mich verwirrt wieder nach vorn und versuche, Helenas Ausführungen zu folgen. Aber ich kann nicht Helena ansehen, ohne gleichzeitig Silja im Blick zu haben, und ich nehme mir vor, mit ihr zu reden, mich zumindest bei ihr zu entschuldigen. Ich habe vollstes Verständnis, wenn sie die Entschuldigung nicht annehmen will, aber ich muss ihr wenigstens sagen, dass es mir leidtut und dass mir bewusst ist, was ich getan habe.

Nach einer Viertelstunde schickt Helena uns in die Bibliothek und in den Computerraum, um mehr Informationen zu unseren jeweiligen Energiethemen zu sammeln. Silja biegt vor uns in die Bibliothek ein und ich hole sie ein.

»Hallo«, sage ich.

Sie bleibt stehen, sagt aber nichts.

»Ich möchte mich entschuldigen. Ich kann gut verstehen, wenn du stocksauer auf mich bist.«

Silja zuckt mit den Schultern und seufzt.

»Ich war einfach schön blöd, dir zu vertrauen«, sagt sie. »Genauso blöd wie du, Tonja zu vertrauen. Und Tonja ist sowieso blöd, also konnte das ja nur schiefgehen.«

»Weißt du schon, wie es für ihn gelaufen ist?«

»Er ist bis auf Weiteres vom Dienst suspendiert. Ich habe dem Rektor zwar gesagt, dass es von mir ausgegangen ist, aber ob das was nützt – keine Ahnung. Ein bisschen vielleicht.«

Ich nicke. »Hoffentlich. Hast du mit ihm gesprochen?«

»Ich hab ihn gestern Abend angerufen, aber er hat einfach aufgelegt.«

»Echt erwachsen.«

Ein leises Lächeln huscht über Siljas Gesicht. »Ja, oder?«

Ich gucke auf den Papierstapel in ihrer Hand. »Welches Thema hast du?«

»Naturgas.«

»Mit Line?«

Sie nickt. »Hat sich so ergeben. Und du?«

»Windkraft. Mit Tonja.«

Silja streckt sich und sieht sich zwischen den Regalen um, entdeckt Line an einem Holztisch weiter hinten und setzt sich in Bewegung. Ich atme tief ein. Immerhin, sie hat mit mir gesprochen. Das ist mehr, als ich zu hoffen gewagt habe.

Als könnte sie meine unausgesprochenen Gedanken lesen, bleibt sie stehen und dreht sich um.

»Du hast übrigens ziemliches Glück gehabt«, sagt sie. »Hätte er mich nicht vorher in die Wüste geschickt, hätte ich dir das nie verziehen, ist dir das klar?«

Ich nicke. Das ist mir klar. Ziemliches Glück.

Nachmittags laufe ich planlos in der Stadt herum. Nach allem, was passiert ist, komme ich mir vor wie in einem Vakuum. Ich weiß nicht genau, an welcher Strippe ich ziehen muss, damit es weitergeht. Es ist Freitag. Am liebsten würde ich Sven anrufen, aber ich traue mich nicht. Womöglich denkt er, dass ich mich ja ganz schön flott von einem Arm in den nächsten werfe, wenn ich mich so schnell bei ihm melde. Wir haben in der Schule kaum miteinander gesprochen, aber unsere Blicke haben sich immer wieder gesucht, und es ist nicht eine Sekunde vergangen, in der meine Gedanken nicht um ihn gekreist sind. Ich hätte eine Menge andere Dinge, über die ich mir klar werden muss, aber Sven verdrängt alles andere, mein Verlangen nach ihm blendet alles andere aus.

Mehr oder weniger zufällig lande ich vor Papas Arbeitsplatz. Ich schaue auf die Uhr. Eigentlich müsste er gleich Schluss haben. Ich fahre mit dem Fahrstuhl nach oben und klopfe an seine Tür.

»Herein!«

Papa steht neben dem Schreibtisch und blättert in einem blauen Aktenordner. Er sieht mich überrascht an. »Vendela? Ist was passiert?«

Ich schüttele den Kopf. »Ich war gerade in der Gegend, da dachte ich, ich schau mal bei dir rein. Bist du fertig?«

»Gleich. Willst du mit mir nach Hause fahren?«

»Ich bin mit dem Rad da.«

»Das können wir auch morgen holen.«

»Okay. Danke.«

Er zieht den USB-Stick mit dem roten Band heraus, hängt ihn um den Hals, fährt den Computer runter und knipst die Schreibtischlampe aus.

»Schön, dass du gekommen bist«, sagt er, als wir im Fahrstuhl nach unten fahren. »Ich wollte auch mit dir reden.«

»Aha?«

»Damit keine Missverständnisse aufkommen – ich finde es nach wie vor unmöglich, dass du ohne unsere Erlaubnis zu diesem Fest gegangen bist und dich betrunken hast … Aber zugleich hatte es auch sein Gutes, weil du Mama und mich dazu gebracht hast, wieder miteinander zu reden, uns mit den Dingen auseinanderzusetzen, vor denen wir uns die ganze Zeit gedrückt haben. Es kommt mir vor, als hätten wir inzwischen ununterbrochen geredet, selbst von der Arbeit haben wir SMS hin- und hergeschickt.«

Er verstummt, als die Fahrstuhltüren aufgleiten. Wir gehen zum Auto, das an der Straße geparkt ist, und als wir uns setzen, überlege ich nervös, worauf er eigentlich hinauswill. Sagt er mir jetzt gleich, dass sie zu dem Ergebnis gekommen sind, sich scheiden zu lassen?

»Davon habe ich gar nichts mitbekommen«, sage ich.

»Konntest du auch nicht«, sagt Papa schuldbewusst. »Wir hätten dich vielleicht mit einbeziehen sollen … Aber wir hatten so viel nachzuholen, nur wir zwei, auszumisten und zu bereinigen …«

»Und wie geht's jetzt weiter?«, frage ich.

»Hoffentlich einen Schritt vorwärts, Vendela. Ich hoffe, wir können jetzt nach vorne schauen. Du und ich und Mama.«

»Sie heißt Livia«, sage ich.

Papa lacht. »Das weiß ich«, sagt er.

»Dann nenn sie auch so.«

»Okay.«

Er sieht mich fragend an.

»Du erstaunst mich immer wieder, Vendela Walküre.«

»Walküre?«, sage ich. »Ist das nicht eine Kriegerin?«

»Ja.«

Ich schüttele den Kopf. »Das passt nicht zu mir. Ich bin ein Feigling. Vendela Weichei wäre besser. Und ich bringe alles durcheinander. Wie wär's also mit Vendela Vandale? Oder Vendela Wirrkopf?«

»Was hast du durcheinandergebracht?«, fragt Papa.

Ich erzähle ihm von Silja und dem Referendar und dass es meine Schuld ist, dass er jetzt vom Schuldienst suspendiert ist.

»Vielleicht kann er jetzt nicht mehr Lehrer werden«, sage ich. »Dann hat er zig Jahre umsonst studiert, bloß weil ich die Klappe nicht halten konnte.«

»Es steht ja noch gar nicht fest, ob seine Karriere am Ende ist«, sagt Papa. »Aber man darf seine Schüler nun mal nicht sexuell ausnutzen, eine selbstverständliche und, wie ich finde, sehr nützliche Regel.«

»Aber er hat sie nicht ausgenutzt! Eher umgekehrt. Silja hat sich ihn ausgeguckt und beschlossen, ihn flachzulegen.«

»Ihn flachzulegen?«

»Ja, ihn sich zu angeln, zu verführen. Und so leicht

schlägt man Silja nichts aus, was sie sich einmal in den Kopf gesetzt hat, das kann ich dir versichern.«

Papa biegt auf die Eisenbahnbrücke ab und kratzt sich in seinen hellblonden Locken. »Das spielt keine Rolle, weißt du. Das gehört dazu, wenn man erwachsen wird, dass man Verantwortung für sein Tun übernimmt. Rein juristisch betrachtet, ist also der Referendar allein verantwortlich. Er darf sich eben nicht verführen lassen.«

»Ich finde das nicht in Ordnung«, sage ich.

Er sieht mich von der Seite an. »Aber wie sähe es ohne diese Regel aus? Wo verläuft dann die Grenze? Es ist immer schwer zu sagen, wer wen ausnutzt und wer die Verantwortung hat. Moralisch gesehen gibt es nicht immer ein eindeutiges Richtig oder Falsch. Trotzdem müssen wir Regeln und Gesetze aufstellen, so gut es geht. Und uns für das entscheiden, was am wenigsten schadet.«

Ich suche nach einer Lücke in seiner Argumentation. Ich will, dass es Richtig und Falsch gibt, Wahr und Unwahr, Gut und Böse. Ich will, dass man sich uneingeschränkt richtig entscheiden kann. Aber offensichtlich ist es nicht so einfach.

Wir biegen in die Korngatan ein und Papa fährt hinters Haus auf den Anwohnerparkplatz.

»Samstag muss ich arbeiten, und Sonntag wollen wir auf den Friedhof, das Grab herbstfertig machen.« Er schließt die Holztür auf, die vom Parkplatz ins Haus führt. »Aber nächstes Wochenende würden wir gerne einen Ausflug nach Dänemark unternehmen, bevor es zu kalt und ungemütlich wird. Hört sich das gut an?«

Ich nicke. »Sehr gut.«

Nachdem ich Schuhe und Jacke ausgezogen habe, gehe

ich in Antons Zimmer. Ich setze mich auf das Bett mit dem blauen Überwurf. Anton steht am Fenster.

Irgendwann werde ich auch wieder mit zu seinem Grab fahren. Ich war mehrere Jahre nicht mehr dort. Der Platz hatte so gar nichts mit Anton zu tun. Aber vielleicht ist es wichtig für Mama und Papa, vielleicht tut es ihnen gut, wenn ich mit ihnen hingehe.

Ich bin gerade in meinem Zimmer angekommen, als mein Handy *Man down* zu spielen beginnt. Auf dem Display steht Svens Name. Mein Herzschlag setzt aus. Ich klinge atemlos, als ich antworte. »Hallo …«

»Hallo«, sagt Sven. »Wie … geht es dir?«

»Gut.«

»Schön. Ich dachte …«

Er zögert ein paar Sekunden. Meine Finger umklammern das Handy so fest, dass ich fast einen Krampf kriege und es in die andere Hand nehme.

»Ja?«

»Ich hatte vor, dich erst mal in Ruhe zu lassen. Immerhin hast du gerade mit deinem Freund Schluss gemacht, und … da wäre es nur fair, dir eine Pause zu gönnen, aber … Ich sterbe fast vor Sehnsucht nach dir, wenn ich dich nicht ganz bald sehe … Wir könnten doch … Höhlenmenschen mit faulen Eiern bewerfen. Hast du Lust?«

Ich lache.

»Genau das ist auch mein größter Wunsch«, sage ich.

»Mit faulen Eiern werfen?«

»Auf Höhlenmenschen.«

»Ich bin in zwanzig Minuten bei dir.«

Danach sehe ich mein rotwangiges Gesicht im Spiegel an.

Sven ist auf dem Weg hierher. Gleich ist er da. In meinem Zimmer.

Ich frage mich, ob ich jemals aufhören werde, mich darüber zu wundern.

Das Meer ist herbstgrau, und der Wind zerrt an unseren Kleidern, als wir am Strand entlangspazieren. Jetzt ist vielleicht nicht gerade die tollste Jahreszeit für einen Wochenendausflug nach Bornholm, aber für uns genau richtig. Es ist so unendlich viel passiert, in uns und um uns herum. Sich vom Wind durchpusten zu lassen ist wahrscheinlich genau das Richtige.

Anton hüpft über die Steine am Wassersaum. Mama und Papa sehen ihn nicht und ich mache sie auch nicht darauf aufmerksam. Ich genieße es, sie vor mir durch den feuchten Sand spazieren zu sehen, Arm in Arm, den Blick aufs Meer gerichtet.

Ich habe Heimweh. Aber das macht nichts. Sehnsucht ist was Schönes.

Zitate im Buch:

Seite 75: Auszug aus *Who's That Chic?* von Rihanna und David Guetta, Kinda Vivianne Hamid, Frederic Jean Riesterer und Giorgio Tuinfort
Seite 107: Auszug aus *Teenage Dream* von Katy Perry, Lukasz Gottwald, Max Martin, Benjamin Levin, Bonnie McKee
Seite 130/131: Auszug aus *Erase/Rewind* von Peter Svensson und Nina Persson
Seite 200: Auszug aus *Sick and Tired* von Peter Svensson und Magnus Sveningsson
Seite 293: Auszug aus *Varje gång du möter min blick* von Joakim Berg

Einen herzlichen Dank an Linnéa, weil du mir von deinem kleinen Bruder erzählt hast, und an Clara für den Namen Vendela, an die Schüler der Klasse 9T an der Grönkullaschule, weil sie mich im November 2010 zu einem Studienbesuch eingeladen haben, und besonders an Beatrice für Tipps, Ratschläge und Begleitung in diesen Tagen. Und schließlich ein Dank an Ingela, weil es dich gibt und du deinen eigenen Weg durchs Leben gehst.

Katarina von Bredow

Katarina von Bredow, geboren 1967, lebt mit ihrem Mann in Småland in Schweden. Sie studierte Kunst und hat einige Jahre als Fotoreporterin gearbeitet, bis sie sich ganz dem Schreiben widmete. Von 1991 an veröffentlichte sie zahlreiche Romane sowohl für Jugendliche als auch für Erwachsene. Bei Beltz & Gelberg erschienen von ihr unter anderem die Romane *Ludvig meine Liebe, Verliebt um drei Ecken, Ich will endlich fliegen, so einfach ist das, Er ist der Freund meiner Freundin* und *Kribbeln unter der Haut.*

Katarina von Bredow

Kribbeln unter der Haut

Aus dem Schwedischen von Maike Dörries
Roman, 352 Seiten (ab 14), Gulliver TB 74040
Ebenfalls als E-Book erhältlich (74503)

Die Liebe ist ein großes Kribbeln, sie kann aber auch zu einem beträchtlichen Gefühlschaos führen. Wie bei Natalie, die mit ihrer Mutter aufs Land zieht. Das neue Leben beginnt verheißungsvoll, als Natalie den süßen Jerker kennen lernt. Doch Natalie ist auch verwirrt: Sind sie nun zusammen oder nicht? Und soll das die Liebe sein?

Katarina von Bredow

Verliebt um drei Ecken

Aus dem Schwedischen von Maike Dörries
Roman, 360 Seiten (ab 14), Gulliver TB 74008
Ebenfalls als E-Book erhältlich (74406)

Adam, der Neue in der Klasse, hat Augen zum Eintauchen. Wenn er Katrin ansieht, werden ihre Knie weich. Aber verlieben ist undenkbar, denn Frida, ihre allerbeste Freundin, hat ein Auge auf Adam geworfen. Und Frida ist das tollste Mädchen, das Katrin kennt. Doch was soll sie tun, wenn Adam immer wieder ihre Nähe sucht?

GULLIVER www.beltz.de
Beltz & Gelberg, Postfach 10 01 54, 69441 Weinheim

Michaela Holzinger
Funkensommer
Roman, 274 Seiten (ab 12), Gulliver TB 74533

Seit ihr Bruder krank ist, muss Hannah seinen Platz einnehmen und den Eltern auf dem Bauernhof helfen. Doch Hannah möchte selbst über ihre Zukunft bestimmen. Sie möchte leben. Lieben. Frei sein. Und in diesem Sommer bricht alles aus ihr heraus …

Emery Lord
Open Road Summer
Aus dem Amerikanischen von Jessika Komina und Sandra Knuffinke
Roman, 380 Seiten (ab 13), Gulliver 74524
Ebenfalls als E-Book erhältlich (74534)

Es soll der Sommer ihres Lebens werden: Reagan hat sich gerade von ihrem Freund getrennt und begleitet ihre beste Freundin, den Country-Star Lilah Montgomery, auf ihrer ausverkauften Tour durch die USA. Als der charismatische Matt Finch als Opening Act angeheuert wird bringt er jedoch nicht nur Reagans Gefühle komplett durcheinander …

Lena Hach

Wanted. Ja. Nein. Vielleicht.

Roman, 159 Seiten (ab 12), Gulliver TB 74583
Ebenfalls als E-Book erhältlich (74449)

Seit seine Freundin ihn verlassen hat, leidet der fünfzehnjährige Finn an Liebeskummer der Stufe zehn. Das hat zumindest sein bester Kumpel Moritz diagnostiziert. Erst als er an einer Litfaßsäule zufällig einen merkwürdigen Abrisszettel erblickt, kann er wieder richtig lachen. Aber wer ist das Mädchen, das die Zettel aufhängt, und wie kann er sie kennenlernen?

Marjolijn Hof / Iris Kuijpers

Julia

Roman, 139 Seiten (ab 12), Gulliver 74527
Aus dem Niederländischen von Heike Blatnik

Seit sie denken kann, ist Tanzen für Julia das Wichtigste in ihrem Leben. Als sie an die Ballettakademie kommt, stehen ihr ungeahnte Chancen offen. Doch die Kehrseiten ihres Traums sind hartes Training, unerbittliche Lehrer, permanenter Konkurrenzkampf – Schweiß, Blut und Tränen. Soll das ihre Zukunft sein? Tanzt sie wirklich noch für sich selbst? Am Ende gibt es nur zwei Möglichkeiten: aufhören oder tanzen …